W0394090

LES SABOTS
DE PARIS

DU MÊME AUTEUR

Romans

Le Général et son train, Calmann-Lévy, Grand Prix de l'Humour, 1964.
La Lune Papa, Calmann-Lévy, Prix Alphonse-Allais 1966 ; Le Temps des cerises, 1995.
Clude, Calmann-Lévy, 1971.
Anthelme Collet, Fayard, 1981.
La Liberté, Stéphanie, Grasset, 1985.
Un comédien dans un jeu de quilles, Grasset, 1987.
Les Terres gelées, Presses de la Cité, 1993 ; Livre de Poche, 1995.
La Fête des Ecoles, Presses de la Cité, 1995 ; Pocket, 1996.
La Madelon de l'an 40, Presses de la Cité, 1995 ; Pocket, 1997.
L'Enfant sous les étoiles, Presses de la Cité, 1996 ; Pocket, 1998.
Les Flammes de la Liberté, Presses de la Cité, 1997 ; Pocket, 1999.
Les blés deviennent paille, Presses de la Cité, 1999 ; Pocket, 2001.
L'Eté du grand bonheur, Presses de la Cité, 2000, Prix des Maisons de la Presse 2000.
Des amants de porcelaine, Presses de la Cité, 2001.
Le Pays des tomates plates, Presses de la Cité, 2002.
La Terre et le Moulin, Presses de la Cité, 2002.

« Pause-Café » :

Pause-Café, Fayard, 1981 ; Livre de Poche, 1982.
Joëlle Mazart, Fayard, 1982 ; Livre de Poche, 1983.
Pause-Café, Pause-tendresse, TF1 Editions, 1989 ; Livre de Poche, 1990.

« Les Chemins de nos pères » :

Les Sabots d'Angèle, Fixot, 1991 ; Livre de Poche, 1992.
La Liberté sur la montagne, Fixot, 1992 ; Pocket, 1993.
Les Boulets rouges de la Commune, Fixot, 1993.

Romans pour la jeunesse

Aux éditions Kid Pocket :

On demande grand-père gentil et connaissant des trucs (1996). Prix « L'enfant et la ville » de la ville de Vénissieux.

La Grand-Mère aux oiseaux (1996).

Grand-Père est un fameux berger (1997).

Une grand-mère en chocolat (1997). Sélection « Les cent livres » de l'Education nationale.

Ma grand-mère est formidable (2001).

Théâtre

Le Week-End des patriotes, créé le 9 juillet 1977 à l'Atelier 13 d'Avignon, mise en scène de Jean-Louis Manceau. Librairie théâtrale éditions.

Zadig, d'après Voltaire, créé le 17 octobre 1978 au théâtre d'Orsay à Paris par la compagnie Renaud-Barrault, mise en scène de Jean-Louis Barrault. Prix « Plaisir du théâtre » 1979, Le Cherche-Midi éditeur.

La Folie Turlupin, créé le 27 septembre 1981 au micro de France-Culture par la Comédie-Française.

Les Strauss, créé le 15 octobre 1982 au théâtre du Rond-Point à Paris par la compagnie Renaud-Barrault, mise en scène de Jean-Louis Barrault. Librairie théâtrale éditions.

La Rôtisserie de la reine Pédauque, d'après Anatole France, créé le 16 octobre 1983 au micro de France-Culture par la Comédie-Française.

Essais

La Chanson en son temps, Temps actuels, Prix exceptionnel de la SACEM

La Commune en chantant, Temps actuels, 1971, 2ᵉ éd. 1985.

Ma communale avait raison, Presses de la Cité, 1998 ; Pocket, 2001.

Recueil

Les Chemins de nos pères, Omnibus, 1999.

Georges Coulonges

LES SABOTS DE PARIS

Roman

LE GRAND LIVRE DU MOIS

Le Code de la propriété intellectuelle n'autorisant, aux termes de l'article L. 122-5, 2° et 3° a), d'une part, que les « copies ou reproductions strictement réservées à l'usage privé du copiste et non destinées à une utilisation collective » et, d'autre part, que les analyses et les courtes citations dans un but d'exemple et d'illustration, « toute représentation ou reproduction intégrale ou partielle faite sans le consentement de l'auteur ou de ses ayants droit ou ayants cause est illicite » (art. L. 122-4). Cette représentation ou reproduction, par quelque procédé que ce soit, constituerait donc une contrefaçon, sanctionnée par les articles L. 335-2 et suivants du Code de la propriété intellectuelle.

© Presses de la Cité, 2003, pour la présente édition

C'est un pays où la garde des moutons, la solitude des semailles et des labours, les cachettes du braconnage vous enseignent le silence. On le trouve à flanc de coteau, dès l'enfance, quand, dépliant l'échine, on contemple les sillons laissés par la charrue de nature : son soc gigantesque a sculpté des gorges et des vallées, des tourments figés dans le roc, éternels comme les tourments de ces hommes ayant, du pays, reçu mission de vaincre le sol.

Ce silence d'écrasement quotidien, Sylvestre l'avait conservé à la table de famille quand le père prenait la parole, quand, à la veillée, les conteurs disaient des histoires de sorcelages, les aventures d'un loubatier qui attirait les loups dans la bergerie de son maître ou encore le désespoir de Gustou dont toutes les vaches crevaient d'étouffement, preuve que sa grange avait été endémoniée.

Ce silence de l'enfance qui se fait homme dans la tradition du travail et de l'obéissance, il l'avait conservé plus encore devant le maître avec lequel on partage la récolte : deux sacs pour la terre, un sac pour les bras qui la retournent. C'est l'usage, ici. Que pourrait-on dire puisque le maître est celui qui parle, maître Tardieu qui, au tribunal de Guéret, représente la Justice ?

Sylvestre-Marcelin Chabrol a mis bien du temps pour se décider. Il est parti ce matin. A vingt-six ans. Depuis cinq années, il y pensait. C'est merveille de passer à Paris les mois où le soleil s'échauffe : de revenir avec les poches pleines pour en répandre le contenu sur le lopin qu'on fera prospérer quand on aura remplacé sa vache par un bœuf.

Ce qui l'a retardé, c'est Angèle sans doute mais c'est surtout que, dans sa paroisse, nul jamais ne partit. Sauf les deux Bériat. Ils étaient journaliers. Comme on disait : « Ils ne risquent rien. » C'est pour ça qu'ils étaient morts le long des routes. En mendiant leur pain.

A neuf heures, Sylvestre-Marcelin Chabrol a fait plus de trois lieues. Il voit devant une ferme des hommes comme lui : ils portent un sac sur le dos, un bâton qu'ils tiennent à la main ou qu'ils ont fixé sur leur sac, un large chapeau; certains sont en sabots; d'autres, chaussés de souliers, ont leurs sabots sur la poitrine, en sautoir; un lien de chanvre ou de lin tressé les maintient à leur cou.

« C'en est sûrement », pense Sylvestre.

Il ne connaît personne. Il entend un rire qu'il prend pour une méchanceté.

Il passe son chemin malgré une voix qui l'interpelle :

— *D'ente saï, tu?*

Il suit la route, prend plus souvent des cavées de boue, des prés, des bois qui lui semblent devoir raccourcir sa marche. Ses seuls guides sont le soleil qu'il sent sur son épaule droite et les cloches qu'il voit de loin.

A onze heures, il est à Guéret. Un garçon auquel il ne demandait rien lui lance :

— Les autres sont chez Gerbeau.

Le vacarme est dans l'auberge. Devant la porte, ils sont

vingt, trente peut-être qui attendent de trouver place à l'intérieur.

— D'où es-tu? demande l'un d'eux.

Sylvestre finirait sans doute par répondre. Il voit un homme qui passe de groupe en groupe pour demander l'argent du repas. Il se dit qu'il peut marcher encore. Il ne doit pas, dès le premier jour, entamer son faible avoir. Sous peine de finir comme les frères Bériat.

Il fait une lieue et se trouve assis sur les bords d'une rivière. Il se déchausse. Ses pieds ont rougi ses bas.

L'eau est bienfaitrice.

Il mange son pain avec un peu de fromage caillé. Lorsqu'il a fini, il trempe un croûton dans l'eau, le tient un instant dans sa bouche, en le pressant avec sa langue.

Deux hommes passent sur le pont, bientôt suivis d'un groupe important qui compte quelques gais lurons. Deux jeunes aperçoivent Sylvestre. Ils lèvent joyeusement leur bâton :

— Hé, toi-qui-es-là! Marche avec nous!

Il ne répond pas.

Les autres n'ont pas fait un quart de lieue lorsqu'il reprend son sac.

Il allonge le pas pour essayer de les rattraper. La route tourne. Il ne les voit plus.

Je prends congé de ma famille
Sur mon dos un sac est placé
Dans mon âme la gaieté brille
Une gourde est à mon côté.

Cueilli sur l'échafaudage d'un «tour de France», le chant du compagnon ne trouve pas grand écho. Il parvient à Sylvestre au-dessus d'un bosquet. Sylvestre va vers lui.

Au pas, camarade, au pas, camarade,
Au pas, au pas, au pas.

Celle-là a plus de succès. Quelques marcheurs se retrouvent à la ritournelle, comme hier les infatigables de la Grande Armée.

Sylvestre voit la petite troupe dans la vallée. Il la perd à nouveau mais un chabrétaïre a mis en branle son instrument. Le cœur de Sylvestre est en joie. C'est le souffle des jeunes jours, des blés en grange, de la foire au canton. C'est la marche nuptiale toujours endimanchée de mauves bruyères.

La musique se perd, arrêtée par un coteau. Dans la plaine, elle revient, repart.

Sylvestre marche. Cette fois, il va la rattraper.

Il court. Ses pieds le font souffrir.

Un chien lance des menaces lointaines.

Sylvestre appelle.

La campagne est vide.

A cette musique qui s'est perdue, à ce chant de la musette cachée par une brume soudaine et des arbres qu'il ne connaît pas, Sylvestre-Marcelin Chabrol comprend que son pays vient de le quitter.

Qué lou mati qué se fà la journado : c'est le matin que se fait la journée.

Il a eu froid dans la grange malgré le chien qui est venu dormir près de lui.

Il va d'un bon pas, pour se réchauffer, heureux de n'avoir pas entamé sa bourse. Ce soir, il ira à l'auberge.

Un vieux marche à côté de lui. Il affirme avoir commencé le voyage voici plus de quinze ans. C'est sa dernière campagne.

— Maintenant, notre monde a de quoi.

Sylvestre a l'âme ragaillardie. Face à la capitale qui l'attend, il est comme la chèvre dont son nom lui vient : Chabrol. Comme elle, il tend le front pour faire *la tuca :* pour foncer, se mesurer avec l'ennemi.

Dans le groupe qui, avec lui, traverse Issoudun, chacun connaît un voisin, un cousin qui, d'une seule campagne, a ramené trois cents francs comptés en écus.

— Tu veux dire quatre cents ! renchérit un petit, tout chiffonné, natif de Pontarion.

Un autre monte à cinq cents. Il y a là deux fiers-à-bras de Jarnages ; ils tombent d'accord sur une somme de six cents francs : ils l'ont vue eux-mêmes, ou presque, dans la ferme Bordevielle que, chez eux, tout le monde connaît.

Cela donne du cœur à la route. Et aussi le vin blanc, le vin rouge, la goutte qu'on trouve dans un relais. Certains se contentent d'un ruisseau dans lequel ils plongent les lèvres, parfois la tête. Sylvestre est de ceux-là. Les gars de Jarnages l'appellent « la grenouille ».

Il fait mine d'avoir un caillou dans son soulier. Il s'arrête, laisse partir la bande.

Des traînards le rejoignent. Des terrassiers. L'un d'eux porte une pioche sur l'épaule. Il l'appelle sa sœur. Malheur à qui tourne autour !

Sylvestre allonge le pas.

Le soir, un peu avant les auberges, certains partent en courant pour avoir la meilleure place. La peine est inutile. On trouve même paille ou mêmes draps noirs, déchirés. Mêmes puces, mêmes cafards.

Chaque groupe a son chef de file qui, ouvrant la marche, retient les chambres, les plats, compte les bouteilles.

A Reuilly, les paysans s'esclaffent :

— Voici les oies ! Les dindes vont à la foire ! Aux oies ! A la dinde !

Ailleurs, on les a appelés « Mangeurs de châtaignes » et même de beaucoup moins bon. A Lury, les gars de Jarnages ont foncé sur les insulteurs qui ont voulu se protéger de leurs outils. Les deux de Jarnages étaient trop menaçants : les paysans sont partis en se tordant les pieds sur leurs sillons. Les voyant ainsi vaciller, ce sont les maçons qui se sont mis à rire :

— Les canards ! Les canards ! Nac ! Nac ! Nac !

Sylvestre avait collé à un petit groupe de gars décidés lorsque, à la sortie de Vierzon, un cri s'est élevé :

— Les limousants !

Aussitôt, sans qu'on sache trop comment, les mots sont partis, suivis de menaces et même de quelques coups.

— Limousants, lime ta langue !

— Creusois, creuse ta tombe !

— On te connaît mauvais ouvrier : tu dois partir de chez toi !

— Tu as eu raison de prendre ton chapeau : tu pourras le tendre à la sortie de l'église !

Sylvestre n'avait pas encore compris ce qui arrivait quand, le saisissant par un bras, le plus grand des gars de Jarnages le faisait voltiger au-dessus des ornières.

— Tu es avec les limousants maintenant ? Tu n'as pas honte !

Tombé sur la terre épaisse, son sac à côté de lui, Sylvestre se sentit trempé. Il se leva d'un bond, ramassa son fourbi. Malgré les appels du gars de Jarnages, malgré la lutte qui, derrière lui, s'était engagée pour l'honneur de la Combraille et du Limousin, des maçons et des charpentiers, de la pierre, du bois et de la porcelaine, il s'enfonça dans une forêt de hêtres où il eut grand-peine à se retrouver.

Il rejoignit le groupe dans le village de Salbris. Juchés sur leurs chevaux, les gendarmes canalisaient les émigrants qui, un à un, sortaient de leur poche ou de leur sac le gros papier gris sur lequel le maire avait établi le passeport valable à l'intérieur du royaume pour une période d'un an. C'était aussi un certificat de bonne conduite et de dégagement du service militaire. Avec ça, Paris leur donnerait leur livret ouvrier.

Le soir tombait. A cette heure, on ne trouverait pas de place à l'auberge; Sylvestre s'écarta de la route.

Il était à deux cents pas de la ferme lorsqu'une voix cria :

— Ferme la porte, Marie ! V'là les brigands !

Il s'approcha timidement. On voyait que la femme l'attendait, le regard assuré.

— Y a point de place pour les mendiants !

Cependant, une autre femme arrivait, sortant de l'étable, son outil haut devant elle.

— De la fourche ! Donnes-y de la fourche !

Sylvestre s'en fut, poursuivi par les chiens qui, encouragés par les deux fermières, gueulèrent longtemps.

La pluie se mit à tomber.

Elle faisait dans l'eau de la Sauldre de sourds clapotis et, sur les épaules de ceux qui marchaient encore, de lourds vêtements d'où s'échappaient un juron, parfois un éternuement.

Enfin, le cinquième jour, au bout de la plaine et du pont magnifique, parut Orléans, la ville verte d'arbres et blanche de remparts qui, dans le ciel plus grand que jamais, picotait les nuages des tours de sa cathédrale.

— Jésus-Marie et douce mère de Sainte-Croix, priez pour nous ! dit un marcheur en se signant.

Quelques-uns l'imitèrent. D'autres éclatèrent de rire. On ne savait pas si l'on remerciait ou si l'on implorait encore, si l'on croyait au paradis ou si, maintenant qu'on allait poursuivre la route en voiture, on prenait conscience d'avoir passé l'enfer.

Derrière soi étaient cinquante ou soixante lieues de sabots, la famille quittée avec la pauvreté de la vie. Devant, loin encore, la ville prometteuse, capitale du royaume de France : Paris appelant sans cesse des forces qu'elle savait récompenser.

On vous parle du Paris qui, sur ses chalands halés par les chevaux, fait entrer la mollasse de Fontainebleau pour paver ses rues ; du Paris dont les pluies s'écoulent dans la Seine quand elles ont la chance de trouver la Bièvre aux cent tanneries ou quelque chemin en pente qui, parmi ses boues, les conduise aux berges. C'est le Paris qui commence à construire ses trottoirs et ses égouts ; sans avoir l'idée encore de bomber sa chaussée ; de la débarrasser de ce ruisseau central, collecteur d'immondices, où les eaux s'engorgent, stagnent, n'atteignant jamais les grilles obstruées par la paille et le crottin, le fumier, toutes les terres portées par tous les pas. Lorsque les tornades s'abattent sur la capitale par les mille gargouilles en fer-blanc qui, au long des immeubles, bouillonnent sur les pieds des passants, elles font, en quelques secondes, d'une rue une rivière, d'une cour un étang, d'un carrefour un marais ; sans parler de la boutique devenue un réservoir que le marchand aura charge d'assécher.

Il ne pleut pas, ce jour.

Nanette va dans les sabots que son père eut soin de creuser trop larges dans le hêtre : à seize ans, c'est sûr, le pied peut encore grandir. La dureté du sol la surprend ; et surtout cette animation de bruits et de couleurs, de courses, de roulements, de poussière soulevée par les sabots des hommes et des bêtes, les roues des fardiers, des phaétons, des fiacres, calèches, charrettes, cabs, des premiers coupés, de ces attelages à trois chevaux et seize voyageurs augmentés d'un dix-septième sur le strapontin : ils vont devenir les omnibus ; pour l'instant, au gré de la concurrence, on les appelle des batignollaises, des écossaises, des gazelles, des hirondelles, des parisiennes, des favorites, qui, malgré l'élégance de leur nom, immobilisent les rues, écrasent de leurs jantes épaisses les pavés, l'asphalte nouveau, les cailloux : quand ce ne sont pas les chiens et les piétons. C'est le Paris aux mille chants, aux mille métiers. Ils offrent en plein air des forges et des échafaudages, des appels, des provocations, des tréteaux de marchands, des grincements de scies, des insultes de cochers et de filles ; ou alors, montant d'une fabrique sombre, le tintamarre récent d'une machine à piston, d'une sirène à vapeur.

Sûr, on ne voit point tout ça en Normandie !

Sylvestre-Marcelin Chabrol descend de la Courtille et pour autant n'a pas l'âme en fête. A son âge, il est difficile de se faire reconnaître dans le bâtiment. Devient-on apprenti quand d'autres sont compagnons ? Si monsieur Leloir ne l'embauche pas pour la construction de la maison des jeunes aveugles, il ne saura plus où frapper.

Le couple ne l'a pas vu s'approcher.

Sylvestre tend son papier sale.

L'adresse est dessus. Ecrite par un crayon maladroit. Le monsieur allait s'arrêter. Sur son bras, les gants de madame le rappellent à la prudence. Les étrangers, il faut s'en méfier. Tous des vauriens en quête d'un mauvais coup.

L'Histoire le dira Paris de Louis-Philippe et de Guizot, de Molé ou de Tocqueville. D'autres le verront Paris de Proudhon ou de Blanqui, de Louis Blanc, Lamartine, Delacroix. Il est, depuis trois ans, le Paris de son premier railway, reliant par dix-huit kilomètres de voie ferrée l'embarcadère des Batignolles au terminus de Saint-Germain-en-Laye.

Il est bien plus encore le Paris où, de leur campagne, tant de sabots viennent à pied pour construire Paris. Ils lui apportent des bras de maçons et des forces de rouliers, des habiletés de couvreurs, des endurances de terrassiers, des mains de servantes et des poitrines nourricières ; des cris de ramoneurs, de vitriers, de porteurs d'eau ; des aptitudes d'écurie, d'abattoir, de jardin potager ; des compétences de laiterie.

Ainsi, par la barrière du Trône ou le village de Clichy, par le coche d'eau des Ardennes s'amarrant au quai Saint-Bernard ou par le diable Vauvert que l'on accuse de fréquenter encore la lugubre plaine de Gentilly, arrivent du Morvan ou de l'Alsace, de Bretagne ou du Limousin, ceux qui, là-bas, ont laissé leur terre à leur famille ou leur famille sans terre, accrochée seulement à leur pays par un toit de chaume, à un hameau par l'habitude, à un clocher par la croyance qui est la plus profonde habitude.

Il en faut du courage pour tout quitter quand on n'a rien ! La grande imagination que donne la misère, c'est qu'on pourrait avoir moins encore. Il y a du vrai : malgré la rusticité des mœurs, ce rien c'est un corps près du vôtre, une douceur dans un lit, deux yeux d'enfant, une soupe chaude. C'est le soutien des parents qui attendaient vos muscles pour leur venir en aide et qui, les voyant formés, comprennent qu'ils vont les perdre : ils vont rester seuls avec le travail qui deviendra de plus en plus lourd et, plus pesantes peut-être que le travail, les opinions du maître ou du curé, du bourgeois, des voisins, de tous ceux qui ont mission de vous juger.

Ainsi, Nanette a laissé sa mère.

Dans une ferme aux huit enfants, il en est toujours qui sont de trop. Surtout quand on est la quatrième. Fille. La quatrième déception. Le réconfort n'était venu qu'avec Girot qui l'avait suivie à un an d'intervalle ; avec Colas venu un an après Girot. Avec Guste, le dernier. Le clos-cul, comme on dit à Montmirel. Et autour.

— Si je m'en vais, ça vous fera une bouche en moins.

Le père ne disait rien. On ne va pas contre la vérité. La mère se signait. Rapport à monsieur le vicaire : Paris est la perte des âmes. L'enfer d'autant plus sournois qu'il a les attraits de la fête.

« C'est vrai », se dit Nanette entrant sur le Pont-Neuf. Vingt boutiques en demi-lune. Une sur chaque pile : tondeurs de chiens, coupeurs de chats, fripiers, un astronome, des vendeurs de balais, des marchands de savon à détacher font des serments dignes de l'ancêtre, l'arracheur de dents. Montant d'un ponton de blanchisseuses, des caquets et des coups de battoirs se mêlent aux claquements du port au bois, aux vociférations d'un capitaine surveillant, de la coupée du navire, le déchargement de noix de coco.

A l'angle du quai où, jadis, on vendait les dentelles et les hommes valides, un café annonce pour ce soir une représentation.

Est-ce pour en donner un avant-goût ? Au coin de la place de l'Ecole, un homme monte sur une caisse. On le dit anti-coloniste. D'une voix fervente et fatiguée, il se met à chanter :

Pourquoi toutes nos promenades
Au milieu de pays malsains ?
Pourquoi de nouvelles croisades

Contre de nouveaux Sarrasins ?
Allons, malgré sa barbarie,
L'Arabe est à plaindre aujourd'hui.
Qu'on menace notre Patrie
Et nous ferons tous comme lui.

Le refrain est modeste :

Entre beaucoup d'autres défauts,
Je puis avoir un esprit faux ;
Mais qui parle en bon citoyen
S'exprime toujours assez bien.

Des passants se sont arrêtés. Ils approuvent de la tête. Des jeunes gens applaudissent. Leur coiffure à rubans dit qu'ils sont étudiants. L'artiste tourne vers eux sa chanson :

Quelle serait notre souffrance
Si, d'un air crâne et conquérant,
Les Arabes venaient en France
Pour nous imposer le Coran ?

Ça n'est pas la chanson qui trouble Nanette : elle ne la comprend pas. C'est le public improvisé. Ces hommes jouant aux dames à la terrasse d'un café. Ils fument des pipes bizarres, à long tuyau. De l'autre côté de la place, le cabaret de la mère Moreau offre, à l'intérieur, un spectacle stupéfiant.

— Ils boivent debout !

— Debout ?

— Regardez vous-même : ils boivent debout !

La surprise passe de bouche à oreille ; d'un doigt tendu

à titre de preuve à des yeux agrandis, un coude pressé, un visage qui va vers la porte et n'en revient pas.

Nanette hâte le pas. Il y a, pour elle, d'un coup, trop de visions nouvelles, de costumes inusités, de cris inattendus.

«La langue doit être une comme la République.»

Voici cinquante années bientôt, la Convention s'est prononcée. Formelle.

Sous la netteté de la formule, on percevait la foi en l'ère nouvelle, le goût jamais perdu de l'insurgé pour l'absolutisme, la volonté du bâtisseur soudainement ébloui par la déesse Raison. On retrouvait la conviction première de Talleyrand. On entendait la voix frémissante de l'abbé Grégoire : «L'unité de la République commande l'unité d'idiomes et tous les Français doivent s'honorer de connaître une langue qui désormais sera, par excellence, celle du courage, des vertus et de la liberté.»

On vous parle du Paris aux cent langages où celui que vous rencontrez n'est jamais le vôtre. Lorsqu'il l'est, on s'y accroche de toute la force du pays retrouvé. Il a l'odeur chaude de votre terre, l'accent rassurant de votre clocher, le parfum de votre jeunesse en paix.

Nanette, ici, ne l'entend pas. Il n'y a, devant elle, que des choses qu'elle n'a jamais vues, entourées de mots qu'elle ne connaît pas. Avec ça, sur les maisons, les numéros ont changé de couleur. On lui avait dit de suivre toujours les numéros noirs et voilà qu'elle est dans une rue à inscriptions rouges. Elle a dû tourner sans s'en rendre compte. Voici une autre rue à numéros noirs, mais elle ne sait plus si elle doit aller vers les numéros importants ou vers les plus petits. Elle a envie de pleurer...

Un homme est à deux pas. Grand. Il tend son bras vers

elle. Elle recule. Au même moment, elle aperçoit dans sa main un papier comme elle en serre un elle-même entre ses doigts. Avec, dessus, une adresse écrite au crayon baveur. Elle est interdite. Sylvestre-Marcelin Chabrol l'est aussi car il voit à son tour le papier de Nanette, son visage inquiet sous son bonnet de coton.

Il est cinq heures : dans leur redingote bleue ou grise, portant chapeau haut de forme et pantalon que la station assise a déformé aux genoux, les chefs de bureau et les rédacteurs, les employés aux comptes, les commis aux écritures rentrent chez eux, sortis à l'instant du ministère des Finances ou de l'administration des Trois-Ponts, de la Halle aux draps ou de la Compagnie du gaz portatif.

— Au voleur !

Il y a une turbulence du côté de la voiture Saint-Roch. Un jeune garçon a sauté, emportant, dit-on, la bourse d'un voyageur. Le cocher appuie de toute la force de son pied sur la pédale à soufflet dont les trois trompettes destinées à prévenir les piétons deviennent soudain sirènes à ameuter les sergents. Nanette tremble. Sylvestre veut contenir cette peur.

— Ne courez pas ! On va vous prendre pour la voleuse !

Il l'a rattrapée. Il serre son poignet.

Des gens s'écartent, les évitent.

— Quand il y a du désordre, on n'a pas besoin de demander d'où ça vient !

Le baluchon de Sylvestre est tombé sur le pavé. Nanette en profite pour s'enfuir. Dans sa tête, il n'y a que des maisons qui tournent et la chaussée qui bat à grands coups de sabots.

Lorsqu'elle se présente au 28 de la rue des Jeûneurs, qu'on appelle aussi rue des Jeux-Neufs, troisième étage, porte double à droite de l'escalier, madame Guérin lui dit :

— C'est à cette heure-ci que vous arrivez !

Ainsi commence une existence nouvelle que Nanette découvre dans la pénombre : au milieu de tentures et de rideaux surprenants ; entre des bibelots, des napperons, des vases ; des choses de riches.

Madame Guérin lui tend un tablier de percale avec lequel elle aura à servir à table. Elle dit qu'il fera jour le lendemain et qu'on verra alors à mieux équiper la nouvelle venue. Il n'y a pas lieu de le cacher : la précédente servante a emporté la robe noire qu'on lui avait confiée pour assurer les réceptions. Cela justifie le « Vous voyez combien je suis fondée à me défier de vous » que madame Guérin porte dans son regard et dont elle appuie toutes ses directives.

Monsieur Guérin ne se mêle pas à ces accordailles. Assis lourdement devant la table de la salle à manger, il ressemble à un homme qui attend sa soupe.

Les deux enfants pensent en sourdine : « Cette bonne ne ressemble pas à la précédente ; elle n'a pas le même costume. » Cette observation plutôt gaie amène un amusement sur les lèvres de l'aîné, Faustin, qui va sur ses huit ans.

Il est six heures.

Nanette porte la soupière. Lorsqu'elle l'a posée sur la table, madame Guérin sert son mari, ses enfants, elle-même puis elle verse deux louches de potage au riz dans une cinquième assiette qu'elle offre à la nouvelle servante.

Debout, cette assiette à la main, Nanette ne sait que faire.

Madame lui fait signe d'aller manger à la cuisine.

Nanette y avale sa portion en regrettant la soupe au lard.

Agitée par la maîtresse de maison, la clochette d'argent

la rappelle à la salle à manger où elle apporte les épinards sucrés accompagnés d'une pomme de terre pour Monsieur, une demi-pomme de terre pour chacun des enfants et pour Madame qui, à nouveau, sert Nanette.

Le repas terminé, celle-ci enlève le couvert, plie la nappe.

Madame lui tend un rude tablier bleu avec lequel elle aura à faire la vaisselle. Le tablier est accompagné de deux manchettes coupées dans la même toile. Nanette se demande un instant à quoi peuvent servir semblables ustensiles. L'ayant compris, elle glisse dedans ses avant-bras ; les Parisiens sont bien précautionneux.

La sonnette du palier retentit.

— Etes-vous sourde ? Ou est-ce moi qui dois aller ouvrir ?

Nanette se précipite. Madame n'a que le temps de la retenir : est-ce qu'une servante se présente en souillon ? Le tablier et les manchettes bleus disparaissent dans le bas du buffet.

C'est monsieur Crespelle. Comme chaque soir, il porte *Le Siècle*, qu'il vient de lire et dont, avec monsieur Guérin, il partage l'abonnement au cabinet de lecture de monsieur Fly, rue Saint-Joseph.

Le voyant son journal à la main, Nanette le prend pour un colporteur. Elle se demande s'il convient de le recevoir ou de le chasser lorsque, intervenant prestement, madame Guérin se saisit du journal. Elle le porte à son mari en s'interrogeant à haute voix sur les capacités de cette domestique.

Nanette ne connaît pas cinquante mots de français. Elle serait bien incapable de les reconnaître dans la surprenante prononciation de Madame. Elle a la sensation d'avoir quitté Montmirel non pour Paris mais pour l'une de ces îles qu'on aperçoit depuis chez son parrain : leur destin est de vivre dans la brume, entourées de l'incompréhensible murmure de la mer.

Lorsqu'elle a tout essuyé, tout rangé, elle se met à balayer.

— Vous recueillez la poussière dans la pelle et vous la versez dans l'eau de vaisselle. Avant de lancer le tout par la fenêtre, vous devez crier : « Gare à l'eau ! » C'est le règlement.

La bassinée fait, sur le pavé, un floc mou auquel succède, venu d'une fenêtre voisine, un autre « Gare à l'eau ! » lui-même suivi d'un flasque aplatissement.

Madame ne laisse à personne le soin de conduire les petits dans leur chambre.

Monsieur lit toujours *Le Siècle.*

Nanette s'assied dans la cuisine.

Elle se demande où elle va dormir.

A neuf heures, Madame vient dire que Monsieur et Madame prennent leur infusion chaque soir vers dix heures. Jusqu'au 15 juin. Du 15 juin au 1er octobre, ils n'en prennent pas.

A dix heures, Nanette hésite : doit-elle porter deux tasses ou trois ? Elle en porte deux et s'en félicite : Madame boit son tilleul à petites gorgées sans lui en offrir. Nanette a horreur de la tisane.

Il y a, entre les maîtres, une altercation feutrée. Monsieur indique que si la bonne était arrivée après le déjeuner comme convenu, il serait allé lui montrer sa chambre en rentrant de son travail comme convenu. Maintenant, il ne saurait en être question.

— Je vais me coucher. Bonsoir.

Madame ouvre la porte sale qui, dans la cuisine, était fermée au verrou. Nanette l'avait crue condamnée. Madame allume elle-même une bougie.

— Vous n'aurez qu'à l'éteindre dès que vous serez chez

vous et vous la rapporterez demain matin. Ensuite, vous en achèterez une. Je n'ai pas l'intention de vous entretenir en chandelle.

Nanette remercie.

Madame ajoute :

— C'est l'escalier de service. En haut, vous prenez le couloir à gauche. C'est la première porte. Elle doit être ouverte. Sinon, vous frappez.

Nanette s'en va.

— Vous n'emportez pas vos sabots ? Si vous voulez les laisser dans la cuisine, vous pouvez.

Elle préfère les prendre.

— Dépêchez-vous, je laisse la porte ouverte une minute.

Il y a eu un petit frémissement dans la voix.

Nanette monte en ayant soin de ne pas éteindre sa flamme.

C'est peut-être une bonne place. Les enfants montrent de la gentillesse. Faustin a l'âge de Guste, son dernier frère. Les enfants, c'est bien. Elle a de la chance.

Un vacarme soudain se produit en dessous. Des pas de bois lourds montent l'escalier. La bougie s'éteint.

Nanette est vite sur le dernier palier. Elle s'est cognée. Madame ne lui a pas donné de pyrogène.

Les pas sonores sont déjà au quatrième. Avec une toux énorme qui maintenant les domine.

Elle a beau tâter dans tous les sens, elle ne trouve pas de loquet, de clenche, de bobinette.

Dans la chambre, quelqu'un crie :

— Entre !

Nanette ferme derrière elle, s'appuyant au bois qu'elle sent gras sous ses doigts.

Une voix ricane :

— T'as eu peur de Piédesclop ? C'est le plus brave de l'étage.

Une autre voix, plus jeune, ajoute :

— Les sabots, c'est ce qu'il a trouvé pour emmerder le bourgeois !

Il y a, sur une étagère, une loupiote qui touche à sa fin. La pièce doit faire deux mètres sur trois. Elle est occupée par deux paillasses, l'une plus grande que l'autre. Les deux paillasses sont occupées par deux filles. La plus jeune est sur la plus large paillasse.

— Je m'appelle Paulsida. Et toi ?

— T'en as mis du temps à venir, fait l'autre avant de ronfler.

Nanette n'ose pas se déshabiller.

Elle enlève seulement sa robe.

Il n'empêche, lorsqu'elle est allongée, Paulsida éclate de rire :

— Elles ont le cul froid en Normandie !

La Seine laisse à Bercy ses fûts et ses tonneaux, au port de l'Hôpital les fourrages et le bois à travailler, au quai de la Tournelle des tuiles et des briques, à l'Hôtel de Ville des fruits et le résiné en pot.

La Seine laisse aussi sur ses rives des dialectes et des accents, des espoirs qui deviendront des réussites exceptionnelles ou, amèrement, se fondront un jour dans la défroque de ces *tafouilleux* guettant le fleuve pour y prendre une bouteille, un chapeau, une chemise tombés à l'eau ; de ces *carapatas* qui, hantant les berges, offrent leurs bras à tous pour faire n'importe quoi.

Les coltineurs qui déchargent la pierre de Saint-Leu sont divisés en deux équipes rivalisant d'habileté. Les uns et les autres n'utilisent pas les mêmes longues planches pour monter sur le chaland d'où ils redescendent le dos cassé, la force des jambes poussée jusque dans les doigts de pied : comme s'ils voulaient, à travers les sabots, s'accrocher à ces passerelles de fortune.

Monsieur Levasseur a mis Sylvestre avec les Allemands, ils n'étaient que sept. Ceux de l'autre planche, les ch'timis sont huit. Avec ce petit qui n'a pas quatorze ans et qui, descendant les jambes pliées, remonte avec sa tête plus haute que celle de ses aînés.

— Je te montrerai qui est le plus fort ! disent les uns.

— Les gars d'Orchies ne craignent personne ! disent les autres.

Est-ce la misère des champs qui pousse vers Paris tant de gens ? Est-ce l'industrie naissante du métier à tisser, de la machine à vapeur, est-ce Louis-Philippe dit « le roi des maçons » qui les attirent ?

— Je te ferai pisser le sang ! crache l'homme de la Hardt en descendant sa charge.

— Je te mettrai ton nez dans ta choucroute ! éructe le ch'timi en montant la sienne.

On vous parle du Paris qui ne se comprend pas et l'on vous dit une fois pour toutes de bien le comprendre : lorsque vous lisez ici une réplique en français, pensez bien qu'elle est souvent dite en patois, reçue en inconnu, traduite en méfiance.

Un fiacre s'est arrêté.

Une dame en descend, regardant le spectacle de l'eau et de ceux qui l'animent. Elle soupire :

— Il n'y a plus que des étrangers à Paris !

Le cocher approuve :

— Que voulez-vous, madame, le Parisien ne veut plus travailler !

Le spectacle, ce n'est pas seulement ce port aux pierres qui, de blanc vêtu, occupe dans la poussière une grande partie de ce grand quai d'Orsay. C'est le coche d'eau voguant vers ses amarres, l'antique galiote cherchant la grève où elle baissera ses voiles. Ce sont ces nouveaux bateaux à roue, à sirène, à fumée, à surprise. C'est surtout ce train de bois venant en flottage des forêts des Ardennes, des lointaines rives de l'Allier; deux trains, plutôt, formés en couplage. Un homme debout, solide, armé d'un pieu et d'une perche les dirige à la proue. Avec une étonnante sûreté, il repousse là un esquif, ici la pile d'un pont; aidé dans sa manœuvre par un frêle apprenti qui se tient à l'arrière et que, pour cette raison, tout Paris badaud appelle « le petit derrière ».

— Un petit derrière, c'est toujours agréable à voir passer ! N'est-ce pas, cocher ? dit la dame en remontant en voiture.

— Il a de belles couleurs ! répond le bonhomme.

Tous les deux s'en vont, contents l'un de l'autre, suivant le cheval dont la crinière frémit au souffle de Paris.

Sylvestre lève une pierre en se répétant qu'il n'a pas su partir à temps. Quand il est parti, il n'a pas su se lier avec l'un ou l'autre, par exemple avec ce vieux qui marchait près de lui et aurait pu lui donner des conseils, l'aider, lui faire connaître des chantiers. A Orléans, quelle force imbécile l'a poussé, une fois encore, à s'écarter de tous ? A aller seul pour, aujourd'hui, partout, s'entendre répéter :

— Tu aurais dû venir plus tôt !

Voici dix ans, des Tuileries jusqu'à l'allée des Veuves, les compagnons bâtissaient des hôtels luxueux civilisant cet endroit mal famé appelé Champs-Elysées. Au nord des boulevards qui prenaient de l'importance, on offrait des salons aux lorettes, avec une église blanche où elles iraient se confesser. Partout arrivaient la pierre et le moellon, le plâtre et le galet qui, dans la ville, se faisaient immeubles et, au milieu des herbes et des jardins, bien vite devenaient des cités.

— La Chapelle n'avait pas mille habitants au début du siècle : il y en a trente mille aujourd'hui, dit le cocher en guidant ses chevaux sur le pont Royal.

— Cher monsieur, répond sa passagère, au début du siècle, les Batignolles n'existaient même pas. Vous voyez ce que cela est devenu !

— Et ça n'est pas fini : le railway, pour l'instant, ne va qu'à Saint-Germain. Ça sera bien autre chose quand il atteindra Rouen et même Le Havre !

— Il paraît que dans deux ans ça sera fait ! dit la dame qui affirme avoir, cet été, éprouvé la griserie de cette vitesse à vapeur.

Le cocher se met à chanter. La dame emboîte la mesure car tout Paris connaît ce succès :

En passant par le souterrain,
Vous prenez votre tabatière ;
A Clichy, vous levez la main,
Et vous prisez au pont d'Asnières.
Vous éternuez au Vésinet
Et vous arrivez — tant ça glisse —
Au pont du Pecq avant qu'on ait
Le temps d' vous dire : « Dieu vous bénisse ! »

La dame ajuste ses jumelles sur la façade du Louvre.

Le cocher passe du chant à la nostalgie :

— Je suis né à La Villette : c'était un hameau. Si vous voyiez ça aujourd'hui, personne ne connaît plus personne : on ne se dit même pas bonjour !

Le cheval a un hennissement qui peut passer pour une approbation du propos ; une désapprobation des mœurs.

— Mon ami appelle ces faubourgs des villes champignons, dit encore la dame.

— C'est pour ça qu'elles nous empoisonnent ! répond le cocher.

Sylvestre-Marcelin Chabrol passe à la Grève.

Là viennent, matin et soir, les maçons en quête d'ouvrage, les entrepreneurs, les maîtres compagnons à la recherche de quelques manœuvriers.

Le voyant chaque jour, on finira par le reconnaître.

— Il me faut deux hommes, quartier de l'Observatoire.

Cinquante bras se lèvent.

— J'ai un chantier à la Bastille.

On se bouscule.

On demande encore un limousinant pour la Pologne — que d'autres appellent la plaine Monceau.

Sylvestre apprend un mot qui, en patois, n'existe pas : le chômage.

Des hommes sortent du chantier de l'Hôtel de Ville. Voilà trois ans qu'on l'agrandit.

Ils s'en vont. Sauf deux ou trois qui, d'une voix décidée, s'adressent aux inutiles compagnons :

— Camarades !...

Sur la place où la chose prit son nom, Sylvestre se demande comment on peut faire grève quand on a la chance d'être maçon ! Que lui importe quatre francs par jour ? Pour les deux francs qu'il gagne au quai d'Orsay, il changerait cent fois son labeur.

Il revoit la pierre blanche d'Orléans.

Les pataches étaient alignées sous le soleil. Les chefs de file et les isolés s'insultaient pour entrer dans les bureaux de départ. Les derniers montés dans les voitures s'asseyaient dans la paille ; entre les pieds des autres.

Emmenée par un cocher rougeaud, par un postillon à mine fière dans sa veste de drap bleu, chapeau de cuir verni, la « Laffite et Gaillard » était passée devant ceux qui, comme lui, venaient de décider de continuer à pied.

C'est alors qu'un inconnu avait arrêté son bruyant attelage. Il avait un rire étonnant.

— Irais-tu voir le roi, compagnon? Tes habits me disent qu'on t'attend à la Cour!

C'était Ulysse Valat, originaire de Mandailles, sur les rives de la Jordanne. Il avait fait monter Sylvestre près de lui, sur ce char qui, tiré par un mulet d'Auvergne, portait toutes les tailles de chaudrons, toutes les longueurs de louches, de bassinoires, tous les vases, toutes les buires, tous les bougeoirs, tous les pots, toutes les gourdes et même des fontaines dont le cuivre avait, en ce printemps, le charme roux de l'automne au soleil.

Sylvestre sera content de le revoir : Valat Ulysse, rue Louis-Philippe. C'est facile à retenir. Même pour un illettré.

Laissant derrière eux les tas de charbon qui se confondent avec la nuit de l'île Louvier, des travailleurs battent de leurs sabots le pont de Grammont. Ils s'enfoncent dans la ville par la rue du Petit-Musc. Un lourd fardier s'y engage à leur suite, venant de la raffinerie de sucre.

Sylvestre caresse dans sa poche ses premières économies.

Le fardier est bientôt arrêté par l'allumeur qui, dans un épouvantable fracas de chaîne, descend la lanterne au milieu de la chaussée. Il a de la peine à faire prendre la mèche. Il se met en devoir de la raccourcir.

Un cocher intervient du haut de son phaéton :

— Tu dois nettoyer le matin!

Les badauds s'arrêtent, pressentant le spectacle.

Une voiture de maître à son tour s'immobilise.

— Place à la rue! Nous avons des princes!

L'homme fait de son mieux. Il verse dans le petit réservoir son huile de colza. Sylvestre se dit qu'il devrait peut-être l'aider.

Le cocher du phaéton enfle la voix :

— Tu dois charger le matin !

Un titi s'en mêle :

— A la lanterne !

L'allumeur fonce sur le gosse qui détale. Il rappelle que sa corporation appartient à la préfecture de police. Il n'en faut pas plus pour que tout le monde chante :

Ah ! Ça ira ! Ça ira ! Ça ira !
Tous les allumeurs à la lanterne !

« On ne voit pas, au village, si joyeuse chichane », pense Sylvestre. Comme on dit, il se demande si c'est du lard ou du cochon.

La remontée se fait dans le même grincement de chaîne. Indifférent aux vivats, le pauvre homme ferme à clé le tube de zinc dans lequel a glissé la suspension. Il pose sur son chapeau plat sa caisse à ustensiles et, la tête droite, il lance ses galoches vers un autre déboire.

— Ça ne marche jamais, ces réverbères, dit une matrone en secouant la tête. Ce sont les mioches qui cassent tout.

— Les enfants ont bon dos, répond un quidam auquel on ne la fait pas : le vandalisme vient de ceux qui, la nuit, ne veulent pas de lumière.

Il a posé son regard sur Sylvestre.

La révélation fige le visage de la dame.

Dans la faible lueur de la lampe à huile, passent deux filles en cheveux. L'une d'elles fait penser à cette blondinette que Sylvestre a rencontrée voici un mois.

A-t-elle déjà perdu, elle aussi, son bonnet ?

Il hâte le pas, quitte cette rue de la Pute-qui-muse dont le temps a assagi seulement le nom.

A la place de l'ancienne Bastille, une colonne immense, fraîchement taillée, impose à la nuit son blanc chemin vers les étoiles.

Ulysse n'avait pas voulu accepter un liard pour le voyage qui, pourtant, lui avait fait l'économie de ses deux francs. Au village, il lui aurait donné un demi-setier de pâture pour le mulet.

C'est cela qu'il veut dire en premier : son remerciement. Il a su trouver du travail; il n'est pas sans rien. Si à nouveau Ulysse lui dit qu'il peut lui connaître un logement, il acceptera. Au moins, il demandera à voir.

L'un des deux hommes lui répond en patois :

— Tu prends la rue de la Roquette. La rue Louis-Philippe est la première à droite.

L'autre ajoute que, s'il se trompait, il ferait mieux de demander la rue de Lappe. Tout le monde l'appelle ainsi. Comme avant.

Aux chaudrons et aux chenets, aux cannes et aux chandeliers, se mêlent, dans la boue de la cour et le désordre de la remise, des grilles d'égout et des pales de moulin, un carrosse sans roues, des roues sans essieu, tous les outils, tous les boulons; un lustre de morte ferraille sur lequel les bougies ont laissé des traces de neige sale; une porte cloutée et des barres en faisceaux, en tas, en vrac, des coupes, des dalles, des pompes, des robinets : le plus extraordinaire caravansérail de rouille et de vert-de-gris que l'on puisse imaginer. Dans le tonnerre des masses et du martinet, ici on bat le fer, là on galbe le cuivre.

— Ulysse est parti, dit monsieur Valat sans cesser son travail.

Les phrases préparées s'étiolent d'un coup.

— Ça n'est pas le tout de chaudronner : il faut vendre ! affirme monsieur Valat sûr de son fait, de son geste, de sa doloire dont, fermant un œil, il vérifie le tranchant avant d'en accourcir le cercle d'un tonneau.

Il ajoute :

— Il est allé chiner. Il reviendra dans un mois, peut-être deux : quand il aura écoulé.

Sylvestre quitte l'atelier. Les martèlements l'accompagnent.

Il trouve son chemin barré par un canal qui clapote dans la nuit. Il le suit sur sa droite, sans savoir où il va. Bientôt les eaux s'argentent sous la lumière d'un fanal. Il reconnaît le pont sur lequel il est passé en descendant de la Courtille. C'est ce jour-là qu'il a rencontré la détresse blonde : la fille au blanc bonnet.

Il ne peut pas encore payer un garni pour la nuit. Ou alors ce n'est plus la peine de travailler.

Peut-on vraiment ramener des cent francs au pays ?

Angèle dansait la bourrée dans la grange des Rabanesse. Le grand-père avait la chabrette. Tiapadiou le bâton. Elle a la peau brune, Angèle. Un air appliqué au devoir. Ils partageaient à deux sacs pour le maître, un sac pour eux. C'est l'usage ; on ne peut pas aller contre. Depuis cinq ans, il voulait venir à Paris. Il aurait dû se décider plus tôt. Sur le chemin, il n'a pas su lier connaissance.

A quoi bon se répéter toujours les mêmes ritournelles ?

La vielle est restée accrochée à la bourrée, au cortège en plein vent, aux annuelles fiançailles pour rire de la fête et de la moisson.

La lune est dans le canal. Avec des vaguelettes infimes qui plissent son visage. Comme des rides. Mouvantes.

Elles roulent de haut en bas. Comme des larmes plutôt.

Quand les sabots de Piédesclop se sont tus, il y a toujours, à l'étage, des ricanements, des disputes, des ronflements, des râles de plaisir qui relancent les ricanements, suivis de protestations qui provoquent de nouveaux rires, des coups aux cloisons, des ébranlements de porte dominés bientôt par un tonitruant :

— C'est fini, ce fourneau?... C'est l'heure de dormition!

D'autres colères s'en mêlent :

— Faudra-t-il appeler le guet?

— Au dépôt! Voilà votre place : au dépôt et à Saint-Lazare!

A chaque plainte, à chaque cri, Paulsida fait la connaisseuse :

— Ce sont les mange-raves du fond. Ils sont toujours à girier!

Ou alors :

— A ce coup, c'est les laitières! Elles réceptionnent, faut croire!

Il convient d'entendre par là que la chambre des Bretons se plaint volontiers ou que Josèphe et Odile, les deux nourrices alsaciennes, ont une visite galante.

— Tête-en-l'air, sans doute.

Nanette a appris ainsi qu'une soixantaine de personnes occupent les quatorze pièces de l'étage, entassées là par des locataires ingénieux : logeant une Nanette, une Cyprienne, une Paulsida dans une même chambre, ils font un loyer sur les deux autres.

Pour vivre à huit dans le même réduit, se cotisent les nourrisseurs bretons, les porteurs d'eau des Thermophores, venus pour la plupart du Cantal et de l'Aveyron, les Héraultais, avec un tailleur de pierre, un équarrisseur, quelques terrassiers. Les nourrices alsaciennes ne sont plus nourrices mais elles ont conservé le titre. Piédesclop vit avec Amélie dont l'histoire ferait couler beaucoup de vin rouge.

Paulsida qui affirme ne se mêler de rien sait des histoires sur tous. Elle les livre avec la facilité consciencieuse d'un guide, entre deux éclats de rire, et c'est une impression curieuse de dormir chaque nuit avec quelqu'un dont on a entrevu le visage seulement à la chandelle.

C'est Cyprienne qui, le troisième soir, a mis la flamme devant le nez de Nanette. Alors, stupéfaite, elle a murmuré :

— Mais... c'est une enfançonne !

Depuis, il semble à Nanette que sa voix s'est adoucie, que cette Cyprienne, qui en âge et en corpulence est nettement la plus grande de la chambrée, retient ses moqueries, ses colères. Peut-être ses grossièretés.

Elle a interdit à Paulsida d'expliquer pourquoi on appelle l'un des Bretons « Tête-en-l'air ».

Elle prétend que Nanette le saura bien assez tôt.

Asperges d'Argenteuil, cerises de Montmorency, tulipes d'Aubervilliers, cresson de la Nonette, la rue Montmartre est votre chemin. Dans le noir, le cheval vous guide. Des cris vous accompagnent. Des chiens vous suivent, vous gardent, protègent votre maître et vous-même.

— Hé ! là ! Gare à la bête ! Gare au cocher !

Le fouet claque.

— Gare, pochard ! V'là la légume.

Il est trois heures. Loin de ses nuits normandes, de ses nuits dormantes, il semble à Nanette que ses oreilles vont éclater.

A sept heures, c'est la mise en train de l'imprimerie dont les cylindres, les poulies, les courroies prennent un rythme de croisière à moteur qui, tout le jour, montera paisiblement au-dessus de la verrière.

Equipée de son tablier et de ses manchettes bleus, Nanette ravive le feu. Elle met une bûche, allume son fourneau sur lequel elle pose une cafetière à cul noir. Elle descend à la cave. Lorsqu'elle en revient, portant dans ses bras repliés le bois de la journée, Madame est assise en face de Monsieur.

— Vous pouvez servir, Nanette.

Deux fois par semaine, le matin, on va aux Halles. Blanche Guérin ordonne que Nanette mette sa coiffe. Elle dit que, la voyant normande, les marchands hésiteront à lui vendre du poisson fatigué, du beurre trempé d'eau tiède auquel un jus de carotte et de fleur de souci a redonné bonne apparence. Pour plus de sûreté, elle exige que la servante plonge son doigt dans la motte. Quand Nanette le suce, elle sent sur elle un regard qui ne tolérera aucune tricherie.

— Parlez franchement, Nanette. Je dois savoir.

Madame prend son pain pour la soupe chez le boulanger en vieux. Le jeudi, elle s'arrête au pavillon n° 12 où les couleurs sont dans les plats : les marchands de viande cuite ont recueilli leurs denrées aux tables des palais, des ambassades, des grands restaurants ; les restes du luxe entretiennent l'assiette du pauvre, de l'avare, de ces employés qui, renonçant à la gargote, trouvent leur repas dans un hors-d'œuvre mêlé d'entremets, une demi-tranche de gigot parée de la sauce d'un ragoût où trempent quelques brocolis. Cette gastronomie en habit de bergamasque s'appelle des « arlequins ». Madame Guérin choisit les siens en habituée. Elle n'hésite pas à retourner la cuisse d'un poulet pour voir si elle n'a pas été trop entamée par le premier mangeur, à soulever les tranches d'anguille ou de merlan pour vérifier que, dessous, est le légume et non pas des os de dinde ou une tête de brochet. Elle n'aime pas être haricotée, la maîtresse !

L'après-midi est très varié. Il y a le jour de la lessive que Nanette fait pour toute la maisonnée, dans la cuisine où elle a monté l'eau ; le jour des parquets que l'on balaie quotidiennement mais qu'on frotte une fois par semaine, qu'on cire à genoux tous les deux mois ; le jour de la couture où, heureusement, Nanette est aidée par Madame ; le jour du repassage qu'on fait aussi dans la cuisine, les deux fers maintenus au feu sur la cuisinière qu'il convient d'entretenir ; le jour de la poussière : Nanette l'enlève de tous les meubles et de tous les bibelots avec un chiffon qu'elle secoue sur le tapis ; ce qui oblige, une fois par mois, à battre les tapis par la fenêtre, les uns au-dessus de la cour, les autres au-dessus de la rue. Comme, voici une semaine, Nanette y était occupée, un grand escogriffe est passé, tirant sur le pavé un âne chargé de paniers. Ses cheveux étaient aussi décolorés, aussi ébouriffés, aussi rugueux que sa voix :

— C'est moi ! V'la qu' c'est moi ! C'est lui ! V'la qu' c'est moi ! A l'encre ! On peut écrire au roi ! On peut écrire à sa bien-aimée : on vend la plume et l'encrier !

Nanette avait eu envie de pleurer. Sans trop savoir pourquoi.

Depuis, lorsque le soir elle va chercher le lait chez le nourrisseur de la rue Saint-Joseph, elle passe lentement devant le cabinet de lecture de monsieur Fly. Elle s'arrête. Revient.

Elle se hisse sur la pointe des pieds pour voir, au-dessus des rideaux, les messieurs qui lisent le journal.

Elle a osé entrer.

Il y a les tapis verts, les livres de vieille odeur, la fumée des pipes et des cigares, le parfum déconcertant de l'encre et du papier. Tout le monde la regarde à l'exception d'un quidam bedonnant qui, devant sa gazette, pousse des « Tsstt ! Tsstt ! » suffoqués : le gouvernement vient d'ouvrir un crédit d'un million de francs pour aller à Sainte-Hélène chercher les cendres de l'Empereur !

Mademoiselle Berthe demande :

— Vous désirez, mademoiselle ?

Nanette ne l'entend pas : au fond de la salle, monsieur Guérin la regarde ; aussi surpris de la rencontrer ici qu'elle est contrariée de ne pas l'avoir vu par-dessus les rideaux. Ni en entrant.

Il s'est levé, a plié son journal. Prenant sa servante par la main, il sort, suivi par vingt regards qui passent au-dessus du *National*, à côté du *Journal des connaissances utiles*.

Sur le trottoir, monsieur Guérin s'arrête. Il fronce le sourcil.

— On n'a pas idée de payer un écrivain public !... Trouves-tu que tu gagnes trop de sous ?

Comment voulez-vous répondre à une question pareille ?

D'un doigt aimable. Monsieur relève le menton de l'intimidée.

— Hein? Trouves-tu que tu sois trop riche?

C'est la première fois que le maître lui adresse la parole. Il a la voix douce comme elle n'aurait pas cru.

— Si tu as besoin d'écrire une lettre, je suis là, moi. Tu n'as qu'à me demander.

Il se ravise :

— Ou plutôt non : demande à madame Guérin. Entre femmes, on se comprend mieux.

Nanette n'avait pas approuvé la première proposition. Monsieur Guérin voit bien qu'elle désapprouve la seconde.

— Qu'est-ce qu'il y a?... Madame te fait peur?

— Maître... Ne vous donnez point d' mal... je...

Les mots normands s'éteignent dans sa gorge.

Monsieur Guérin s'enfonce dans la nuit.

— J'en parlerai à Madame. Elle la fera, ta lettre.

Il a envie de revenir sur ses pas, demander : « C'est à ton amoureux que tu veux écrire? »

Ça serait espiègle. Un peu effarouchant, peut-être. Il se retient.

Notre maître est bien courtois, vraiment.

La vaisselle est finie.

Nanette entre dans la salle à manger.

Madame Guérin pose sa dentelle. Elle déploie sur la table un sous-main en cuir de Russie, un encrier à bouchon d'étain.

Elle s'assied, tenant haut devant elle le porte-plume en corne que lui a offert sa tante de Bordeaux. Grande nouveauté. Elle ne se lasse pas de l'admirer : il représente le phare de Cordouan.

— Alors?... Que veux-tu dire dans cette lettre?

Nanette devient écarlate. Il lui semble d'un coup que, ne sachant pas écrire, elle ne sait pas non plus ce qu'il convient d'écrire.

Elle se lance :

— Mon *pé*... ma *mé*...

Madame sursaute.

— Tu ne penses pas que je vais écrire ton charabia?

Monsieur Guérin lit le feuilleton-roman de monsieur de Balzac.

Sa femme se radoucit.

La plume importée d'Angleterre crisse sur le papier.

— Alors... «Mon père, ma mère...»

— Je vais bien.

La plume anglaise répète sagement : «Je vais bien.»

— Ça va bien.

— Ça va bien? Tu veux écrire «Ça va bien» après «Je vais bien»?

Mais Nanette ne veut rien. Ou plutôt : elle veut que son *pé* et sa *mé* ne soient point soucieux.

Dix heures sonnent.

Monsieur sort la montre de son gousset pour voir si elle s'accorde avec l'horloge.

Nanette a une idée :

— Madame est gentille!

Pour le coup, Blanche Guérin est interloquée. Elle se demande si la phrase est à mettre dans le message.

Nanette la rassure. Il faut écrire :

— Madame est gentille.

Et aussi :

— Monsieur est gentil.

Et encore :

— Les enfants sont bien propres.

Un soupir passe sur le phare de Cordouan.

Lorsqu'elle aura dit qu'il faisait *cat* aujourd'hui, Nanette s'apercevra que sa lettre est finie. Parce que, faire écrire par Madame que bientôt elle n'aura plus les feux à entretenir ou même qu'elle regrette la soupe au lard, ça elle n'ose pas. Elle donne seulement de gros baisers au *pé*, à la *mé* et aussi aux quenailles. Avec un plus gros pour le plus petit : Guste.

Ainsi, avec la lenteur des sourds et des timides, elle fait connaissance avec Monsieur, Madame, l'appartement, la rue, les mots; avec les choses et les gens du jour et de la nuit.

Cyprienne est charentaise. C'est une grande fille de trente ans qui ressemble aux gros bourgs de son pays : lourde, calme; avec quelques mamelons; une sorte de bête de bonne volonté que nul travail ne rebute; mais qu'on ne mènerait pas facilement à l'abattoir.

Paulsida est plus gaie. Elle est venue de Provence en suivant un garçon coiffeur. Il a perdu au jeu son rasoir et sa tondeuse. Elle l'a quitté pour le suisse de Saint-Leu qui a les plus beaux mollets de Paris : à ce titre, il a été choisi pour conduire la cérémonie des victimes de Fieschi. Depuis cinq ans, il vit dans le souvenir de cet honneur. Depuis deux ans, il tremble qu'on découvre sa liaison avec Paulsida : elle lui coûterait son bicorne et sa hallebarde, sa canne à pomme d'argent, ses épaulettes qu'il regarde en biais, avec la satisfaction d'un colonel de la garde royale. Elle lui coûterait surtout le casuel qu'il perçoit avec discrétion au sortir des mariages et des baptêmes, en échange de la charge qu'il a de chasser de l'église les chiens errants et les personnes du sexe dont les papillotes sont une offense pour le bon Dieu. Paulsida prétend qu'il est confortant, quand on a été dévergondée par un barbier juvénile, d'être aimée par un homme dont les cheveux argentés se situent à six pieds au-dessus du niveau de la mer.

— Taise ta goule ! T'es qu'une drôlesse !

Les remontrances charentaises ne l'arrêtent pas. Elle dit des souvenirs voisins de l'obscénité.

L'algarade quotidienne éclate au bout du couloir :

— *Es ún messourguié !*

— *Causé gallec, gast !*

— *Un messourguié et ún' salop' !*

A l'étage, les soixante résidents ne disposent que d'un cabinet d'aisance, place infâme, sans fenêtre, sans quinquet où, parfois, une Cyprienne monte un broc d'eau mais qui, la plupart du temps, reste sans soins, victime de tous les encombrements. Les uns accusent les autres de prolonger leur plaisir dans cette place où l'on n'entre pas sans dégoût. Les plus proches protestent contre les bruits et les odeurs qui envahissent leur dortoir. Quand ce n'est pas un liquide jaunâtre qui se glisse sous leur porte.

Les locataires du cinquième, calligraphes de préfecture, mareyeurs des rues, apprentis parvenus, claqueurs du Vaudeville commencent à taper au plafond :

— Je vais vous apprendre à dormir !

On peste contre le manque de savoir-vivre de la lie étrangère :

— On leur fait la charité de les loger et voilà la récompense !

— Va falloir leur tirer les oreilles à ces ours !

Parce que les locataires du cinquième font tant de chahut, les locataires du quatrième prennent leurs balais :

— C'est fini là-haut ?

— Ce n'est pas assez de nous empester tous les jours avec votre soupe aux choux !

Le tapage indigne la population du troisième. On proteste jusqu'à ce que le barouf réveille les maîtres du second. C'est le moment que Piédesclop choisit pour monter l'escalier!

C'est Amélie Lagueyte, la cuisinière landaise, qui lui a donné son nom : à cause de ses gros sabots que, le matin, il traîne par le faubourg Saint-Martin jusqu'au canal de l'Ourcq. Toute la journée, armé d'une longue fourche, il détourne du courant les feuilles, tous les détritus qui auraient tôt fait d'encombrer les vannes. Le soir, de son pas pesant, il reprend l'avenue d'Allemagne, ne pensant à rien jusqu'à ce qu'il aperçoive les colonnes du théâtre de l'Ambigu. Les affiches du *Radeau de la Méduse* lui répètent que sa vie maritime n'est pas si mauvaise : elle lui évite les risques de l'aventure. Il arrive rue des Jeûneurs où, d'un pied ferme, il attaque l'escalier de service.

— Quand on sait vivre, on se déchausse!

Les autres, c'est vrai, enlèvent leurs *esclops,* comme dit Amélie, sur la première marche. Ses sabots à lui sont rivés à deux jambières de toile cirée. Il lui faut des minutes pour s'en débarrasser. Il ne voit pas pourquoi il retarderait le plaisir de retrouver son Amélie : elle l'attend, une bouteille à la main.

— Canaille! On dort!

S'ils dormaient vraiment, ils ne gueuleraient pas si fort, estime, en continuant de monter, le colossal balayeur.

— Malotru! Sac à vin!

La contrariété le fait tousser : depuis ce matin, il n'a bu que de l'eau.

— Tous les soirs, c'est la même chose!

Pardi, les embourgeois, je voudrais vous y voir, moi, toute la journée les pieds dans l'humide! Ce sont mes chaussettes qui m'éternuent. Je finirai poitrinaire, allez! Vos cris n'y feront rien.

— Silence au bivouac ! lance un ancien artilleur à cheval qui, depuis Waterloo, a des insomnies.

Monsieur Degueldre le soutient. Un ton au-dessus. Un étage en dessous.

— La garde ! Je vais chercher la garde !

En haut, Amélie attend son homme.

— T'en fais pas, Piédesclop, demain il va pleuvoir ; il y aura de la boue sur les marches : ça fera moins de bruit !

C'est une drôle de femme, l'Amélie ! Elle a quitté ses Landes à l'âge de treize ans, suivant à Bordeaux un marchand de bois. A sa mort, elle est venue à Paris. Sa façon d'accommoder les ortolans l'avait fait estimer des meilleures maisons. L'atmosphère surchauffée des cuisines lui avait porté tort : on a tendance à goûter le vin rouge des civets, le blanc des courts-bouillons.

— C'est le carbonique qui nous étouffe ! affirme-t-elle le soir lorsque, d'un pied hésitant, elle arrive au sixième.

On rit. Moins pourtant que lorsqu'elle dit :

— Je suis de Pissos.

Ces incultes de la géographie landaise croient à une blague.

Lorsqu'elle chante :

Les filles de Pissos
Savent poivrer leurs sauces,

ils rient plus fort encore, ces soiffards qui, le samedi soir, commencent le dimanche. Sans oublier, pour les Bretons, qu'ils doivent être à cinq heures à la vacherie de la rue de Ponceau pour traire les bestiaux et changer les litières.

Etrangers parmi les étrangers, les Savoyards ne se mêlent ni aux bamboches ni aux chamailles.

Quant à Amélie, on la verra à six heures à l'office des

domestiques où sa somnolence passera pour un recueillement.

La foi lui est venue au service de madame Grimond, la dévote du deuxième qui, après lui avoir montré les bienfaits de la religion, ne sait plus maintenant comment en arrêter la pratique. Ses fourneaux du dîner ne sont pas éteints que, au lieu d'accepter comme autrefois quelques travaux de ménage, Amélie Lagueyte fonce vers Notre-Dame-des-Victoires où elle a, chaque après-midi, une prière à offrir, une neuvaine à terminer.

Si madame Grimond lui en fait l'observation, avec gravité Amélie Lagueyte répond :

— La foi est la foi. On ne peut pas aller contre.

Paulsida éclate de rire : son suisse de Saint-Leu est jaloux depuis que, la semaine dernière, il l'a vue deux fois faire tinter les clochettes du marchand de coco.

— Ça fait de mal à personne que je lui tire les clochettes !

Au contraire, c'est bon pour le suisse qu'elle se disperse un peu.

— Ça égare les soupçons !

— L'écoute pas, dit Cyprienne : à faire toujours le diable à quatre, elle finira à l'hôpitau. Ou à Saint-Lazare : avec les filles perdues.

Paulsida rit de plus belle :

— Crois-moi, trou normand : c'est quand on est jeune qu'on a besoin d'amour !

La prenant par la main, elle l'entraîne dans la chambre des Bretons où dix voix rient à en pleurer.

Elles ne voient rien. Elles s'approchent. Découvrent un spectacle étonnant : allongé dos sur la table, Piédesclop pète à son aise, les jambes en l'air, une bougie tenue devant son cul par Le Guennec. Le boute-en-train n'a pas besoin de donner le signal de l'hilarité : les bouches sans dents se fendent avec ensemble lorsque, sortant avec force, la vesse s'enflamme à la chandelle, répandant dans la nuit infecte un éclair sulfureux qui semble avoir ratatiné l'arc-en-ciel. Amélie ne se tient plus ! La rigolade est proportionnée à l'importance du son : comme, au feu d'artifice, l'admiration est proportionnée à la beauté des pièces.

Nanette recule. Une main s'est plantée dans sa jupe. Elle s'enfuit. Laissant des rires énormes couvrant un pet monumental.

Elle se couche. Ecœurée. Subissant encore les reproches de Cyprienne.

Paulsida rentre, riant toujours. Elle s'allonge.

— Tu as eu peur ?

Une idée lui vient.

— Peut-être bien que t'as encore jamais niqué ?

Heureusement qu'on ne voit pas les visages.

— Elle a pas niqué ! Elle a pas niqué ! crie Paulsida en sautant de joie sous sa couverture.

Elle est brave fille. Au bout de quelques secondes, de crainte d'avoir blessé la pucelle, elle a, vers elle, un geste amical.

Nanette avait sa main sur son ventre ; entre ses cuisses.

La débauchée ne se tient plus d'exubérance :

— Ma parole, elle se fait toute seule ! Ah ! c'est la comtesse du Petit-Doigt ! Elle se fait ! Elle se fait !

Anéantie, outragée, vaincue, étrangère à tout et muette désormais, Nanette se tourne face au mur où, dans le noir, elle a l'impression que rebondissent ses sanglots.

Par un effort de tout leur corps et de toute leur volonté, ch'timis et Allemands rattrapaient dans la montée le temps perdu dans la cale de *L'Ardennaise* à saisir la pierre mouillée, à la charger glissante sur leurs épaules. Dès qu'ils posaient le pied sur la passerelle les descendant à la berge, ils couraient presque, sans bien savoir s'ils bravaient l'équilibre ou le compagnon, s'ils prouvaient l'habileté de leur race ou s'ils fuyaient au plus tôt la planche rendue visqueuse par la bourrasque d'avril.

Sylvestre aujourd'hui faisait équipe avec les ch'timis.

Depuis qu'il était au service de monsieur Levasseur, Vanoecker lui avait dit mille quolibets sur les mangeurs de châtaignes.

L'occasion était belle de faire enrager le buveur de chicorée : lancé par ses jambes fortes, à chaque descente il rattrapait Vanoecker. Il prenait plaisir à marcher sur ses talons.

Le ch'timi ne répondait pas. Sauf une fois : il fit mine d'accélérer pour fuir le danger. Sylvestre fonça. Vanoecker s'immobilisa. Raidissant ses muscles. Satisfait bientôt d'entendre le Chabrol pousser un cri de malédiction : courbé sous le faix, il était venu s'écraser sur la pierre du ch'timi.

Ça n'était pas fini : ses pieds dérapant entraînaient ceux de Vanoecker ; les deux hommes tombaient à l'eau, leur chargement englouti dans la Seine.

Aussitôt, appels et imprécations nordistes emplirent le ciel. On tendit une perche à Vanoecker qui se débattait dans le courant. On montra le poing à Sylvestre qui, bien sûr, ne savait pas nager. Il fallut l'intervention d'un Allemand pour le tirer de là.

S'étant assuré qu'il n'était pas noyé, monsieur Levasseur lui paya son compte.

La rue du Plâtre, la rue Barre-du-Bec, toutes les venelles à cuvette centrale traînaient autour de Saint-

Merri des papiers, des défroques perdues, des rats crevés, un chat éventré. Aux carrefours se rassemblaient des ouvriers en chômage qui posaient une planche sous les pieds des bourgeois. Ils tendaient la main en disant aux hommes : «Passez, payez!»; aux femmes : «Passez, beauté!»; pour une dame d'âge mûr, ils inversaient la formule : «Beauté... passez!» Ils menacèrent un harpagon de le laisser au milieu de la planche. Le quidam finit par sortir une pièce.

Trempé, grelottant, Sylvestre donnait à son ventre malade le réconfort de repasser rue Sainte-Croix-de-la-Bretonnerie, devant la droguerie de monsieur Menier qui, sans savoir que cela le conduirait à l'industrie, fabriquait du chocolat.

Il n'osait pas, à cette heure, rentrer dans son garni : la logeuse, madame Germain, ne manquerait pas d'observer qu'il avait fini bien tôt sa journée.

Il s'y décida.

Par extraordinaire, la dame n'était pas à son poste : devant l'absinthe inépuisable dans laquelle, dès le matin, elle tordait ses traits.

Il monta sans être vu.

Il parvenait au cinquième lorsque s'ouvrit la porte de sa chambre.

Un homme en sortait, accompagné d'une fille qu'il avait souvent croisée passage Pecquay, en rentrant de son travail. Mêlée à d'autres, elle provoquait le passant avec des offres impudiques, des insultes que toutes couronnaient de rires maquillés, bronchiteux; presque apeurants.

Au lieu de protester, il se sentit pris en faute : il se jeta dans l'ombre du couloir qui, à mi-étage, conduisait sur la cour. Lorsque le couple fut descendu, il gagna sa chambre, se promettant de n'en pas sortir avant le soir : pour ne pas donner l'éveil.

— On t'a volé dans ta carrée, tu dis ?

Appliqué, comme s'il était, lui aussi, formé aux patientes surveillances, le doigt du sergent suit lentement chaque ligne de chaque fiche.

— Que faisais-tu dans cette chambre ?

Sylvestre ne comprend pas très bien ce qu'on lui demande. Il a déjà expliqué. Il n'aime pas quand on parle vite. Quand on lui adresse la parole, il se trouble.

— Que faisais-tu ?

— Je... rien.

— Rien ?... A quatre heures d'après-midi ? Tu as de la chance !... Et comment étais-tu dans cette chambre ? Elle est à toi ? Tu es riche !

— Oui.

— Quoi oui ?

Il a peur d'avoir mal dit.

— Elle est à toi ?

— Je... payer.

Lorsque, dans la caisse qui lui sert d'armoire, il a voulu prendre du linge sec, il a vu tout de suite qu'on avait fouillé. La doublure de sa blouse avait été décousue. Il est sans emploi. Sans argent. Plus mal loti qu'à son arrivée puisqu'il n'a même plus de pécule en prévision des mauvais jours.

Le doigt a fini son inspection.

— J'ai ici les fiches de tout le quartier. Tu n'y es pas.

Sylvestre pense qu'on l'a mal compris : il a été victime d'un vol.

— La première des choses quand on vient nous voir, c'est de donner son nom et d'indiquer son domicile.

Tout en fixant au mur des instructions précisant que, en cas d'incendie, les premiers intervenants trouveront la clé des bornes à eau chez le fontainier, un autre sergent murmure :

— Ils sont pas nets, ces gars-là. Toujours à se plaindre et toujours près des mauvais coups.

D'un mot, l'officiant est mis sur la voie :

— T'es sûr que c'est pas toi, plutôt, qui es-t-allé faucher au pré ?

Sylvestre ne voit pas de quel pré on lui parle.

— Madame Germain n'a rien à cacher. Pas même sa bouteille d'absinthe. Je vais voir ce qu'elle dit de tout ça.

C'est un gros qui a parlé. Il emmène avec lui le collègue qui reclouait les sangles du brancard.

Le préposé au doigt de fin limier dit à Sylvestre :

— Il n'en a pas pour longtemps.

Il l'entraîne dans un réduit obscur, puant, sans ouverture ni dans le haut ni dans le bas. Un baquet occupe le milieu de la pièce. On se demande qui videra un jour l'urine et les matières qui y nagent.

La porte tourne sur ses gonds.

La clé tourne sur elle-même.

Derrière la porte s'éloignent les pas cloutés du sergent.

On vous parle du Paris qui avait, c'est vrai, la tête blonde. Depuis toujours, arrivaient des gens du Nord, de l'Est qui cherchaient le soleil.

Désormais, de partout, viennent, viendront des hommes qui cherchent du travail.

Il y a presque quarante ans que monsieur Fly a ouvert son cabinet de lecture au n° 15 de la rue Saint-Joseph.

Lorsque, l'après-midi, il vient serrer la main de ses plus anciens clients, il aime, avec eux, évoquer ses débuts, les méfaits de la censure napoléonienne qui, réduisant à quatre les journaux de Paris, avait bien failli, dès sa naissance, ruiner son commerce. Il parle de son collègue Masson emprisonné en 1824 pour avoir offert à ses abonnés *Le Bon Sens* du curé Meslier; de Maltête, à la fois menuisier et maître de lecture, condamné à fermeture pour son catalogue indiquant l'ouvrage de Venette *Le Tableau de l'amour conjugal : avec figures*. D'un carton fatigué, il tire le feuilleton de *L'Universel* du 6 juin 1829 : «Je savais bien que la rage de la lecture avait envahi tous les étages : je l'avais appris devant la loge de mon portier, en demandant vingt fois, mais inutilement, le cordon; maintenant on va la répandre dans les forges, dans les carrières, sous le hangar du garçon menuisier et sur l'échelle du manœuvre maçon. Quel sera le résultat d'une aussi belle entreprise? A mesure que les hommes en veste, en blouse et en tablier liront, ils chanteront et danseront moins; les guinguettes seront abandonnées pour les nouveaux cabinets littéraires destinés à la truelle et au marteau. Fort bien. Mais l'ivresse du vin est-elle plus redoutable pour la société que l'enivrement de la lecture ? Voilà toute la question. »

Monsieur Fly soupire : ce ne sont pas les affolés par les lumières qui vont ruiner la grande mission du maître de lecture. Ce sont ces journaux que Napoléon voulait détruire et que la publicité vient de tonifier.

— Quarante francs l'an l'abonnement ! Tout le monde s'abonne, évidemment ! Et nous, que devenons-nous là-dedans ?

Ayant passé sa vie à répandre la lecture, monsieur Fly est aujourd'hui l'ennemi de ceux qui la répandent mieux que lui : ils lui ont pris son idéal.

— Et je ne parle pas du contenu ! Des feuilletons-romans d'un monsieur Balzac, d'une madame George Sand ! Peut-on appeler cela des écrivains ! Trouve-t-on le public trop éveillé pour l'entraîner toujours vers plus de frivolité ?

Pour pallier la perte sensible de la clientèle, mademoiselle Fly, qui est douée d'une belle calligraphie, s'est adjoint une charge d'écrivain public. Monsieur Fly ressent cette opportunité comme une déchéance. Jamais il ne porte les yeux sur une lettre de commerce. Pendant que la fille étire salutations distinguées ou sentiments respectueusement dévoués à vous être agréable, le père offre Walter Scott ou madame de Genlis, Paul de Kock ou Fenimore Cooper, réservant à l'initié l'escalier qui mène à l'entresol. Là, derrière de Maistre et Chateaubriand, monsieur Fly, avec orgueil, cache ses mauvais livres : *Jacques le Fataliste*, *Manon Lescaut*, *Les Liaisons dangereuses*, *Les Lettres persanes* et, bien sûr, tous les *Candide*, tous les *Zadig* et *La Religieuse* que pourchassent de leur mieux messieurs les inspecteurs de la Librairie.

— Je vous ai fait attendre longtemps avant de vous admettre à gravir les marches de la liberté, monsieur Guérin. J'en suis aujourd'hui bien désolé.

— Votre prudence était légitime, cher monsieur Fly.

— Vous êtes au ministère, comprenez-vous, monsieur Guérin ?

Edouard Guérin comprend la prudence. Au bureau, il ne parle pas de ses rêves libéraux. A sa femme, il a toujours caché le coupable entresol.

Blanche Guérin, il est vrai, a droit à quelque ménagement : par l'apport d'une dot raisonnable et bien gérée, elle permet à un simple sous-chef de bureau de ministère de vivre en troisième étage sur rue ; avantage inappréciable pour qui veut se pousser dans la carrière.

A cet égard, la soirée du 25 mai 1840 devait être d'une importance que Nanette perçut facilement dans les préparatifs auxquels elle dut se livrer. Et surtout à l'aide que Madame y apportait elle-même pour presser le mouvement. Dès le 16, on essuya tous les bibelots (ce qui, d'ailleurs, obligea de les nettoyer encore le 23) ; Nanette lava les rideaux, brossa les cantonnières ; elle fit reluire les parquets ; montant l'eau de la cour, elle trempa, lessiva, rinça, repassa ; elle traita au vinaigre tous les cuivres, fit resplendir le service godronné en porcelaine de Limoges, objet de toutes les craintes et de toutes les fiertés. Madame devenait chaque jour plus anxieuse. Elle refaisait son menu, son budget, changeait l'ordonnance du repas, de la table, ne sachant plus, à force de bonne volonté, si elle devait mettre monsieur Limont-Meynard à sa droite ou à sa gauche, si elle devait prouver son savoir en respectant la tradition ou montrer son invention en la bousculant quelque peu. L'expression « Entre la poire et le fromage » dit à jamais l'ordre des choses : par bravade,

Blanche Guérin envisagea d'offrir le marolles avant les fruits !

Monsieur paraissant effrayé de son audace, elle y renonça.

Bien lui en prit : madame Limont-Meynard tenait pour la tradition. Elle arriva sous une cape qui sentait son 1830 et, quand elle l'eut ôtée, apparut en parfaite ambassadrice de la lointaine ligne sablier : une ceinture tirée jusqu'à l'étouffement resserrait un corsage aussi large que la jupe : on aurait dit un fuchsia. Avec l'hôtesse, elle en vint bien vite au « petite madame » que lui permettaient son âge et son rang. Au reste, pas désagréable : elle apprécia le vin blanc de Sauternes qui avait pour mission d'ouvrir l'appétit et que, après la soupe et le bœuf arrosés de graves, on retrouva sur les huîtres et les rissoles de merlan. La cave était fournie par la cousine de Bordeaux qui, outre quelque porte-plume-phare-de-Cordouan, avait le bon goût d'envoyer chaque année par la malle-poste un lot de bouteilles de médoc, quelques crus de Saint-Emilion. Ainsi, le château-balestard accompagna le rôti pommes Robert cependant que la poule à l'estragon se voyait arroser par ce château-de-gasq que le général Palmer venait de débaptiser pour lui donner son nom.

On avait fait manger les enfants à cinq heures afin de permettre les conversations sérieuses.

Les Guérin s'en félicitèrent. Les œufs à la tripe aux concombres étaient à peine servis que monsieur Limont-Meynard exposa les dangers qui menaçaient son ministère :

— Je vous le dis tout net : l'Etat court à sa ruine s'il continue à entretenir des expéditionnaires et des rédacteurs qui n'ont pas le sens de l'Etat ! L'un emporte chez lui un encrier, l'autre fait ouvertement commerce de poudre à sécher, de sandaraque, de cire à cacheter... sans parler des garçons de bureau qui enlèvent les cendres des cheminées pour les vendre aux blanchisseurs !

Les « Oh ! » de réprobation stimulaient l'orateur.

— Ça ne serait rien qu'ils en fassent négoce mais, pour accroître la marchandise, ils forcent la consommation de bois. J'ai beau interdire de porter la chaleur au-delà de 14° Réaumur, placer dans chaque bureau un thermomètre, on allume avant l'heure, on alimente un feu d'enfer que l'on soutient jusqu'au moment où s'en va le dernier de ces messieurs !

L'auditoire se lamentait sur ce relâchement des mœurs. On s'indignait de cette vénalité venue d'ailleurs : le muletier des Pyrénées, le charretier du Gévaudan gagnent sur le bois livré et encore sur les braises qu'ils viennent reprendre !

L'occasion était trop belle.

— Ces glane-partout nous conduiront à la ruine.

Madame Limont-Meynard était formelle :

— Ils arrivent sans un liard et, au bout de quelques années, font construire un hôtel. Il faut bien qu'ils prennent l'argent quelque part !

Elle baissait la voix :

— Etes-vous sûre de votre domestique ?

Pour l'instant, madame Guérin n'avait rien remarqué qui, chez Nanette, donnât matière à soupçon.

— Vous ferez bien d'être sur vos gardes.

Nanette allait de la salle à manger, où elle servait en gants blancs, à la cuisine où elle les ôtait pour ne pas les souiller, passant en hâte un tablier bleu sur son tablier blanc, le retirant pour aller dans la chambre où il convenait de ne pas laisser s'agiter les enfants dont, toute à ses invités, Madame ce soir ne saurait s'occuper.

Pour sa part, madame Limont-Meynard se tenait à distance de tous ces gens à cheveux noirs.

Comme pour rassurer son hôte, Edouard Guérin observa :

— Nanette est blonde.

— Certes ! Mais elle pourrait être brune ! affirma madame Limont-Meynard qui ne s'en laissait pas conter. Au reste, il y avait un moyen adroit de déceler l'origine de chacun.

— Approchez-vous du quidam et, si vous n'êtes pas dégoûté, respirez un bon coup : cela sent l'étable.

Monsieur Limont-Meynard voulut adoucir le propos de sa femme :

— L'étable... peut-être pas...

— La vache ! consentit l'épouse qui ne voyait pas la nécessité de la disputer pour une nuance.

Nanette avait remis ses gants. Entre monsieur et madame Limont-Meynard, elle tendait le rôti. Madame Limont-Meynard donna le signal : elle aspira un grand coup, l'œil fixé sur son mari qui, aussitôt, s'exécuta.

Les Guérin ne purent pas faire moins : ils dilatèrent les narines.

— C'est peut-être vrai, murmura Madame sans véritable conviction.

— ... Un peu, dit Monsieur en baissant la tête pour le sacrifice de l'avancement au choix.

Monsieur Limont-Meynard retrouva l'esprit inventif qui, devant les exigences de sa femme, si souvent l'avait tiré d'un mauvais pas.

— Mais non ! Ça sent le bœuf ! C'est le rôti ! clama-t-il dans un éclat de rire que l'on s'efforça de partager.

Trois mois ne suffisent pas pour apprendre le français. Ils donnent largement le temps d'entendre la suspicion. De comprendre l'insulte.

Dans l'encombrement de sa cuisine, Nanette voit les murs de torchis mêlé de foin, le sol de terre battue, la *mé* distribuant la soupe grasse et le beurre salé. Les quenailles couchées, la nuit fleure le lait qui dort et la pomme rentrée. La pauvre femme se tire les yeux sur les boutons de nacre qu'il convient de percer pour monsieur Gréville : il a la bonté de nous donner de l'ouvrage à domicile. Le *pé* ouvre la porte aux *vésins*.

— Bonjour, Jean. *Assious* !

— Bonjour, monsieur Le Hardouin. *Assious* !

— Bonjour, Fanchon. *Assious* !

Ils s'assoient. Tous. Du pichet de chêne ou de la cruche de terre qui, l'été, le conserve plus frais, coule le maître cidre ; gouleyant et dret en goût.

— Que fait Nanette ? demande Edouard Guérin en servant le palmer.

Blanche Guérin agite la sonnette.

Nanette a, dans les yeux, la flamme ancienne de la chandelle d'oribus. La vieille Bolbec se signe à tout bout de conte, désireuse de se protéger des gobelins, du dragon Gargouille : Jean Leroy dit l'édifiante légende du loup vert, l'éternelle histoire de Robert le Diable condamné par le pape à quémander sa nourriture à quatre pattes ; il se relèvera à l'appel de la religion : pour vaincre, de son épée, les infâmes Sarrasins.

— Vous voulez donc toujours me faire honte ?

Ce n'est pas Robert le Diable, glorieusement devenu Guillaume le Conquérant, qui se dresse devant Nanette : c'est madame Guérin. Furieuse.

Nanette a bondi, interdite d'être là ; loin des baisers à taches rousses que lui donnait sa mère ; à si peu de mois pourtant de la Normandie.

Elle porte la coupe rouge de cerises.

Madame Limont-Meynard en est aux idées pratiques :

— Certains parlent d'assainir Paris pour éviter un

nouveau choléra. Peut-être conviendrait-il d'en éloigner d'abord ceux qui en portent les germes !

C'est le moment que Piédesclop choisit pour faire son entrée. Plus réussie que les autres soirs : le promeneur de feuilles mortes ne se contente pas de monter les degrés ; il écrase la marche avec le talon de son sabot, tape la contre-marche avec la pointe, renouvelle son vacarme à la marche suivante, tousse, râle, bute avec énergie.

En haut, Amélie lance à son homme ses habituels encouragements :

— Force, Piédesclop ! Tu es bientôt arrivé !

Les Guérin sont pétrifiés : est-il utile de loger au-dessus de ses moyens, d'engloutir en un repas la bourse de quinze jours de marché, de ponctuer chaque propos de ses invités par une approbation emplie de délicatesse si le bruit, les insultes, les colères, toutes les trivialités vous ramènent dans les galetas du faubourg Saint-Marcel ?

— Cochon !

— Fourneau !

— Va te coucher, grand dépendeur d'andouilles !

Des portes claquent, des menaces montent avec le pas rageur de Piédesclop, maintenant soutenu par les Bretons du sixième qui, ne travaillant pas dans la maison, ne s'exposent pas à la malédiction de leurs maîtres :

— *Sko adared va breur me né rid ked morse kemen a droz evit kurun Brest !*

Blanche Guérin sauvera sa soirée en révélant que l'immeuble appartient à monsieur Wurmser, un juif venu de Strasbourg pour faire fortune dans l'imprimerie et le commerce du papier.

Désormais, la conversation est relancée, frémissante, catégorique :

— Nous paierons très cher notre sens de l'hospitalité !

Au sixième étage, le grand Piédesclop s'affale sur son lit.

De ses propos incohérents, de ses grossièretés, de sa pâleur inhabituelle, de ses silences, de sa grande détresse, Amélie Lagueyte parvient à retenir que, sur le registre de la comptabilité, quelqu'un a fait à sa place la croix qui lui sert de signature : lorsqu'il s'est présenté pour percevoir son dû, le nouveau patron a hurlé qu'il ne le paierait pas deux fois.

Quand il a su l'affaire, Chedmois, le plus fort des Bretons, est arrivé avec du cidre consolateur. Rentrant du Mont-Valérien, les terrassiers avaient su éviter l'octroi à leur vin de Suresnes.

— Trinque, Piédesclop !

— A ta santé, l'Amélie !

Un Héraultais chante *E bufa s'i al ciol.* Il essaie d'entraîner les chœurs.

Les porteurs d'eau des Thermophores frappent à la cloison.

— Vous savez ce que c'est, monter des bains pendant douze heures ?

L'Amélie se rebiffe :

— Si on te payait pas, toi, qu'est-ce que tu dirais ?

Ça ne calme pas les plaignants. Ça stimule les exubérants :

— On m'a volé mon dû ! hurle Piédesclop.

— A ta santé, gast !

— Rentrons celui-là avant qu'il pleuve !

Les coups à la porte se mêlent aux roulements des sabots. Une idée de l'Amélie : elle s'est mise à trépigner avec ses esclops. Chedmois est conquis : il va chercher ses sabots, ses amis. Les vieux protestent. Les jeunes arrivent avec leurs gros *boutou-coats*. On tape à qui mieux mieux.

Nanette dort sans rien entendre. Elle ne savait pas qu'elle sentait la vache.

Aux coups sur le parquet répondent les coups sous le plafond :

— Silence au bivouac ! hurle le demi-solde.

— Si je monte, je vous coupe les...

La troupe, aujourd'hui, est inaccessible au danger. Elle a pour elle le bon droit de Piédesclop, le renfort qui lui vient de chaque chambre, le vin, le cidre, grands stimulateurs d'héroïsme. Elle a pour elle la belle idée de Chedmois :

— Piédesclop a travaillé : il faut lui régler sa paye. On va faire du tintouin dans l'escalier jusqu'à ce qu'ils soient tous réveillés ! Nous remonterons quand ils auront remboursé not' gars !

— Comment ils vont faire ? demande un jeunot.

— Ils vont se cotiser ! répond superbement Amélie.

Les sabots roulent dans le couloir. Des éclats de rire les entraînent.

Nanette se demande où elle est. Jamais il n'y a eu autant de bruit.

Le Héraultais n'a pas renoncé à entraîner son monde : *E bufa s'i al ciol ! E bufa s'i al ciol !*

Elle tâte la paillasse, ne trouve pas Paulsida.

Elle se rappelle : Cyprienne ce soir a découché ; Paulsida est dans son lit. De là, parviennent des plaintes que lui cachait ce vacarme.

Elle prête l'oreille.

Les sabots couvrent tout.

— Avance !

— Poussez pas !

— A nous, les embourgeois !

Un sage porteur d'eau veut retenir son fils :

— *Reste aqui !*

— Faut aider Piédesclop ! répond le gosse.

C'est le grand soir. L'affranchissement du serf. On le proclame de pointe et de talon, de hêtre et de peuplier. L'hilarité monte avec la descente de l'escalier. Des vulgarités sortent de partout. Dans le désordre. La bamboche écervelle dans son rôle de sauve-qui-liche. C'est la grande colère des pieds de bois.

Cette fois, Nanette en est sûre, Paulsida se plaint.

— Paulsida... c'est-y que tu serais malade ?

Un râle lui répond.

Nanette rejette sa couverture. A quatre pattes, elle se dirige vers l'autre paillasse.

Sa main trouve les jambes de Paulsida.

D'autres jambes sont dedans. A la peau rude.

L'homme jure.

— T'arrête pas, Tête-en-l'air ! supplie Paulsida qu'on dirait étouffée d'espérance ou peut-être d'application.

— C'est la pucelle qui me cherche ! Je vas m'occuper d'elle à son tour.

Nanette se lève d'un bond. Son front heurte le plafond trop bas. Elle est assommée. Un bras retient ses chevilles et quelque chose est passé sous sa chemise ; entre ses cuisses ; une bouche qui la mord. Elle crie, roule sur le plancher.

Des poings vigoureux ébranlent les portes des étages.

— Fi d'Dieu, l'embourgeois, montre ton nez que je le fasse pisser !

Blanche Guérin supplie son mari :

— N'y allez pas, Edouard ! Je vous en supplie !

Edouard promet.

Il n'avait pas l'intention de bouger.

Les coups redoublent. Les tableautins sautent contre les murs. Le service en cristal frissonne sur son plateau.

— Ils vont nous tuer ! pleure Blanche Guérin.

— Ce n'est pas sûr ! répond Edouard pour la tranquilliser.

Une trouvaille passe par-dessus tout :

— Dans le grand escalier !

— Ouais ! hurlent les révoltés.

C'est suivi d'une apostrophe :

— Hé ! L'embourgeois ! Tu nous veux dans la crasse et toi dans les dorures ! On va te crotter tes tapis.

— Il n'y en a pas !

— On y va quand même !

L'union se fait dans l'action.

— A nous les pieds cirés ! Dans le grand escalier !

— Ce sont les Bretons qui les entraînent ! chuchote Crespelle, un peu pâlot derrière sa porte.

— Les Alsaciennes font tout le mal. Elles excitent l'étage depuis qu'elles ont perdu leur place, répond sa femme.

— On ne peut pas garder pour nourrice une fille qui n'a plus de lait !

— Le lait n'y est pour rien : c'est la race qui est mauvaise.

Dans son lit de malade, monsieur Wurmser pense : « Avec les gens du Midi, on a toujours des ennuis. Ils ont le sang rouge. »

Arrivée au pied du grand escalier, la troupe, dans la lueur pâle des bougies, découvre, sur les murs, un ange blafard, des farandoles de feuilles sculptées. Une boule de verre termine la rampe de bois et de fer forgé.

Il y a un mouvement de recul.

— C'est trop beau, gast. C'est point pour nous.

Du cinquième, tombe une voix puissante :

— Celui qui avance est un homme mort !

Un jeune croit voir un fusil. Un autre se glisse prudemment sous le palier. Quelques-uns sont déjà partis. Amélie ne s'avoue pas facilement vaincue : elle crache sur la première marche. Piédesclop fait de même, suivi de Chedmois. Tout le monde revient. Un à un, avec une modeste application, les vaincus transforment leur défaite en victoire.

Nanette a réussi à se dégager.

Elle croit ses mains sales, sa tête en feu.

En chemise, pieds nus, elle va dans le couloir. Elle se jetterait dans l'escalier peut-être mais un vacarme monte avec les sabots-tambour, les joies de la bonne blague, les larmes de Piédesclop :

— Je veux mon dû !

Amélie le soutient :

— Demain, je te ferai des rôties aux anchois.

Des projets de fête arrivent pour le dimanche qui vient.

— Nous t'emmènerons, Piédesclop ! Nous irons boire après les murs !

— A nous le vin sans octroi !

— A nous les filles sans culottes !

Nanette comprend qu'un sabot s'est posé sur le palier. Un autre le suit. Il avance. Il y a vingt autres sabots qui lui coupent la route de sa chambre où, d'ailleurs, elle ne veut plus rentrer.

— Mon ventre contient vingt litres ! Hé ! Le jaugeur ! Je les ramènerai lundi sans payer à la roulette !

— A la barrière ! A la barrière !

Elle va être piétinée. Elle va mourir là, sous les coups. Dans le viol des brutes. Ou alors étouffée par la peur.

Elle crie.

Une main écrase sa voix, son nez, sa bouche. L'homme

est très fort. Elle se débat. Il l'entraîne contre une porte qui s'ouvre.

Les sabots passent devant eux, portant des ombres lourdes qui lancent des odeurs de vin, d'ail, de tabac. L'alcool en sueur se mêle à des mots visqueux. Les silhouettes marchent à la queue leu leu, courbées en deux, comme emboîtées les unes dans les autres sous les ordres du Languedocien qui a enfin trouvé ses choristes :

Tant qué farèm aital, miladious,
Comparèm pas de borda !
Tant qué farèm aital, miladious,
Comparèm pas d'ostal !
E bufa s'i al ciol ! E bufa s'i al ciol !

On vous parle du Paris qui parle toutes les langues et, pour ceux qui ne comprendraient pas celle-ci, il faudrait chanter de franche façon cet hymne sans illusion :

« Tant que nous ferons ainsi, mille dieux,
Nous n'achèterons pas de ferme !
Tant que nous ferons ainsi, mille dieux,
Nous n'achèterons pas de maison !
Et souffle-lui au cul ! Et souffle-lui au cul ! »

Le bras a serré. Enorme.

Nanette enfin le comprend : c'est un bras qui protège.

Elle croit à un rêve. Non parce que cette voix la rassure : parce qu'elle la reconnaît.

L'homme avait dit :

— Ne courez pas ! On va vous prendre pour la voleuse !

Il murmure :

— N'ayez pas peur ! Ils ne vous feront pas de mal !

Quand, enfant, il prenait un rouge-gorge, il sentait la plume chaude battre dans sa main. A en mourir.

La lune à la tabatière éclaire les cheveux de Nanette, les yeux de Sylvestre.

Il se demande comment il a retrouvé là, échevelée dans la nuit sale, la fille qu'il avait vue un jour sous son bonnet prudent, dans la ville en désordre que, une seconde, elle avait adoucie.

Ils sont dans une chambre. Du pied, Sylvestre fait reculer un corps qu'on ne voit pas. La masse sombre se tourne avec un grognement.

Il dit :

— Couchez-vous. Je vais rester là.

Elle est fatiguée.

Elle hésite.

Elle a sommeil. Surtout, naît en elle un petit bonheur. Une confiance de rouge-gorge. Toute chaude. Elle s'étend sur la paillasse.

Il s'allonge près d'elle. Sur le parquet. Il met, sur elle, la couverture.

Au bout de quelques minutes, elle s'endort.

Dans le couloir, les autres chantent ou ne chantent plus.

Dans la chambre, les autres ronflent ou ne ronflent plus.

Sylvestre-Marcelin Chabrol ne sait rien.

Il a l'âme tranquille.

Les pas sont montés dans la matinée.

Monsieur Degueldre montrait le chemin. C'est lui qui était allé chercher le commissaire. Sa taille redressée provoquait toutes les approbations.

— Les sergents ! Voilà ce qu'il faut !

— Ils auraient dû venir plus tôt !

Quelque Crespelle risquait son nez.

— Bravo, messieurs ! Faites votre devoir !

— Voyez les Alsaciennes ! Ne les oubliez pas ! recommandait sa femme.

Monsieur Degueldre montait. La tête droite. Avec l'indifférence fière de ceux qui n'ont jamais failli. Il était nouveau dans l'immeuble. On savait seulement qu'il avait fait l'Algérie.

Lorsqu'il passa au cinquième, l'artilleur en demi-solde se mit au garde-à-vous.

C'était, là-haut, le remue-ménage. Des courses lourdes. Des avertissements. Des affolements.

— Ne bougez pas ! Que personne ne bouge !

Deux sergents restèrent sur la dernière marche.

Les autres ouvrirent les portes des chambres.

— Vos livrets ! Montrez les livrets !

Les Héraultais cherchaient dans leurs sacs, sans regarder personne. Lorsqu'ils avaient trouvé les livrets, ils les tendaient avec les gestes silencieux de ceux qui ne se sentent jamais en sécurité.

Deux d'entre eux n'avaient pas les leurs.

— Le maître les a retenus.

— Tu ne veux pas rembourser les avances qu'il t'a faites, c'est ça ?

— Je veux bien rembourser mais...

— Nous verrons ça ailleurs : tu vas nous suivre.

Un vieux tremblait. Il avait oublié, hier, de faire viser le sien par le commissaire.

— Tu ne veux pas venir nous voir ? C'est que tu as quelque chose à cacher ? Prends tes affaires. La cage est humide.

Le vieux suppliait. A son âge, on ne trouve pas facilement à s'employer. Si demain il n'était pas à son travail, le maître en embaucherait un autre.

— On vous donne un livret pour que vous soyez en règle. Si vous ne voulez pas être en règle, c'est tant pis pour vous.

Cinq fautifs étaient déjà contre le mur. Deux rides profondes au coin de leurs lèvres. Pour eux, la honte n'était point d'aller en prison mais de perdre leur gagne-pain.

— Qui a fait scandale cette nuit? Qui a réveillé tout le quartier?

Personne ne répondait.

Les Bretons étant à leurs étables, on finit par admettre qu'ils avaient été, hier soir, un peu longs à s'endormir.

On conduisit les domestiques chez leurs maîtres.

— Vous employez bien cette personne?

Les maîtres approuvaient. Certains un peu gênés.

Monsieur Wurmser affirmait que Paulsida était incapable de mal faire.

Madame Grimond mêlait les soupirs aux signes de croix.

Toisant Nanette, madame Guérin laissa tomber :

— Vous me faites honte, vraiment!

Ça n'était pas une mauvaise femme : elle estimait que, quand on est jeune, on a besoin de leçons.

— Venez! Ils sont là! Il y en a deux!... Ici!

Depuis la fenêtre du cinquième, on voit la verrière de l'imprimerie.

Ils étaient là, en effet. Deux sur un toit. De ceux que, pour leur vêture noire et leur arrivée printanière, Paris appelle les hirondelles.

— Halte! Revenez!

Deux Savoyards qui, à eux deux, n'avaient pas trente ans.

— Revenez ou j'envoie les sergents!

La petite hirondelle, l'oisillon on peut dire, ne bougea pas, terrorisée par la voix de l'autorité. L'autre, qui depuis longtemps avait quitté son nid, était plus assuré. Il s'élança.

On entendit un floc sans grande envergure, suivi de verres se cassant en tombant au sol ou, peut-être, sur les machines.

— Ne le laissez pas s'enfuir ! ordonna le commissaire.

Deux sergents foncèrent dans l'escalier, précédés par monsieur Degueldre qui, de sa vie, n'avait jamais entendu un ordre sans l'exécuter.

On ne sait pas ce qui, ensuite, se passa.

Les Savoyards ne parlent pas beaucoup.

On ne leur parle pas.

Ils ne sont pas français.

Ils ne se comprennent pas très bien mais il lui a pourtant tout raconté. Bien des choses dans tous les cas. Comment il est arrivé à Paris, pourquoi il attendait Ulysse, comment on lui a volé son argent, pourquoi il a perdu son emploi, comment le sergent du cul-de-sac Sourdis avait dû le libérer et comment le gars de Jarnages, qui n'est peut-être pas aussi mauvais cheval qu'il en a l'air, l'a envoyé ici, chez son cousin de Massiac, un nommé Vessières qui travaille aux Thermophores. Dans la chambrée, les gars sont du Cantal et de l'Aveyron. Ils ne s'entendent guère, se menacent souvent, se réconcilient au nom du loyer en commun : les uns, les plus nombreux, arrondissent des économies qui, au pays, deviendront une vache, un toit de lauzes ; les autres s'offrent le plaisir des dimanches de guinguette arrosés de vin à six. Ils les poursuivent le lundi appelé « fête d'oubli » ou encore « saint dimanche » : il repose des fatigues du quadrille, des rencontres à poings fermés quand, au coteau de Belleville, à la barrière des Amandiers-Popincourt, deux corps de métier ont à l'honneur de se détériorer pour la gloire de saint Pierre, patron des charpentiers, de sainte Anne qui veille sur les menuisiers.

Nanette raconte peu. La *mé* lui a donné son exemple de muette. Elle le suit, entre Madame qui indique le travail, Monsieur qui parle seulement à Madame, les enfants qui demandent toujours quelque chose. Elle le suit près de Sylvestre, le taciturne devenu bavard de sa vie : un silencieux qui a trouvé à qui parler. Dans la journée, il cherche du travail. Vessières lui fait, pendant un mois, l'avance de sa part de loyer.

— Si je ne trouve rien, je devrai repartir. Au moins, là-bas je rentrerai la moisson.

Il croit avoir vu un tressaillement.

Ils ne veulent pas aller dans leurs chambres où ils ne seraient pas seuls. Ils s'assoient côte à côte sur la dernière marche. Pendant une heure, quelquefois plus, ils disent les choses. Ou ne les disent pas. Ils vivent la confidence qui vient de l'autre, l'habillent de leur enfance, la coiffent de leur ciel. La lande de bruyère et d'ajonc se couvre d'herbe riche. Les châtaignes tombent des pommiers normands.

Le Guennec passe derrière eux.

— Ho, gast ! Fais chanter la poule, je viendrai la faire pondre !

Sylvestre dit que, l'hiver, on fait du bois. Pour le chauffage ou pour les échalas.

— Il y a longtemps que j'aurais dû venir.

— Si vous étiez venu plus tôt, monsieur Sylvestre, nous ne nous serions pas rencontrés.

La chamaille reprend au fond du couloir. Un Montpelliérain a dégueulé plus que de raison. Plus que d'habitude. Dommage : à cette heure-là, l'odeur d'ail, de chou commence à s'affaiblir. Il ne reste que l'odeur de fatigue.

Oui, la fatigue a une odeur. Elle s'est collée aux murs gras, au plafond huileux. Le plâtre qui tombe ne l'entraînera pas. Dans cette caisse jamais aérée, elle s'alourdit au-dessus des transpirations ; quand monte le bruit contradictoire des ronflements.

Nanette aimerait bien savoir si, dans la Creuse aussi, on fait sécher les jambons dans le foin.

Entraînés par ce farceur de Le Guennec, deux ou trois jeunes imitent, dans le noir, la poule se défendant du coq :

— Rou-ou-ou ! Gare à l'œuf ! Œuf ! Œuf ! Gare au coq ! Coq ! Coq ! Cadet !

Sylvestre et Nanette n'entendent pas : de leurs mains qui ne se sont jamais rencontrées, ils coupent chez l'un une tranche de pain noir, chez l'autre un morceau de pain brié.

Entre leurs lèvres qui ne se sont jamais unies, glisse une ivresse sage qui, pour Nanette, est du cidre, pour Sylvestre du petit vin ou plutôt du gros qu'on allonge à la source.

— On fait peut-être du vin en Normandie, monsieur Sylvestre. Je n'en ai jamais goûté.

— Dans la Creuse, on fait du cidre. Il doit être moins bon que le vôtre.

Eux qui sont venus à Paris pour se bâtir un avenir, ils ont les yeux posés toujours sur leur passé. Eux qui, intimement, pensaient vivre enfin, voilà qu'ils sont tous les deux dans une existence arrêtée : en haut de cet escalier où ils ne rient pas, ne s'attristent pas. Ou alors c'est lorsque, sur la place du village, le marchand de cheveux a coupé les nattes de Nanette pour les expédier dans les contrées d'Orient : on y aime beaucoup les cheveux blonds. Le marchand les paie plus cher que les cheveux bruns.

— A Bourganeuf aussi, un jour de marché, l'homme aux ciseaux faisait pleurer les filles.

Elles repartaient avec deux sous. En se cachant la tête comme si elles connaissaient, soudain, la honte d'être nues.

Il a eu envie de caresser la nuque de Nanette. Pour la revêtir. La protéger. Contre les chagrins qui viennent de loin et, comme la fatigue, ne s'en vont jamais. Il aurait eu du plaisir : c'est cela qui l'a empêché.

Il passe au jardin. *Lou hort.*

— On l'engraisse comme on peut. Avec les cendres et la suie. Nous n'avons pas assez de fumier.

— Y mettez-vous aussi la boue de la basse-cour ?

Il ne veut plus regarder ce profil enfantin, cette poitrine naïve.

Elle gonfle sous sa peau à lui, dans sa gorge.

Il irrigue une chènevière, la recouvre de bois, de terre. Arrive la chaude saison. Le chanvre rend les femmes si éperdues qu'on leur interdit d'y pénétrer ; de respirer ce parfum si follement dangereux pour leur corps, leur âme...

Sylvestre retient ses mots à fleur de peau comme, il y a un instant, il a retenu sa caresse à fleur de nuque.

Au bout du couloir, un jeune Breton affronte un gars du Languedoc. Ils se menacent de se mettre la tête dans les tinettes.

Piédesclop commence à monter.

Paulsida appelle :

— Hé, nourrissonne ! Amène ton homme sur la paillasse ! Ton cul sera plus à l'aise que sur les marches !

Nanette dit :

— Je voulais vous demander, monsieur Sylvestre : y aurait-il des roses aussi dans votre pays ?

On les appelle les marchandes au petit tas.

Ce matin, à cinq heures, elles ont mis leurs économies dans quelque panier de choux, quelques bottes de cresson, trois pieds de poireaux dont, comme approche la cloche finale, à chaque minute elles baissent le prix sous peine de perdre leur bénéfice. Et même d'entamer leur capital.

Madame Guérin passe devant elles à plusieurs reprises, obtenant chaque fois un rabais que, chaque fois, elle juge insuffisant. Elle finira par emporter la marchandise pour un montant dérisoire, échangeant une livre de carottes contre un « Je vous l'avais bien dit que vous seriez raisonnable ! »... quand ce n'est pas un « Voleuse ! » murmuré avec la colère contenue d'une dame à laquelle on a fait perdre son temps.

Rentrée rue des Jeûneurs, elle récapitule ce qui reste à faire avant le retour de Monsieur.

Elle est bizarre, Madame. Exigeante parfois avec, depuis quelque temps, des minutes plutôt gaies. Qui déteignent sur Monsieur.

Ils n'ont plus reparlé de la folie des sabots.

En partant, madame Limont-Meynard avait dit : « Je

suis très satisfaite, petite madame. Votre intérieur est bien ciré et nous avons mangé comme au Véfour. »

Comment Nanette pourrait-elle deviner que tant d'enthousiaste vulgarité signifiait : « Votre mari sera chef de bureau » ?

On frappe à la porte.

Nanette en ressent une grande surprise : hormis elle, nul, à l'étage, n'utilise l'escalier de service.

Elle ouvre.

Sylvestre est devant elle.

Elle craint Madame, veut le repousser.

Il a, pour résister, la force de la grande nouvelle :

— On m'a pris aux Thermophores ! Je reste à Paris.

Nanette aurait dû le voir : il porte sur l'épaule droite une sorte de joug d'où pendent deux seaux énormes, en cuivre, emplis chacun de quinze litres d'eau. Dans sa hâte d'annoncer la chose ou de crainte qu'on les lui vole, il n'a pas pris le temps de s'en débarrasser.

— C'est Vessières qui m'a placé. Monsieur Chaumeil aurait préféré un natif du Cantal mais il m'a trouvé robuste et les chaleurs arrivent : il lui faut deux hommes de plus.

— Qu'est-ce que c'est, Nanette ? Je vous ai dit de m'appeler lorsque venait quelqu'un.

Nanette rougit.

Sylvestre voudrait expliquer. Il se méfie de son parler.

Madame considère la sangle mise en ceinture, cet homme puissant dans sa veste à boutons dorés.

— On m'a vanté vos bains à domicile. Les prescriptions exigent, m'a-t-on dit, un récipient en grès ?

Sylvestre sait déjà sa leçon : si le client ne dispose pas du récipient réglementaire, le porteur d'eau monte une baignoire à l'étage. On paie deux sous la voie d'eau, un sou seulement à l'abonnement. La baignoire est fournie pour le prix d'une voie puisqu'elle ne demande qu'un voyage.

Madame Guérin ne peut pas se permettre une si importante décision sans consulter Monsieur.

L'eau clapote dans le cuivre. On lui voit la fraîcheur limpide des innocents plaisirs.

Blanche Guérin sent, encore, aux endroits chauds, les méfaits du soleil lorsque, tout à l'heure, la sauvagesse ne se décidait pas à lâcher ses carottes.

Elle soupire. L'eau a des vaguelettes de petits « oui ».

L'affaire est faite. A l'essai. Sylvestre va chercher la baignoire qu'il monte sur son dos. Il n'a pas encore l'habitude. Il bute contre les murs étroits de l'escalier de service. Il porte l'eau froide d'abord. Venue en dernier, l'eau chaude n'a pas le temps de refroidir.

Madame s'enferme dans son cabinet.

Il est formellement interdit aux porteurs de rester dans l'appartement pendant le bain. Sylvestre regagne l'escalier. Il espérait y entraîner Nanette mais Madame vient de l'appeler.

Il s'assied sur une marche.

Si les affaires vont bien, il pourra monter six bains par jour, peut-être sept ; si l'on trouve des clients pour sept heures le matin, pour six heures le soir. Il est payé deux francs la journée mais il faut compter, dit Vessières, avec le pourboire d'un sou et même deux lorsqu'on réussit à remporter l'eau usée sans en laisser tomber une goutte sur le parquet.

C'est en travaillant ainsi que, arrivé de Salers sans un liard, monsieur Chaumeil est, en douze années de vie parisienne, devenu patron. Aujourd'hui, les Thermophores possèdent deux tonneaux à cheval, conduits par deux Cantalous que l'on dit ses cousins ; trois tonneaux à bricole où le porteur est à la fois cocher et cheval ; cinq équipements à la sangle sous lesquels le porteur, ne fournissant pas les bains, parcourt les rues en criant « A l'eau ! A l'eau ! »... jusqu'à ce qu'une dame du quatrième ou du cinquième l'appelle pour monter un fardeau dont elle a besoin pour sa lessive.

Monsieur Chaumeil lui a confié une charge à bricole. Voilà Sylvestre levé à quatre heures, arrivé à cinq, astiquant les robinets de cuivre, les seaux, remplissant d'eau chaude la citerne et, accrochant le licou en travers de sa poitrine, tirant de ses deux bras sur les brancards.

Les jours de bonheur, le premier client habite vers les Halles. Les jours de malchance, il loge vers Montmartre : hue, *moun homme*, la côte est rude ! La récompense est au bout. Sylvestre ne pense plus à la pierre. Il essuie, il lave, remplit, roule, monte, charge, vide, descend ; il remplit, il repart, s'arc-boute, transpire, peine, force, fonce ; il s'écroule mais il est heureux : il a trouvé du travail. Il va rembourser Vessières. Il fera des économies. Il pourra fièrement revenir au p...

C'est ici que, toujours, il arrête son rêve : devant ces avenirs qui, dans sa tête, se contredisent.

— Hé ! cheval ! Tu rues dans les brancards !

— You ! You ! Tu penses à ta jument, peut-être !

Dans ces quartiers où, pour vivre et travailler, on a bâti des maisons dans les cours, des étages qui étouffent la clarté du ciel et de la terre, des fabriques grinceuses qui remplacent les jardins, on voit courir des rats qu'on ne sait pas combattre, des enfants qui, à huit mois, jouent dans les détritus, à huit ans, se divisent en deux groupes : ceux qui, entrant à la manufacture de céruse de la rue Montmartre, la manufacture de plomb laminé de la rue de Béthizi, montrent des vieillesses adolescentes, aux rides désespérées. Ceux qui au désespoir avant l'âge préfèrent la liberté à tout prendre, le risque à tout prix, le gousset à portée de la main qui met le doigt dans l'engrenage : ils rôdent nuit et jour vers les théâtres et les cirques, les lumières et les ombres, les parades, les concerts, les cafés ; vers ces Boulevards qui deviennent le cœur de Paris et le plaisir de l'Europe. Ils forment des bandes qui font parler la ville et trembler les bourgeois : gare aux montres, gare aux bourses, gare aux coups !

— On ne voyait pas ça autrefois !

— Dans ce qui vient à Paris, il n'y a pas que du beau !

Sylvestre tire sa carriole dans la rue du Sentier.

Les sentiers vers le Taurion fleurent la bruyère, la noisette, la fougère fanée. Les châtaigniers vivent droit sur la pente qui voudrait les entraîner.

Un gosse a couru derrière un fiacre. Assis sur le marchepied arrière, il regarde la rue comme un régal, heureux de n'être plus, pour quelques instants, de la multitude.

Un promeneur honorable prévient :

— Ho ! Cocher ! Donnez du fouet ! Il y a de la visite !

Sans regarder, en habitué, le cocher lance sa lanière. Elle frappe violemment le carrosse. Le gosse saute. Il court vers une autre aventure.

Quand la moisson rentrait au pas lourd des bœufs roux, le père Rabanesse hissait Sylvestre, Angèle, tous les enfants, en haut de l'équipage. Il disait : « Prenez soin de ne pas tomber. »

Le foin, le sarrasin, la paille ont un parfum de tendresse en campagne.

Sylvestre, tirant sa charrette, a fait un grand projet.

Madame n'est pas contente :

— Enfin, Nanette, depuis trois mois que vous êtes ici,

c'est la première fois que vous me demandez de sortir ! Qu'est-ce qui vous prend ?

Nanette ne sait pas expliquer.

Madame va chercher dans le petit tiroir de l'armoire le *Manuel de la maîtresse de maison (Encyclopédie des dames)* que, sur les conseils de madame Limont-Meynard, elle est allée acheter chez monsieur Audot, libraire-éditeur rue des Maçons-Sorbonne n° 11 où, depuis sa première livraison en 1825, son succès ne s'est jamais démenti : « Il convient de ne choisir ses domestiques ni trop jeunes ni trop vieux : trop jeunes, on risque de les former pour d'autres ; trop vieux, ils ont des habitudes et des défauts indéracinables. » Madame Parizet connaît bien son sujet : « Les domestiques doivent être d'une bonne santé : un domestique infirme ou difforme est l'objet le plus affligeant que l'on puisse avoir sous les yeux. » Madame Parizet est une femme d'expérience : « Défiez-vous des gens fort habiles et donnez la préférence à cette sorte de médiocrité qui, pour l'ordinaire, est le garant de la docilité et de la bonne foi. » Madame Parizet connaît un moyen infaillible de briser la trop grande habileté de sa servante : « Proscrivez de son langage l'expression : "Ce n'est pas mon ouvrage." Ce qui revient à dire que, entre les hommes et les femmes, il convient de choisir les femmes car on peut les utiliser dans les moments où leur travail principal leur laisse du loisir. »

Une partie de l'ouvrage est consacrée aux maîtresses de maison ayant plusieurs domestiques. Blanche Guérin soupire. Si Monsieur parvenait au rang de chef de division, ils descendraient d'un étage. S'il entrait au cabinet, ils s'approcheraient de la Chaussée-d'Antin où, près des hôtels particuliers qu'un fonctionnaire du roi ne saurait convoiter, on bâtit maintenant des immeubles de grande réputation.

Pour attendre ces heures de gloire et peut-être les préparer, Blanche Guérin reprend sa lecture : elle découvre avec ravissement la recette de la limonade économique (qui revient à quatre sous la pinte) ou encore la manière d'attendrir le bœuf servant à faire le pot-au-feu.

Voilà une heure qu'elle lit : elle n'a rien trouvé concernant les congés des domestiques.

Dimanche au soleil. Calèches et phaétons. Equipages. Omnibus. Piétons. Les familles partent vers les bois de Boulogne, de Vincennes, de Romainville.

Madame a dit : « Vous sortirez après le dîner, à midi, quand vous aurez fait la vaisselle. Vous rentrerez à cinq heures pour préparer la table. »

Nanette porte sa coiffe des grands jours; une jupe blanche à pois qu'elle a rajustée dans une robe de Madame. Une dentelle pâle, tournée autour de son cou, descend sur son corsage. Un bouton de rose est piqué sous le menton, comme une épingle de cravate. Couronnant le tout, une parure sans égale : elle a seize ans... et des sabots à brides.

En la voyant, Sylvestre a eu un sourire fiérot. Lorsque, sans malice et sans gêne, parce que, croit-elle, cela se fait, parce que les couples vont ainsi sur le boulevard, elle lui a pris le bras, il a senti son cœur se gonfler sous la chemise blanche, ses tempes se réchauffer sous son vaste chapeau de feutre noir : au pays, on se donne le bras seulement les jours de noces. Ou alors quand les parents ont fait le repas d'accordailles avec les beignets aux pommes ou le clafoutis. Préparés par la fiancée.

Nanette a devant elle des robes qui n'ont pas de pieds. On les dirait, sous la taille, gonflées au gaz hydrogène : comme les gros ballons dont on voit l'image sur les gazettes de Monsieur. Elles glissent sur le trottoir de terre battue. A moins qu'elles ne s'étalent autour d'une chaise en paille, devant Tortoni ou le Café de Paris où la décence leur interdit d'entrer. Sous les ombrages de la double allée de platanes, des messieurs en chapeau haut de forme leur offrent des sorbets, des plombières, des punchs romains.

Habitué aux bêtes de somme, Sylvestre découvre sur la chaussée des chevaux fiers, portant des cavaliers en couleurs ; des dames, en haut-de-forme elles aussi, voile au vent, buste en habit, avec des amazones si larges qu'elles paraissent habiller la belle et la bête.

Guignol et chevaux de bois, théâtre de marionnettes, voitures à ânes, à chèvres, balançoires, jeux de boules, de paume, de quilles, manipulateurs, cracheurs de feu, orfèvres du bonneteau : voici, sous ces ombrages des Champs-Elysées qu'on fréquente plus volontiers le jour que la nuit, le plus grand assemblage de baladins et de saltimbanques, de loueurs et de vendeurs, d'acrobates ; de *faiseux vé d' qué*, dit Nanette : ceux qui font voir.

Au carré Marigny, un cercle s'est nourri rapidement autour de Pradier. C'est un homme d'une soixantaine d'années que tout Paris connaît : débutant comme garçon marchand de vin, il a acquis, dans la pratique de l'expulsion des clients récalcitrants, un art de manier la canne qui a fait de lui le plus habile, le plus redoutable des bâtonnistes.

— On met une pièce sur le tapis... Une autre... Une autre... A dix pièces, la représentation commence... Allons, mesdames, messieurs, comptons bien : à dix pièces, la représentation est commencée.

— Elles y sont, dit un bourgeois en jetant la sienne.

— Comment ? Monsieur prétend qu'il y a vingt pièces ? Où comptez-vous vingt pièces, monsieur ?

— Mais vous avez dit...

— Insinueriez-vous, monsieur, que je suis un menteur ? Un pipeur ? Un tricheur ?

Pradier a levé sa canne, haute, terrible et même épouvantable. Le bourgeois rentre la tête dans ses épaules, son héroïsme au plus profond des bottines.

Le bâtonniste prend à témoin un autre spectateur, le menace : le spectateur jure bientôt qu'il a entendu « vingt pièces ». Pradier triomphe, sarcastique :

— A la bonne heure, voilà un homme honnête ! Saluons le courage ! Allons, à droite ! Allons, à gauche ! Nous attendons les vingt pièces !

Lorsqu'elles seront là, le bonimenteur passera à trente ! Il renouvellera son jeu ; il lèvera sa canne ; il bondira vers un badaud qui fait mine de s'en aller et, hautain, sûr de lui, à un certain moment il ne bougera plus ; attendant avec une paisible insolence que les cinquante pièces soient sur le tapis.

Sylvestre pense qu'on ne lui ferait pas dire ce qu'il n'a ni vu, ni entendu.

Nanette estime que le bâtonniste pourrait trouver, un jour, un client qui, lui aussi, a un bâton.

Le coucou se range devant le corps de garde de l'allée Gabriel. Le cocher s'abrite du soleil sous un parapluie d'où cascadent des guirlandes de fleurs.

— Dimanche à Grenelle ! Dimanche à la campagne ! On paie en montant. Il n'y aura pas de place pour tout le monde !

On joue des coudes.

Nanette réussit à garder près d'elle une place qu'un étudiant aurait bien prise pour lui.

On traverse la Seine sur ce port aux pierres où Sylvestre reconnaît son ancien chantier.

Le cocher prétend que, dans sa jeunesse, la terre où

l'on roule était encore une île. Son grand-père l'appelait «l'île Maquerelle». Cela fait rire la société.

La plaine de Grenelle livre ses hameaux, ses clochers vertement protégés des vents d'ouest par les collines de Saint-Cloud.

— Tout le monde descend !

— On boit du lait chez Mondon Pierre ! A la ferme ! Au lait !

— On trouve à la ferme Junien Gaston, tous les fruits de saison !

Nanette et Sylvestre vont à pied au milieu de nounous, de badauds, de soldats. Elle est toujours à son bras, craignant d'être mal jugée si elle marche seule. Elle rajuste sa coiffe qui lui donne du respectable. De temps à autre, elle se tord les pieds dans ses sabots à brides. Il faut du temps pour qu'un homme et une femme aillent du même pas.

Au pays de Sylvestre, on offre à la mariée des sabots sculptés ; larges : pour protéger de la boue du chemin son pied chaussé de bottines.

Il voit la parure d'oranger : la couronne en boutons, le bouquet de corsage, les pendants d'oreilles. Ils iraient bien à Nanette.

Le soleil rit de cette idée. Les arbres chantent. Les oiseaux suivent les haies, croyant qu'elles les cachent.

Nanette n'y tient plus. Elle enlève ses sabots, court dans le chemin.

Sylvestre a l'indulgence attendrie des anciens : ces jeux ne sont plus de sa vie dont la *prime* est passée.

Du moins le croyait-il : voyant Nanette aller en relevant sa jupe, une enfance lui revient. Il s'élance comme jadis dans les chemins de pied où, avec Rabanesse l'aîné, il courait la grive ; derrière chez la Célestine Louvalleix, il poursuivait Angèle, l'accusant, à faux, de voler des *péroux*, des poires, pour lui donner le gage d'un baiser.

Nanette s'arrête, elle cueille des herbes avec lesquelles elle se donne, sur le visage, une caresse de Normandie. Il la rejoint, se déchausse pour sentir sous son talon le pré de la Célestine, la charrière des Bonnat qu'on suivait entre les ornières profondes des roues. Il est plus jeune qu'avec Angèle lorsqu'il se baisse en même temps que Nanette pour respirer, avec elle, le chèvrefeuille et le bleuet ; tous les deux basculent et roulent hors du chemin ; une merlette leur fait, depuis la haie, des frout-frout de plumes et de feuilles. En vérité, il n'a plus d'âge. Il n'est plus de la Creuse. Il n'est pas normand. Il n'est plus rien. Ou alors il est un autre qu'il ne connaissait pas.

Ce sont les lèvres de Nanette si près des siennes qui le ramènent à lui. Il se lève. Se rassied. Sans raison. Il va. Repart pour bientôt prendre Nanette par la main, marcher avec elle.

Jamais il n'aurait imaginé pareil bonheur. Pas une jachère. Pas une lande. Tout est vert et frais de salades, de haricots, d'épinards, de carrés tracés au cordeau.

Pieds nus au centre de son domaine, de son *marais* comme on dit, le *maraîcher* encourage un cheval aux forces maigres à aller, à revenir pour, les yeux bandés, actionner le treuil qui surmonte le puits : les seaux descendent, remontent. L'homme s'en saisit et avec la dextérité du bâtonniste il les verse dans un tonneau qui jamais ne se remplit : sous les cultures, des tuyaux s'en vont faire monter, au loin, le niveau d'autres tonneaux. Le maraîcher y puisera pour donner aux fruits, aux légumes, toute leur fraîcheur.

— J'aime point les Parisiens ! dit le citoyen de Grenelle.

Il considère Sylvestre de son regard méfiant.

— Vous avez de la belle terre.

— C'est tout sable. Ça s'arrose deux fois. Avec l'eau qu'on tire. Avec la sueur qu'on pisse.

Sylvestre pense à sa terre osseuse, pentue ; coupée par d'inévitables jachères. Il sait que le paysan a du cœur à l'ouvrage et du goût pour les lamentations.

— Le sable, faut l'engraisser.

Le bonhomme a le poil raide. Il porte des boucles d'oreilles importantes. Ses gémissements ne masquent pas ses satisfactions. Il montre avec l'air de se plaindre les châssis vitrés, les cloches qui, intimement, font sa fierté.

— Pour deux arpents de melons, il me faut le fumier de trente chevaux.

Dans la commune de Sylvestre, il y a un cheval. Celui de Célestin Bonnefoy.

L'autre devine. Il hausse le ton :

— Vous croyez peut-être que je les ai, les trente chevaux ? Voyez-les donc : ils sont chez les seigneurs !

Il désigne les hôtels qui, bordant la nouvelle rue de Grenelle au Gros-Caillou, dans leur verdure, ramènent vers Paris.

— J'enlève la litière de leurs écuries et ces messieurs ne se gênent pas pour me la faire payer ! Toujours à la hausse !

Il prend Sylvestre à témoin :

— Hein ? Si je ne l'enlevais pas leur merde en paille, qu'est-ce qu'ils en feraient ? Ils la mangeraient, peut-être ?... Venez. On va boire un coup. J'aime donner. Je n'aime pas qu'on me vole.

Nanette voit bien que l'homme prend Sylvestre en estime.

Le sol n'a pas de carreaux. Comme son mari, la femme va pieds nus. Elle sert un peu de vin blanc cependant que, connaissant la consigne, la fille sort. Sans un mot.

— Les Parisiens sont des brigands ! Des méprisants ! Durs à la bourse et au sentiment !

C'était bien ce que Nanette avait pensé lorsque monsieur et madame Limont-Meynard étaient venus à la maison ; ce qu'elle pense lorsque, aux Halles ou au marché Saint-Joseph, les débitants essaient de vendre à faux poids.

A ce jour, Sylvestre avait attribué son échec à son manque de savoir-faire, de savoir-parler. Ecoutant le jardinier, il pense à madame Germain, le logeant dans son garni sans en faire la déclaration ; aux sergents le retenant sans raison au cul-de-sac Sourdis ; au patron de Piédesclop qui avait peut-être bien fait la croix lui-même, pour ne pas lui payer son dû. Il pense au petit Savoyard passant à travers la verrière, à monsieur Degueldre conduisant les agents, aux clients dont beaucoup ont une façon de dire les choses qui ne vous met pas à l'aise dans ces appartements où vous impressionnent la cire et les tapis, les vases de verre, les bibelots de porcelaine.

— Je me lève à deux heures pour conduire les légumes sur le carreau. Je vends aux marchands et aux restaurants, aux bons pères, aux sœurs, à l'administration. A huit heures, je suis de retour et, jusqu'à la nuit, avec ma femme, les enf...

— Père, ça maraude !

L'homme s'est levé ; il a, au-dessus du manteau de la cheminée, décroché son fusil à pierre.

Sylvestre est déjà sorti, courant derrière les vandales.

Les jeunes gens s'enfuient en lui lançant des cailloux. L'un d'eux a failli le toucher. L'autre s'abat avec fracas sur une cloche à melon. Cela redouble l'élan du terrien protecteur de la terre. Il rattrape l'un des pilleurs avant qu'il ait franchi la haie. Il le gifle. L'autre veut se défendre. Ils roulent tous les deux sur les fraisiers qui ensanglantent leurs vêtements et encollèrent l'assaillant.

— *Té va veire aquete cop !*

Sous la bourrasque, le jeunot n'a qu'un mot :

— *Laisso ! Laisso me parti !*

Sylvestre est décontenancé. Sa main retombe sans frapper.

— *D'où n'es ?*

— *De Charsat. Dan constat de Guéret.*

Sylvestre ne répond pas.

Il laisse sa victime sur le sol. Sans même dire au revoir au maraîcher, il reprend le chemin de Paris.

Nanette le rejoint, essayant d'effacer les marques de fraises sur la chemise blanche.

Lorsque, au coin de la rue Montmartre, ils se séparent pour ne pas rentrer ensemble, ils ont tous les deux le même sourire.

— Nous avons passé un bon dimanche.

— J'aurais voulu prendre la bêche pour retourner cette terre souple. L'homme aurait vu que j'étais bon laboureur.

— Il l'a bien compris, allez, monsieur Sylvestre !

— J'ai eu tort de m'emporter.

— Oh ! Ça ne fait rien. Vous êtes fort, monsieur Sylvestre. Et vous courez vite. Oui, c'était un beau jour pour moi.

Il a envie de la serrer dans ses bras.

Dans la rue, cela ne se fait pas.

Monsieur, Madame, les enfants sont à table.

La soupière est devant eux.

Six heures sonnent.

Nul ne dit mot.

Nanette passe sa robe noire.

Elle n'ose pas se présenter dans la salle à manger, tendre son assiette à Madame en la priant de l'excuser. Elle a peur de se troubler.

Elle sait qu'elle a commis une faute.

Elle reste devant les chemises et les serviettes, le caleçon de Monsieur qui, dans la cuisine, finissent de sécher.

Nul ne l'appelle.

A dix heures, Blanche Guérin se couche.

Son front conserve la marque de ses contrariétés.

Edouard donne de premiers signes de sommeil.

Blanche ouvre le livre de madame Parizet. Chapitre *Du mariage des domestiques :* « Si le mari et la femme sont au-dehors, il en résulte des distractions infinies, souvent de grands abus de confiance et beaucoup de propension au manque de fidélité. Si le mari et la femme servent dans la même maison...

— Comment cela se pourrait-il, chère madame Parizet, tant que Monsieur n'est pas au Cabinet ?

... il est presque impossible de reprendre l'un sans que l'autre prenne parti et, dans la nécessité où l'on peut se trouver de renvoyer celui des deux duquel on est mécontent, il faut absolument faire le sacrifice de l'autre. »

Blanche Guérin se demande quel est ce garçon entrevu à six heures, depuis la fenêtre de l'appartement. Il ne manque pas de toupet de venir jusqu'au domicile des maîtres !

Il y a aussi le grave inconvénient des grossesses, des couches. Madame Parizet demande d'y penser avant de prendre une décision : « D'un autre côté, le mariage étant le but le plus normal que puissent se proposer deux êtres, il est dur d'y mettre obstacle et par là leur faire courir le risque de perdre leurs mœurs pour conserver leur place. »

Nanette n'a-t-elle pas déjà perdu les siennes ? C'est la première fois qu'elle sort : le soir même, elle ramène un garçon. Où l'a-t-elle trouvé ? Comment ? Madame Limont-Meynard n'a peut-être pas tort lorsqu'elle affirme que ces filles ont le vice dans la peau. C'est pour ça qu'elles viennent à Paris.

Les toits gardent le soleil du jour. La nuit conserve la chaleur immobile d'une chambre dans laquelle il faut bien faire chauffer la soupe, griller le maquereau ruisselant ou le saumon, si abondant qu'il sera toujours le poisson du pauvre.

Cyprienne a trouvé Paulsida se lavant l'intime dans la casserole où la Charentaise fait bouillir sa tisane :

— Bon sang de chien, te v'là ben aise ! Pour t'essanger, t'as la cuvette !

— Tu devrais t'en servir, ça sentirait moins fort !

— Taise ta goule ! J' suis ben aussi proprette que toi !

— Moi, je me lave dans le tilleul !

— Si seulement pouvions t' calmer à c't' heure !

Nanette n'a pas envie de chamaillerie. Elle préfère rester dans la nuit de l'escalier. Attendant le calme.

Sylvestre doit être couché puisqu'ils ne se verront que demain.

C'était vraiment une belle journée.

— Rive-lui son clou, Cyprienne ! La jeunesse ne respecte ni la tisane, ni le Bon Dieu !

C'est l'Amélie qui, de sa chambre, croit devoir mettre son sel dans la sauce montante.

— Ton Bon Dieu, je le respecte et même tout ce qu'il m'a donné. La preuve : je m'en sers !

— Insolente !

— Tes fesses, les hommes n'en veulent plus ! C'est pour ça que tu les fais vieillir sur les chaises d'église !

— Putain !

— Il vaut mieux être une putain des hommes qu'une putain de Dieu !

Paulsida, qui ne croit pas au ciel, n'admet pas qu'on lui joue la comédie. Morale en avant, les deux femmes ont bondi. Elles sont dans le couloir.

— Elle se lave le derrière dans ma casserole à tilleul ! hurle Cyprienne pour qu'on garde bien en tête l'origine du mal.

— Le derrière et même le devant ! répond Paulsida, placide.

On sent une rancœur lourde. Elle la prend à la légère. Quand on vit comme des rats dans un grenier, le rire c'est la dernière chance.

— Avec plus de bêtise que les rats ! Eux au moins, ils se montent dessus quand ils en ont envie ! Ils ne se demandent pas ce qu'en pensent les autres rats !

Ils ne se disent pas que le petit Jésus des rats les regarde avant de les envoyer dans les flammes de l'éternelle ratière.

Nanette descend.

Dans le tumulte, son nom lui parvient.

— C'est toi qui lui as donné l'exemple ! Elle fera comme toi !

— Elle le fait déjà avec son barbiquet !

— Il a des ans de plus qu'elle !

— C'est pas ça qui enlève le plaisir !

— Vous finirez créatures ! Ribaudes ! Toutes les deux !

Un pas descendait avec les mauvaises voix.

Nanette a voulu s'enfuir.
Sylvestre l'a rattrapée.

Les lampes à gaz éclairent les vitrines et décorent les cafés. Les boutiques exposent des fruits en tas, des chaussons aux pommes.

Sylvestre et Nanette ne parlent pas.

Les couleurs et les offres calment leur poitrine.

Le boulevard du Temple est une foire aux poires et aux cerises. Jusqu'à la sortie des théâtres, les pêches, les tomates, les glaces à deux liards bariolent les étalages.

La parade du Cirque olympique efface la ratière à terrassiers, à porteurs d'eau, à ramoneurs et à garçons d'étable. Adieu Cyprienne, Amélie, Paulsida.

Devant son cabinet de cire, Curtius, l'Allemand, pérore avec un prince muet. Il promet, à l'intérieur, le souper de la famille royale, le buste de Louis XVI, de Louis XVIII, de Charles X.

Sylvestre et Nanette ne comprennent pas le manège des vendeurs de contremarques, des marchands de gravures stimulantes, des bonimenteurs à compères. Un camelot vend des montres en racine de buis : « Elles ont l'avantage de ne pas rouiller ! » Un monsieur en a une depuis dix ans : il en veut une autre pour son fils ! Une fille accuse un homme respectable de l'avoir pincée. La maman intervient au nom de la morale. L'homme respectable évitera le scandale en lui faisant un petit cadeau ! Des fantassins de la Nouvelle France cherchent des nounous. Des étudiants forment un monôme. Sylvestre et Nanette sont bousculés par les habits et les blouses, les robes et les tabliers. Ils se retrouvent tous les deux dans la nuit d'une porte cochère. Sans comprendre le geste qui vient.

Nanette ne savait pas, même, qu'on embrassait ainsi. Avec, en soi, la chaleur vivante du garçon.

Elle revient sur terre pour vivre le rêve de ceux qui l'entourent : sur les tréteaux des Funambules, l'homme blanc dit sans un mot l'histoire tendre de Pierrot.

Sylvestre rit avec les badauds et les gagne-deniers, les bourgeois, les aristocrates à l'attifement démodé, les manouvriers barbus, aux moustaches bien taillées.

Ils sont deux dans la foule. Nanette ne bouge pas, ouvrant grands ses yeux sur l'imprévisible : Pierrot les entraîne dans le monde muet où ils ont si longtemps vécu et qu'ils ne connaissent pas.

Ses gestes vêtus de blanc disent que ce monde au merveilleux mystère est désormais à portée de leur main.

Le matin, les porteurs d'eau s'en vont les premiers, chargés à tour de rôle par monsieur Chaumeil d'allumer la chaudière. Ils sont suivis de près par les Bretons dirigeant leurs *boutou-coats* vers la laiterie. Un peu plus tard descendent Piédesclop, les balayeurs, équarrisseurs, terrassiers, tout ce monde cherchant sa tâche dans les bruits de l'aurore, les derniers feux de la nuit. Les Savoyards descendent alors sous la conduite d'un rude gaillard : peut-être le père, le chef dans tous les cas. Il donne ses ordres à une troupe de neuf membres qui, dès qu'elle est en bas, se divise en groupes de deux, un enfant de huit ou dix ans partant toujours en compagnie d'un adolescent.

— Ramone la cheminée *o ta bas* !

Les marchands ambulants pourraient dire n'importe quoi, Paris les reconnaîtrait. Ça n'est pas la parole qui compte, c'est la musique : grave (« Brosses ! Brosses ! Achetez de beaux balais ! »), mélodieuse (« La tendresse ! La verduresse ! Artichauts ! Artichauts ! »), vocalisante (« A la barque ! A l'eau ! Qu'il est beau ! Qu'il est beau, le maquereau ! »), elle s'adapte à la voix rocailleuse de la vieille marchande de salsifis, à l'air guilleret de la belle Zépha, connue de la Seine à Montmartre pour son jupon rouge et son grand plateau, son espièglerie, son petit marteau : « Cassez les vertes ! Cassez les noix ! Cassez les noix vertes ! »

Dans ce concert variant avec les saisons, on reconnaît, à partir du temps où les feux s'endorment devant la montée des beaux jours, la pathétique mélopée des petits Savoyards :

— Ramone la cheminée *o ta bas* !

Ce matin, Nanette les a appelés.

Le plus grand s'est présenté. On ne l'avait plus vu depuis le dimanche du toit : il marche un pied tordu dans un empaquetage de chiffons, appuyant son corps sur une grosse branche dont la fourche le prend à l'aisselle. Il a dix-huit ans, peut-être dix-neuf.

Son compagnon, celui qu'il initie à l'ouvrage, n'en a pas dix. Sa frimousse noire s'enfouit sous son grand chapeau. Il porte, sur son pantalon de drap, des genouillères de cuir.

Dans une boîte, ils traînent une marmotte venue, avec eux, de Savoie.

Madame recommande de ne pas salir. Avec, dans la voix, une presque provocation, l'invalide capitaine affirme avoir l'habitude. Il entre dans la cheminée où, de l'œil du maître, il évalue le travail. De quelques mots, il l'indique à l'apprenti qui, aussitôt, monte sur ses épaules. Sur sa jambe d'infortune, le porteur a de la peine à tenir. Cela ne l'empêche pas de frotter en même temps que l'autre, d'un même rythme.

La première suie tombe, la plus épaisse.

Le capitaine sort de la cheminée : arc-bouté entre les parois, le voltigeur continue l'ouvrage seul, à la force des bras, des cuisses, des mollets.

L'ascension durera un long temps pendant lequel la raclette fait son va-et-vient.

La suie dégringole toujours.

Lorsque le chef perçoit un soupir venant du conduit, il repasse sa tête à l'intérieur.

— Tout va bien ?

— Ça va.

L'adolescent revient dans la pièce. Il regarde Nanette avec l'insistance de ses grands yeux blancs.

Un moment, il demandera la permission de s'asseoir.

Madame donne l'autorisation du bout des lèvres. Où irait-on si les fournisseurs et hommes de peine s'installaient dans les salons ?

Sur sa chaise, le ramoneur oublie Nanette. Il considère sa jambe. Peut-être voit-il au-delà ?

Il regarde la marmotte aussi. Son porte-bonheur.

Il aurait pu se tuer.

Un refrain de victoire met fin à ses contemplations :

— Zou ! Zou ! You ! Zou ! Zou ! You !

Là-haut, le petit a terminé son ouvrage.

De sa voix enfantine, il chante sa satisfaction sur les toits de Paris.

— On sait des choses sur toi.

Vessières vient de prendre son tour à la fontaine marchande.

— Je t'avais fait confiance pour donner du contentement à mon cousin. J'aurais dû prendre mes renseignements.

Sylvestre ne comprend pas.

Le Cantalien s'expliquerait peut-être mais Masbouzat arrive avec sa cuve. Un autre Cantalien. Un autre cousin. Un rouge de teint et noir de cheveux qui s'est établi à son compte sans que cette fortune amollisse ses élans révolutionnaires. Ce sont les émeutes de mai qui leur ont été néfastes.

Depuis un an, le Barbès à la citerne n'a pas calmé son indignation :

— *Figuro-té qué passavo tranquilomen aveque moun barricou din la ruo Transnounin, veissi qué mé toumbéren soubre lo paletei uno vingtaino de grands galhards barbus coumo dau sapaire ! O qu'éro esfraious et me demanderain : « Balha nou toun barricou per fà nostre barricado ! »*

— *O la véritat ?*

Eh oui ! c'est la vérité : vingt grands escogriffes barbus comme des sapeurs avaient pris la charrette, la cuve du pauvre Masbouzat, les avaient renversées sur le pavé pour en faire une barricade. En lui promettant que le tout lui serait remboursé quand la République aurait triomphé. Malheureusement, le roi était toujours sur son trône !

— *Dijo ! E quo que te l'an tournat-balha toun barricou ?*

— *Tourna-balha ? O ero tout abimat !*

Vingt-cinq francs pour réparer le tonneau de la barricade ! Le Cantalou ne s'en était pas remis.

— *O valé mé ruina ! La révolucioun qua sé fai aveque lou carouilletos ma pa aveque lou barricou dau praubre moundo !*

Masbouzat prend les commères à témoin. Elles font cercle autour de lui. Ce qui arrive aux gens c'est intéressant à savoir.

Sylvestre s'en va, tirant sur sa bricole.

Vessières le rattrape rue Montorgueil, devant la manufacture de cristaux.

— Si tu me la passes, je dirai rien.

Sylvestre le regarde.

— ... Tu peux pas me la passer ?

— De quoi tu parles ?

Vessières est d'une pièce. Avec des atavismes de champ de foire.

— Ta cendrillon... Si tu me la passes... un soir... ou un dimanche, je te promets que je ne te trahirai pas.

Si Sylvestre n'était pas attelé à son char, il bondirait peut-être sur le Cantalou à bonne trogne. C'est le tonneau qui profite de son énergie. Il part dans le craquement des roues sautant sur les pavés.

Vessières reste devant la manufacture de cristaux. Désabusé.

Il lance :

— Dans le Cantal, on a de l'honneur !

Sylvestre voudrait tout partager. Il n'a rien. Sauf un ami. Ulysse Valat. Ils sont allés, le soir, rue Louis-Philippe. Ils ont fini par le trouver, au retour d'une tournée. Riant de ses acheteurs. De ses vendeurs. Il prétend qu'il sait un village, près de Caen, où le curé a exigé du cabaretier une place sous son comptoir : confortablement allongé, il apprend toutes les frasques avant de recevoir les pénitents en confession. Gare à qui s'avise de mentir !

Malheureusement, la rue Louis-Philippe est un peu loin de chez eux ; Ulysse n'est pas là souvent.

Ils vont voir les parades du boulevard du Temple. Jamais ils ne suivront les spectateurs qui entrent au théâtre. Jamais ils n'en auront même la pensée.

Ils viennent le plus vite possible, essaient d'avoir un bon rang.

En extase, Nanette suit les manches en gerbes, les doigts en grâce d'oiseaux, le regard à la lune et à l'amour du Pierrot d'espoir et de chagrin. Ils ne sauront jamais qu'il s'appelle Jean-Gaspard Deburau ; Nanette même doute qu'il soit un homme ; dans son cœur à elle pourtant, elle entend battre le cœur d'homme ; sous sa tunique de soie.

Lorsqu'il disparaît pour ne plus revenir, elle reste immobile. Avant de descendre de ses imaginations.

Ils rentrent à petits pas. A petits mots. A petites caresses.

Il y a d'un côté les enfants de Savoie, noirs sous leurs haillons et leurs blessures ; de l'autre le grand rêve de l'homme blanc. Il y a, dans les étages, l'enfer des sabots de bois ; sur une estrade deux mains de paradis.

Retenant Sylvestre sous la voûte d'un immeuble, elle l'embrasse avec une passion qu'elle ne lui avait jamais montrée.

En ces jours à corsage léger. Sylvestre trouve sous sa main une poitrine fiérote.

Un sein apparaît. Deux lèvres s'y posent. Des cheveux se mêlent à d'autres cheveux ; aux doigts qui les caressent. Ils cachent le monde, le temps, Paris, Vessières, Amélie, Piédesclop. Ils cachent le pays perdu, l'indigence normande, la ferme en torchis, la chaire de monsieur le vicaire. Ils se tordent, mordent, roulent, enserrent...

— Les sergents ! J'appelle les sergents !

Le bougre allait rentrer chez lui. Il crie au nom de la décence et de l'épouse qui est à son bras :

— Sergent ! Aux mœurs ! Ces pérégrins ne respectent rien !

Les passants se retournent.

Revenant aux réalités comme après la parade de l'homme blanc, les deux amoureux partent en courant. Devant le Café turc, deux agents se lancent à leur poursuite. Ils n'ont pas leur jeunesse. Les amoureux les perdent dans les dédales et les débris, les ruelles, les décombres entourant le marché au vieux linge, à la ferraille et aux habillements de hasard.

Sous l'enseigne d'un cordelier, ils se rassurent, s'étreignent. Leur arrive une chose qui, jamais encore, ne leur est arrivée : ils éclatent de rire. Un rire de jeunesse : celui qui, contrairement à la jeunesse, ne finit jamais.

Pendant tout le retour, l'un veut parler, l'autre rit encore. Il se calme, veut dire au moins un «*Paubre sergent! Nous a manqua!*» : le mot se brise sur son hilarité qui entraîne celle de Nanette, de Sylvestre, de l'un et l'autre qui seraient bien incapables, l'un et l'autre, de dire pourquoi ils s'amusent ainsi.

Leurs yeux donnent la réponse heureuse.

Quelques cloisons séparent leurs sommeils.

Nanette embrasse un Pierrot aux ailes d'oiseau. Une collerette se pose sur sa blanche plume. Elle se déroule, devient voile de tulle. Madame Pasquier, la couturière, l'aide à le placer sur son front avant de distribuer, sur le chemin d'église, des épingles porte-bonheur. Derrière elle, sa mère répète fièrement que, sans être riche, elle a su mettre dans l'armoire de sa fille trois douzaines de tout.

Sylvestre découvre une robe de laine noire sur laquelle une main patiente a cousu des fleurs de soie violette. Bientôt, vient sur la robe de laine la cape de drap noir indispensable à la mariée pour sortir de l'église : «Tu l'auras ta vie entière contre tous les mauvais temps.»

Hélas! La cape se fait soutane. Le prêtre se fâche. Sylvestre a peur. Au moment où la fiancée va lui offrir la chemise blanche qu'elle doit à son futur, la chemise craque, entraînant dans sa déchirure les fleurs mauves de la mariée.

C'est plus fort que la nuit de Nanette : ses parents ont tendu la grange de draps blancs sur lesquels courent des branches de lierre, des couronnes de fleurs, des lettres vertes et rouges s'entrelaçant pour dire à tous les nociers les initiales de Sylvestre-Marcelin Chabrol, de Anne Bécachet, connue de tous sous la frimousse de Nanette.

Sylvestre se réveille sans avoir dormi.

Il descend sans avoir mangé.

En ce dimanche matin, monsieur et madame Guérin sont partis pour le village d'Epinay où habite la marraine de Madame.

Il tire sur les brancards, épaules en avant, sangle tendue.

Il monte plus vite qu'il n'est jamais monté.

Il frappe.

Nanette ouvre, une cuillère à la main : elle prépare pour ce soir un lapin en matelote.

Elle est heureuse de ce baiser dans les cloches sonnant *d'avolée,* comme on dit chez elle.

La rue chante :

— Bonnes poires toutes chaudes ! Cuites au four !

Sylvestre n'a pas dit un mot.

Il est parti.

Il descend l'escalier.

Elle veut savoir.

Il est déjà en bas.

Il revient. La baignoire sur son dos. Il passe devant Nanette, pousse la porte du cabinet, pose sa charge, va chercher les seaux, les vide, repart, revient, verse et ainsi jusqu'à ce que la baignoire soit pleine.

Nanette regarde cette eau qui trouble sa pudeur.

Il murmure :

— C'est pour toi.

Elle avait compris l'offrande. Ses joues ressemblent aux pommes dans le verger du matin. Rouges de sang et fraîches de rosée. Il y a en elle des questions qui s'affrontent.

Elle hésite. Candide. Embarrassée.

Il le voit.

Muet toujours, comme il le fait avec Madame, avec tous ses clients, il se retire sur le palier où il s'assied sur la première marche.

Il attend.

Il imagine.

Le corps s'allonge de bien-être. Calme dans l'eau.

Il entend le clapotis caressant. Il revoit le sein nu, devine les chatons se dressant comme deux îles roses...

Repoussant le rêve blond, il revient au sourire de Nanette.

— Vous pouviez rester dans la maison, monsieur Sylvestre.

Elle a, sur son corps encore humide, passé un drap qui lui fait un air de statue vivante, des hanches qui se précisent, un visage à mèche blonde, coiffé de blanc.

— Entrez, monsieur Sylvestre.

Elle est dans ses bras. La chaleur du bain monte à travers le lin. Sylvestre serre la taille entre ses mains. Elle se pend à son cou.

Passant son bras derrière ses genoux, il l'enlève. L'emporte.

Elle est sur le lit.

Il est à genoux.

Leurs yeux ne se quittent plus. C'est elle qui soudain l'embrasse, prenant sa bouche dans la sienne, serrant très fort ses tempes d'homme entre ses petites mains. Pour un plaisir de longue haleine. Rien, semble-t-il, n'y mettra fin. Ni personne. Surtout pas eux.

Il s'est levé.

D'un bond, il a gagné la cuisine, l'escalier. Il est revenu, très agité, est entré dans le cabinet. Il a, avec des gestes fébriles, pris les deux seaux oubliés, les a remplis dans la baignoire puis, sans trop faire attention aux gouttes qui tombaient sur le parquet, il est descendu vider tout ça dans la cour. Il est remonté.

Sans entendre Nanette murmurant des « Sylvestre ! » de peine et d'incompréhension, il a vidé entièrement la baignoire. Il l'a emportée sur son dos.

Sur le lit des Guérin à l'édredon humide, Nanette pleure.

D'églises en appartements, de pendules en clochers, longuement les heures se répondirent.

Sylvestre ne viendrait plus la prendre.

La fête des prés Saint-Gervais laisserait à d'autres la joie des guinguettes, le plaisir pour un sou de manger des groseilles sur branche.

Elle avait très chaud à rallumer le feu dans le dimanche d'août ; à sécher au fer l'édredon, le drap ; à revivre ce matin d'amour et de déception, cette seconde où, s'accrochant au cou de Sylvestre, elle avait cru s'envoler vraiment, vivre ailleurs : pour retomber soudain dans une réalité qu'elle ne comprenait pas et que, confusément, elle se reprochait.

Elle entendait les mots alarmants de monsieur le vicaire. Elle revoyait sa mère se signant à l'annonce de son départ. Elle se répétait que Paris est la ville des filles perdues.

C'est ce qu'avait dû penser Sylvestre en la voyant pendue à lui ; mangeant ses lèvres avec moins de retenue qu'elle en aurait mis à engloutir les groseilles des prés Saint-Gervais.

Elle avait honte.

Sylvestre avait eu honte aussi. Pour elle.

Cinq heures. On frappe.

Elle ouvre.

C'est lui.

Il murmure :

— Je suis marié.

Plus vite qu'il l'a fait même ce matin, il disparaît dans l'escalier.

Il n'y a plus de promenades dans la tiédeur d'été.

Dès qu'elle a fini sa journée machinale, elle monte dans la chambre où l'on ne peut respirer.

Les autres, les Bretons, les Héraultais, tous les hommes laissent leur porte ouverte.

Paulsida ferait de même. Cyprienne s'y oppose :

— Je n'ai point besoin de fier-sot à bader la goule devant chez moi !

Pour montrer son désaccord, Paulsida, avec des airs de duchesse, fait aller la fenêtre comme un éventail : dans l'illusion d'aérer.

Elle a annoncé la nouvelle : elle est enceinte.

Cyprienne n'a pas dit : « C'est bien fait ! » mais on sent qu'elle le pense. Pour le moins : « Ça devait arriver ! »

Cela n'entame pas la bonne humeur de Paulsida. Elle va se débrouiller. Il suffit d'une queue de persil. Ou de lierre. Si elle n'y arrive pas toute seule, elle trouvera quelqu'un. Une femme d'habitude. Un garçon qu'on paie de reconnaissance.

— On le fait entrer par où tout doit sortir !

Cyprienne multiplie les signes de croix.

— Le diable est dans ton cœur et dans ta tête ! Le diable !

Paulsida éclate de rire. Elle met sa main sur ses hanches, tapote son ventre, se demande si le fils du suisse va bientôt sonner les cloches. A moins que ce ne soit le fils de Tête-en-l'air. Ou d'un autre. Du marchand de coco.

— A la fraîche ! Qui veut boire ? Voilà le coco !

Nanette s'en va.

Le boulevard déambule sans conviction.

Les fruits dorment dans des étalages indifférents.

Elle ne voit rien sur ce trottoir où tous les deux ne voyaient qu'eux.

— Un sou d'oseille ! En v'là d' la belle ! Voyez donc la chicorée ! Huit d'un sou !

La pauvresse s'obstine, se donnant, pour raison de ne pas rentrer dans son galetas, l'espoir de liquider auprès des théâtreux son plateau de verdure fanée.

— Un sou d'oseille ! Un liard le persil !

Nanette n'entend rien dans cette foule où tous les deux n'entendaient qu'eux.

Sylvestre aurait pu ne rien lui dire. C'est un honnête garçon.

Combien vaut l'honnêteté qui nous contrarie ? Et, ce soir, nous chagrine ?

Sylvestre, ça n'était pas son bonheur : c'était le premier de sa vie. Le dernier aussi peut-être. Elle ne peut pas imaginer que le sentiment se renouvelle.

C'était son soutien.

Paulsida veut tuer la quenaille. Cela lui cause une grande honte. Et même une grande peur.

A Montmirel et même à Villy, à La Cambe, les bâtards on les appelle les petits poussins des haies. Ils s'élèvent avec les autres.

Cyprienne et Paulsida parlent de la vie et de la mort des enfants comme des femmes dégoûtantes.

Elle devrait aller se confesser, essayer de dire la prière des servantes que leur répète le dimanche à six heures monsieur le curé de Notre-Dame-des-Victoires : « Entourée de compagnes légères et dissipées, je pourrais être tentée de ne point m'avouer chrétienne. Ne permettez pas, ô mon Dieu, que mes œuvres démentent ma foi. Faites-moi la grâce de supporter avec courage l'état auquel votre divine providence m'a appelée. Que je ne désire point avec trop d'ardeur les biens de ce monde ni de sortir de mon état. Que je me soumette volontiers et sans murmure au joug de l'obéissance. Que je ne rougisse pas de la bassesse de ma condition et des mépris qui s'y rattachent. Enfin, que je cherche dans le travail pénible auquel je suis soumise le pardon de mes péchés. »

Oui, mais Nanette n'a pas péché. Elle n'accepte pas les prédictions malfaisantes de monsieur le vicaire. Elle lui répond :

— Je n'ai rien fait de mal !

Sylvestre l'a aidée. Elle voudrait le lui dire.

Les lumières s'éteignent.

L'estrade est vide.

Pierrot n'est plus qu'un souvenir.

Les gens s'en vont. Certains demandent :

— C'est fini ? Déjà ?

Nanette répète :

— C'est fini. Déjà !

Il lui vient la pensée écervelée de rechercher dans les dédales du Temple l'enseigne du cordelier. La fuite avec Sylvestre. Ce rire qu'elle ne lui connaissait pas, qu'elle ne se connaissait pas.

Un homme lui montre dans une main une pièce, dans l'autre un gâteau de Nanterre. Tiède. Sale.

Elle fuit.

Une voix l'arrête :

— N'ayez pas peur !

Vêtu d'une redingote étrange, sombre, avec revers écossais, verts et blancs, l'orateur est monté sur une borne. Il fait, tout en parlant, virevolter une canne armée de plomb :

— Partout dans notre bonne ville, vous n'entendez parler que de guets-apens, viols, attaques nocturnes, détroussement du plus inoffensif et même du plus pauvre des promeneurs. Oui, citadins de Parisis, il en est ainsi : hier, être attaqué dans la rue était le privilège de nos pères à la bourse gonflée. Aujourd'hui, les détrousseurs frappent d'abord ! Homme, femme, bourgeois, aristocrate, manant, on trie ensuite : quand la victime est inanimée !

Un frémissement a parcouru la foule.

— C'est Badèche, murmure un bourgeois bien renseigné : on le connaît dans le quartier. Il travaille pour les légitimistes.

— Vous ne pouvez pas nier que le crime est partout ! réplique vertement une dame sous châle de cachemire.

Un quidam à lorgnon, qui doit être au moins commis aux écritures, rectifie avec pédantisme :

— Le crime est trop fréquent mais il n'est pas plus répandu qu'hier. Ce qui se répand, c'est la connaissance que nous en avons.

L'opinion trouve des approbateurs :

— C'est la presse qui est responsable !

— La presse et le théâtre ! Voyez les affiches du mélodrame ! On célèbre le sang. La canaille s'y rue. Cela lui donne des idées !

— Surtout aux jeunes !

Dans des conciliabules d'analphabètes, le roman est mis en cause.

Sur sa borne, l'orateur poursuit sa harangue, invitant chacun, comme lui, à se munir d'un gourdin. A sortir en groupes. A guetter, dans les portes cochères, les malandrins qu'il convient d'assommer. Sans compter sur la police dont on sait bien qu'elle est de mèche avec les voleurs. Ou avec les ministres qui nous laisseront étrangler pendant qu'ils se gobergent sous leurs lambris.

On approuve. On crie à la canaille. Quelques effarouchés se signent avec discrétion.

Un vieillard murmure :

— Quand il y a trop-plein, les égouts débordent.

Comme pour lui donner raison, un cri sinistre parvient de la nuit d'une venelle.

— A l'aide ! Je suis seul !

Il y a un bruit de lutte. On entend des coups, encore un faible appel. Un homme sort de l'ombre, le visage taché de sang, fuyant sans qu'on sache s'il est la victime ou le bourreau.

L'orateur fait pirouetter son gourdin.

— Je vous le dis, amis de la grande cité, si vous ne savez pas vous regrouper, vous aurez la gorge tranchée par la canaille !

Nanette voudrait avoir, près d'elle, la force de Sylvestre.

Puisqu'ils n'ont pas péché, pourquoi ne se reverraient-ils pas ? Ils ont, à présent, plus de choses à se dire. Par exemple, il lui parlerait de sa femme.

Il a des *éfants*, peut-être ?

Quand il viendra demain pour le bain de Madame, elle l'accompagnera sur le palier. A voix basse, on peut se dire les choses.

Avant, elle n'avait jamais marché seule dans Paris.

Il est le quart moins de minuit.

Tirant sa cuve pleine. Sylvestre passe devant l'abattoir Montmartre.

Les équarrisseurs déjeunent sur le pouce, assis au pied de la bouverie, les jambes allongées dans la rue des

Martyrs, bas de pantalon retenus par un tortil de paille que le sang a imprégné. Ils ont gardé, pendue à la ceinture de cuir, leur *boutique* de bois contenant les six couteaux. Entre eux : une bonbonne de vin.

Dans leurs oripeaux de domestiques à bestiaux, laveurs d'écurie, vachers de la dernière maison, les enfants mangent du pain sec. Les deux plus grands ont dix ou onze ans. Entre deux bouchées, ils tirent sur leur pipe.

Les châtaignes doivent maintenant gonfler leur bogue. Elles ont mis, en défense, leurs piques vertes. Dans deux mois, avant même, les premières tomberont.

Sylvestre, peut-être, sera là.

Il allait, avec Angèle, aider les Rabanesse. La mémé disait :

— C'est bien, les enfants. Ramassez-en beaucoup.

Depuis des minutes, Nanette parcourt l'appartement. Elle range une serviette dont elle va avoir besoin. Elle prend une casserole dont, une seconde après, elle ne sait que faire.

Madame a déjà porté dans le cabinet son changement de dessous : la chemise qu'elle remplace lors de chaque toilette; le jupon qu'elle renouvelle par roulement. Un toutes les trois semaines.

Sur la cheminée du salon, la grande aiguille est en bas du cadran, pointée vers l'Amour au tambourin qui, au milieu de ses ors et de ses écailles, sonne la demie.

L'appartement se vide à nouveau. C'est un moment épouvantable. Long. Un silence qui attend.

Au bout de quelques minutes, Madame murmure :

— On ne peut plus compter sur personne.

Une détresse gagne Nanette.

Sylvestre n'a jamais été en retard.

Si Madame la questionne, elle ne pourra pas dire un mot. Quoi dire d'ailleurs ?

Elle va dans la chambre des enfants.

Elle entend les « Tsstt ! Tsstt ! » d'impatience, les allées et venues du salon au cabinet d'eau.

Madame agite des flacons. Leurs *flic-floc* de cristal ne chassent pas le mutisme interminable des murs et des tentures. De l'escalier surtout.

On frappe.

Nanette bondit. Elle ouvre.

Vessières est devant elle, portant la baignoire.

— Bonjour la demoiselle. Le compagnon est malade. Je le remplace.

— Il était à l'heure, lui !

Ce que dit Madame, ce que répond Vessières, n'a plus d'importance. Nanette ne sait qu'une chose : Sylvestre n'est pas venu.

Elle ne le reverra plus, peut-être.

Est-il malade vraiment ?

Son service à peine terminé, elle monte au sixième. Sans hésitation, elle tourne à droite.

A tâtons, elle trouve la porte. Elle tape. D'un doigt sans assurance.

Un ronflement lui répond. Régulier. La deuxième fois, elle frappe pendant l'accalmie.

Il y a, à l'intérieur, un petit mouvement.

C'est Vessières qui est devant elle ; pour la deuxième fois de la journée.

Elle ne dit qu'un mot :

— Sylvestre.

Il montre la chambre. Trois paillasses par terre avec six hommes dessus. La quatrième, celle de Vessières, est debout contre le mur. Tout à l'heure, il l'allongera à la seule place disponible.

— Où est-il ?

— Il n'est pas là.

— *Bodi dourmi.*

C'est un vieux qui a parlé sous la fatigue de la route parcourue dans la journée, des escaliers montés, descendus deux cents fois avec, chaque fois, trente litres d'eau au bout des bras.

Vessières entraîne Nanette dans le couloir.

— Où est-il ?

— Je ne sais pas.

Il jure.

Aux Thermophores, monsieur Chaumeil a dit : « Chabrol est malade. » C'est tout.

Nanette voudrait insister. S'il a pris un chaud-froid, elle trouvera du cidre, de l'eau-de-vie ; elle lui fera un flip, comme sa mère : avec du poivre et des clous de girofle. Quand les quenailles avaient mal à la gorge, on leur appliquait sur le cou un bas de laine gonflé de cendres chaudes.

Elle entend :

— Il est marié, savez-vous.

Dans la pénombre, Vessières exhibe une satisfaction de bien-informé, un sourire à la je-t'épate. Il va d'un pied sur l'autre, attendant un accueil qui ne vient pas.

Il se décide :

— Moi, je suis garçon.

Nanette répète :

— Je veux le voir.

Pour entrer en grâce, il finit par dire qu'il peut faire passer une lettre.

Cela suffit à Nanette.

Pas à lui.

Son bras veut la retenir. Il demande quelque chose pour sa commission. Il est fébrile.

— Puisque c'est lui, pourquoi c'est pas moi?

Il gémit :

— Où veux-tu que j'en trouve, des filles? Les clientes, faut pas leur parler. Ici, y a que les Alsaciennes. Des amasseuses qui prennent leur fessier pour une tirelire!

Il est pitoyable.

— Si tu le fais avec moi, je dirai pas au maître que le Chabrol t'a porté un bain gratis.

Nanette le repousse.

La Charentaise a entendu les jacasseries.

— Il t'en faut deux à c't' heure?

Vessières lâche Nanette.

Cyprienne la fait entrer.

— Quand on va voir les hommes après *souleil* couché, faut pas s'étonner s'ils veulent coucher aussi!

Voici trois semaines, Londres a signé avec l'Autriche, la Prusse et la Russie le traité réglant en dehors de la France la question d'Egypte. Les journaux ont parlé des agissements de la Perfide Albion.

Nanette est loin de ces nouvelles.

La marchande des quatre-saisons est mieux informée. Dans la rue Saint-Joseph, elle propose ses poires d'Angleterre :

— Deux liards, l'Angleterre! Ça ne vaut pas mieux! Deux liards, les Anglais!

Nanette jette un coup d'œil au-dessus du rideau. A cette heure, Monsieur n'est pas là.

Derrière son écritoire, mademoiselle Fly est appliquée à établir un tableau portant règlement à observer pour les prisées de meubles et la vente aux enchères des effets mobiliers.

Nanette s'embarrasse dans sa demande.

Mademoiselle Fly a l'habitude.

— C'est une lettre d'amour?

Nanette rougit. Elle rectifie :

— C'est une lettre de maladie.

Aussitôt, elle s'interrompt. Pétrifiée : sur l'escalier qui descend de Voltaire et de Rousseau, paraît Monsieur, une brochure à la main.

— Encore là, Nanette?

Sans se soucier de faire perdre une cliente à la maîtresse d'écriture, il l'entraîne; comme la première fois.

— Tu m'avais dit que tu t'adresserais à Madame... N'a-t-elle pas écrit ce que tu voulais quand tu le lui as demandé?

Il a, comme la première fois, sa voix doucette, ses mots patients.

— Hein? Pourquoi ne t'adresses-tu pas à Madame?

Elle finit par murmurer :

— C'est point pour la *mé*.

Elle fait un gros effort :

— C'est point pour le *pé*.

Monsieur réfléchit. Il murmure :

— Ecoute. Demain, Madame conduit les enfants au Jardin des plantes où leur tante est herboriste. Ils y feront collation et ne seront pas là avant le soir. Je rentrerai plus tôt. Tu n'auras qu'à dicter : je l'écrirai, moi, ta lettre.

Il regarde la servante avec bienveillance.

— Et... je n'en parlerai à personne.

L'offre contrarie Nanette : comment écrire à Sylvestre une sincérité?

A mademoiselle Fly, elle aurait pu confier peut-être son secret.

Edouard Guérin contemple le porte-plume phare de Cordouan.

— Alors ?

Nanette concentre son courage.

— Monsieur Sylvestre...

Au premier mot, elle est arrêtée.

— Monsieur ?... Tu écris « monsieur » à ce jeune homme ?

Elle baisse la tête.

Edouard Guérin la lui relève d'un doigt. C'est son habitude peut-être.

— Ne préférerais-tu pas écrire « Cher Sylvestre »... ou même « Mon chéri »...

Nanette est paralysée.

Monsieur est bien accommodant pourtant. Il n'est même pas *fié* pour un maître. Il a passé son bras sur les épaules de Nanette. Il comprend qu'à seize ans une fille a envie qu'on lui fasse la cour. Quel mal y a-t-il à cela ?

— C'est un garçon du quartier ?... Un commis marchand, peut-être ?

Ce que Monsieur aimerait savoir — à cause des mots à employer dans la lettre, tu comprends ? — c'est... jusqu'où sont allées les choses.

Nanette a un mouvement de recul.

Monsieur ne veut pas cela. Il se considère à Paris comme le père de Nanette — au moins son grand frère. Il a une autre grande raison de veiller sur elle.

— Je suis normand, ma fille !

Nanette n'en revient pas. Elle n'a jamais vu de Normand comme Monsieur.

— Dans l'administration, si l'on veut réussir, mieux vaut ne pas montrer des habitudes provinciales.

C'est un fait pourtant : le père de Monsieur est né à Saint-Lô. C'est dire si, voyant Nanette si fraîche, si *embeaumie*, comme disait son père de Saint-Lô, Monsieur pense que, pour se trouver un promis, elle n'aura pas besoin d'un *marious*, d'une *mariouse* ou d'aller s'exposer à Villedieu-les-Poêles pour la « foire aux jolies filles et aux vilaines vaches » !

— Tu n'as point les genoux pointus : tu ne risques pas de rester vieille fille !

Nanette rit. La *mé* parlait de ces impatientes qui, dans sa Normandie des bords de l'eau, allaient à Saint-Pair jeter une pierre dans le *trou marious* : elles devaient trouver un mari dans l'année.

Monsieur ne peut qu'approuver : son cousin de Saint-Hilaire-du-Harcouët lui a montré, près d'une Notre-Dame de la Délivrance, un rocher porte-époux. Il suffit de s'y laisser glisser pour rencontrer l'homme qui vous aimera.

— Depuis des siècles, les fesses successives ont, dans le granit, creusé un sillon !

Nanette ne rit plus : prête à croire.

Monsieur ajoute :

— Mon cousin m'a montré une vieille fille qui, depuis trente ans, y va chaque année : elle n'a jamais trouvé chaussure à sa barbe !

La gaieté est revenue. Nanette n'aurait jamais cru que Monsieur soit si farce. L'accent qu'il prend pour parler des *menantises*, des fiançailles si vous préférez, la tournure de ses phrases aux chaudes racines, l'évocation de ses années d'enfance où, avec les enfants de la maison école, il jouait à *muchemuche*, à la *fèque*, à la *queue-au-loup*, cela fait, dans le cœur de Nanette, une invasion normande ; un retour aux sources de famille : une confiance.

Lorsque, sur ses lèvres, elle sent des lèvres qui ne sont pas les lèvres de Sylvestre, lorsqu'une force dégoûtante tente de pénétrer sa bouche, qu'une main relève son cotillon et déjà torture sa peau, elle se retrouve d'un coup dans cette ville dont les pavés mangent les herbes, les fleurs et font tomber les filles, comme l'avait annoncé monsieur le vicaire. Elle crie, griffe, gifle. Elle monte au sixième. Dans la cuvette, elle lave son visage, ses cuisses, surtout sa bouche. Elle revient. La peur coléreuse ne la quitte pas. Madame peut lui demander si elle n'est pas malade, les quenailles peuvent, au souper, la regarder avec une gentille compassion, Monsieur peut glisser une pièce dans la poche de son tablier, Paulsida peut lui dire que les maîtres sont tous les mêmes et Cyprienne lui offrir son cœur bourru de mère sans enfant, elle le sait maintenant, elle n'a dans Paris qu'un ami : Sylvestre.

Elle va vers lui.

La nuit l'entoure quand elle arrive au château d'eau.

Elle doit laisser les lumières des jongleurs et des danseurs de corde, aller rejoindre le canal, le traverser sur la passerelle, le suivre jusqu'à la dernière rue avant la colonne.

Elle ne peut pas se tromper : marteaux, enclumes, masses, ferrailles sont encore au travail. Taches blanches dans la rue noire, quelques ébénistes n'ont pas quitté leur tenue ; ils discutent sur un banc, la tête appuyée au mur de ces maisons devenant fragiles comme on s'éloigne du centre : construites en matériaux à bon marché. Comme pour ne pas durer.

Nanette reconnaît la cour où elle était venue voir Ulysse, un soir, avec Sylvestre.

Il est là, Ulysse. Avec un battement de recul quand il la reconnaît, l'envie rapide de refermer la porte.

Tout se passe trop vite.

Ils se sont retrouvés.

Les questions préparées, les résolutions prises, rien ne résiste à cela.

Elle est dans ses bras.

De gros sanglots étouffent sa gorge.

Il caresse ses cheveux.

Le *marious* de la Creuse s'appelle le *maridaïre*. C'est, comme en Normandie, une sorte de camelot du mariage, un ami franc du garçon qui parle pour lui à la fille et, s'il le faut, à la famille, célébrant les avantages du prétendant.

La coutume en est, ici et là, bien établie.

Sylvestre, pourtant, n'avait pas eu à l'observer : il connaissait Angèle depuis toujours. Ils s'étaient élevés dans les mêmes champs, sous les mêmes vents, le même soleil. Ils avaient coupé les mêmes récoltes, battues avec les mêmes fléaux.

Il parle d'elle avec un retour en lui ; sur la terre des maîtres ; dans la maison de chaume et de pierres étroites, jaunes, qui ne sont, sur le mur du nord, que de gros cailloux amenés par le Taurion : on les a ramassés avec l'aide des voisins, la permission des habitudes.

Ses fiançailles se sont faites en prolongeant les jeux de l'enfance. Sans avoir besoin du notaire pour voir si les biens s'accordaient puisque l'absence de biens se remarquait dans la corbeille de chacun. N'importe ! Il se souvient avec le sourire du moment de fierté adolescente où, dans les veillées, à la fête votive, au bal de foire à Bourganeuf, on a commencé à dire :

— Le Sylvestre Chabrol mène l'Angèle Rabanesse.

Certains haussaient les épaules. Comme pour signifier : «Que pouvaient-ils, l'un et l'autre, espérer de mieux?» Sylvestre n'entendait pas. Il pensait : «Je me marie et ce n'est pas l'Angèle qui me fera du malheur.»

Il s'arrête sur une pudeur.

Nanette murmure :

— Sois sans gêne.

Alors, il repart vers Bourganeuf avec Angèle. Accompagnés des parents, des parrains et de la marraine[1] qui avaient pu, tout de même, acheter les livrées.

Chez Nanette, on ne dit pas «les livrées» mais «la livrée». Il ne s'agit pas, comme ici, des habits du jour ou du lendemain de noces, d'une coiffe ou d'un devanteau qu'une mère peut offrir à sa bru, du gilet ou de la chemise que la future offre au futur : la livrée est, en Normandie, le petit bouquet de fleurs d'oranger que la couturière offre à tous les nociers.

A ces mille petits riens, aux mariages qui, chez les Normands, ont lieu à l'automne, après les loueries des moissons, chez les Creusois se célèbrent l'hiver, après le retour et avant le nouveau départ des maçons, ils comprennent qu'ils ne sont pas du même pays. Mais ils sont, avec la vie, de même lutte à mort; avec le travail, de même condamnation à l'exil qui, à Paris, les a faits de même solitude.

Solitudes unies, ils sont deux tout le jour qui pensent l'un à l'autre. Deux à nouveau le soir sur les boulevards. Deux le dimanche à la porte Saint-Antoine où ils prennent la voiture qui conduit au pont Saint-Maur. Ils sont

1. Sylvestre-Marcelin Chabrol et Angèle Rabanesse avaient même marraine : la Léonie Fenaudot, de Périorière qui, les voyant se fiancer, disait avec des larmes dans la voix : «Je vis le plus grand bonheur de ma vie.»

trois à Vincennes où, le jour du 15 août, Ulysse Valat les a entraînés, désirant leur montrer l'habileté des tireurs à l'arc s'affrontant pour le gain d'une pièce d'argenterie. Il est toujours gai, Ulysse ! Si drôle lorsqu'il raconte l'histoire de sa grand-mère voulant conduire sa chèvre à la foire de Lascelle. Avec son chien, le loup, la barre, le feu, les rats, le pauvre n'en sort plus !

Ils sont deux surtout pour ce long voyage de Brévannes où, dans le bois, ils découvrent un bal de bonne tenue. Loin des barrières aux rixes de routine.

Longtemps, ils vont le contempler. Le plaisir des autres leur donne du plaisir. Sans envie. Ils constatent qu'on peut être heureux. Ils ne le disent pas. Ils le lisent. Ensemble. Dans le livre des yeux. Confiance au futur inconnu.

Leur retour en est embelli.

Il n'y a personne dans la chambre de Nanette.

Ils entrent.

Pour la première fois depuis qu'ils se sont retrouvés, ils s'embrassent. Longuement.

Cyprienne entre.

— En v'là d'une autre à présent ! Bon sang de chien, croyez-moi, j' vas balayer la piace !

Le merveilleux est devenu l'infamant.

Sylvestre voit la honte de Nanette.

Il voudrait la défendre.

Il comprend que sa présence la condamne.

Il murmure un stupide :

— Au revoir, madame.

Cyprienne répond :

— Je ne salue point les gorets.

Lorsqu'il est sorti, elle dit à Nanette :

— Tu pourras aller te confesser.

Elle lui révèle que le coiffeur marseillais qui avait

détourné Paulsida était, lui aussi, un homme marié : elle sera une Paulsida puisqu'elle suit le même chemin.

A deux pas du mausolée où, depuis un siècle et demi, dort Jean-Baptiste Lully, surintendant de la musique du roi, le prêtre cherche la confidence :

— Et ensuite ?

Nanette répond :

— Ensuite... Cyprienne est arrivée.

Le prêtre murmure :

— Avant son arrivée... n'y a-t-il pas eu de geste contraire à la morale enseignée par votre catéchisme ?

— Il m'a embrassée.

— Oui, mais...

Le dialogue se poursuit dans la mystérieuse anxiété du confessionnal. Entre une pénitente moins coupable qu'apeurée et un pasteur désireux de ne pas accorder à l'improviste le grand pardon de Dieu.

— La faute que vous avez commise en vous livrant à la débauche d'un homme marié est très grave. Vous allez prendre l'engagement de ne plus le revoir.

Il a perçu la réticence.

Il insiste :

— Dites avec moi : « Je prends l'engagement devant vous, Seigneur, de ne plus revoir celui qui m'entraîne dans le péché. »

Nanette ne peut pas parler.

Il ordonne :

— « Je prends l'engagement devant vous, Seigneur... »

Il a la pratique des servantes. Leurs fautes contre Dieu viennent de leurs fautes contre leurs maîtres. Elles les servent sans comprendre qu'elles sont appelées à cette tâche par la volonté de Dieu.

— Vous montrez-vous, pour vos maîtres, douce, obéissante, prévenante, respectueuse ? Priez-vous Dieu pour eux ? Les servez-vous pour l'amour de Notre Seigneur ou pour l'amour misérable de vos gages ? Mesurez-vous vos services à ce salaire ou à la grandeur de Notre-Père-tout-puissant ? Quand vous pensez perdre votre temps, vous dites-vous que vous perdez, en vérité, le temps de ceux que Dieu a choisi de vous faire servir ?

Nanette voit, dans la pénombre à croisillons, la véhémence rude de l'homme qui a peur du diable.

Parce qu'elle croit que sa colère est vraiment la colère du ciel, parce qu'elle croit que cette fureur, dans cette chaleur de bois, va tomber sur sa chétive personne, elle promet :

— Je prends l'engagement devant vous, Seigneur...

Le prêtre apprécie le sacrifice.

Pour l'aider à l'accomplir, il trouve des mots de bon père. Il dit ces conseils affectueux avec lesquels son ami l'abbé Ozanam médite d'écrire bientôt son *Manuel de piété des domestiques chrétiennes* :

— Ne vous laissez plus troubler par des plaisirs sans élévation. Votre emploi doit vous protéger des tentations. Le luxe des appartements où vous êtes occupée vous fera penser à la vanité des biens de la terre. La poussière que vous chassez et qui retombe sans cesse vous apprendra le soin que vous devez apporter à votre âme pour que la poussière des vanités ne vienne jamais ternir vos vertus. L'innocence des enfants qu'on vous confie vous fera le reproche de votre innocence perdue. Le feu de vos fourneaux sera là, toujours, pour vous prévenir des flammes de l'enfer.

Nanette ne comprend pas tout.

Elle entend seulement la sincérité.

Ce monsieur qui vient de Dieu est attentif à elle. A son âme. A son paradis.

Elle ne rejoint pas Sylvestre au coin de la rue Montmartre.

Connaissant la présence de Cyprienne, il ne viendra pas la chercher dans sa chambre.

Elle a acheté 1,50 franc le livre de monsieur le curé : « Pour que vous soyez appelée de Dieu au service des maîtres, il faut que vos intentions soient pures. Il n'en serait pas ainsi si vous entriez en condition pour laisser le costume rustique de votre pays et en revêtir un autre plus élégant. »

Elle regarde la jupe à pois, la dentelle pâle, les sabots à brides qu'elle portait au dimanche de Grenelle.

Elle n'a pas osé dire à monsieur le curé : « Je ne sais pas lire. »

Madame n'est pas là.

Monsieur rentre plus tôt.

Il éprouve, depuis quelques jours, une gêne. Un repentir. Même deux : celui d'avoir choqué Nanette ; celui de s'être mal fait comprendre d'elle.

Il veut chasser le malentendu. Il va donner une preuve de sa bonne foi :

— En te révélant que j'étais normand, je t'ai fait une confidence dangereuse. Je veux t'en faire une autre. De beaucoup plus dangereuse.

Nanette craint le danger. Elle refuse.

Il insiste.

Elle met ses doigts dans ses oreilles. Monsieur tient à être désormais à sa discrétion.

— Je suis républicain.

Nanette retire ses doigts. Elle ne voit pas l'importance de la révélation.

Monsieur explique :

— L'article 1er de la Constitution de 1793 déclare : « Le but de la société est le bonheur commun. » C'est un article magnifique, Nanette !

Etre d'une société pour concourir au bonheur de tous les membres de cette société : voilà ce que veut Monsieur. De toutes ses forces.

— A ce bonheur de tous, nul ne peut s'opposer. L'article 5 de la Déclaration des droits de l'homme stipule : « La Loi n'a le droit d'interdire que les actions nuisibles à la société. »

On imagine, dans ces conditions, ce que valent, aux yeux de Monsieur, les interdictions des Eglises, des dogmes, des usages et même des simples particuliers ! Monsieur exige la liberté de tous : à commencer par celle de Nanette. Pêle-mêle, il cite madame de Staël, Lamartine, Platon, Lamennais, tout le cabinet de lecture pour, lorsqu'il en est à la littérature anglaise, signaler avec une aimable satisfaction les origines normandes de Byron.

Nanette le regarde avec des yeux vides.

Il s'en aperçoit.

Alors se passe en lui un phénomène qui ne se produit pas deux fois dans la vie d'un homme.

Une voix profonde lui dit : « Edouard Guérin, mon ami, tu es un salaud ! »

Au nom de ce républicanisme qui est la pureté de son âme, il ne peut l'accepter.

Il éprouve une grande émotion. Celle que donne aux hypocrites le plaisir soudain de se détendre dans la sincérité.

Il murmure :

— Nanette, pardonne-moi. Je te promets de ne plus te tourmenter. Désormais, je serai ton ami.

Il y a un grand silence.

Nanette pense qu'elle devrait dire peut-être : « Merci, le maître. » Au moins : « Monsieur est bien bon. »

C'est Edouard Guérin qui reprend la parole :

— Je ne te demande qu'une chose : si tu as un ennui, si tu es dans le besoin, sache que je suis là pour te soutenir. Toujours. Pour n'importe quoi.

Nanette pense que Monsieur n'est pas un *galfâtre*. Il a bien de la politesse.

Elle a eu grande chance de tomber dans pareille maisonnée.

Lorsqu'elle découvre, sur sa paillasse, Paulsida dans cette fièvre, elle se sent désemparée.

De ses gros bras, de sa grosse voix, Cyprienne la soutient et l'admoneste à la fois. Elle verse dans un bol de la tisane de queues de cerises. Elle tapote son front avec un linge humide.

— Voilà ce qu'on gagne à faire la coureuse !

Paulsida claque des dents. Elle refuse les soins, répète qu'elle ne veut pas voir le docteur, que tout cela passera tout seul. Elle demande simplement qu'on la laisse en paix. Avec sa couvrante jusqu'au menton.

Nanette croit que la malade va s'évanouir : la chambre a beau n'avoir, pour tout éclairage, qu'une flamme fragile, on discerne le visage blanchissant d'un coup. Les paupières montrent des battements de fièvre. La bouche se tord. Paulsida prend son ventre à deux mains : au supplice.

Nanette a vu sa mère ainsi lors de la naissance de Guste.

Cyprienne n'y tient plus. Au lieu de tenter une fois

encore de desserrer les poings de l'obstinée, elle fait mine de la border et relève le tout à partir des pieds.

Le fœtus est là. Dans la chemise rouge. Plus impressionnant que le fœtus : le placenta dont Nanette ne sait pas le nom. Il glisse sur les jambes nues comme faisait, entre les mains de son père, le foie sanguinolent : quand on tuait le cochon.

— Jésus-Marie ! Te v'là ben arrangée à c't' heure ! T'aurais eu plus d' profit, toi aussi, à rester à la quoue d'tes vaches plutôt que d' venir à Paris !

Cyprienne met l'eau à bouillir. Elle implore saint André qui, à Ruffec, fait des merveilles. Elle demande pardon à Dieu pour ses fautes et les fautes des autres, de la jeunesse surtout qu'on a beau mettre en garde contre tous les péchés, il n'y a pas de danger qu'elle en fasse son profit, ben aise qu'elle est de vivre ses bêtises comme la vieillesse est ben aise d'oublier les siennes !

Elle a plié dans un linge les sordides déchets.

— Va jeter ça.

Nanette sent dans ses mains la molle chaleur. L'écœurement monte en elle. Vite surmontée par l'habitude prise dans les enfances de campagne d'accomplir avec naturel la tâche venant de nature.

Dans le couloir, elle hésite : doit-elle se débarrasser de sa charge dans les tinettes, où elle risque de créer un nouvel encombrement, ou la jeter dans la cour où, fréquemment, l'on trouve des rebuts de viande, les intestins d'une bête abattue l'on ne sait où ? On y a trouvé récemment la tête d'un chien. Cette image retient Nanette, la crainte un peu confuse aussi de faire du tort à Paulsida. Elle descend au demi-étage, ouvre la fenêtre et, prêtant l'oreille aux bruits de l'escalier, elle se signe, répète son geste sur le paquet infect que, d'une main déterminée, elle envoie sur le toit de l'imprimerie.

Immobile devant la nuit d'août, elle dit de son mieux sa récente prière :

— «Entourée de compagnes légères et dissipées... ne permettez pas, ô mon Dieu, que mes œuvres démentent ma foi... la grâce de supporter avec courage l'état auquel votre divine providence m'a appelée... que je cherche dans le travail pénible auquel je suis soumise le pardon de mes péchés.»

Lorsqu'elle remonte, Paulsida s'est endormie. Un sommeil aux rêves en lambeaux.

Nanette s'endort sur le plancher.

Le lendemain, elle prétexta quelque oubli dans sa chambre pour venir voir la malade.

La deuxième fois, Cyprienne était là. La mine inquiète, bien que Paulsida parût plus calme.

Elle refusait toujours le docteur. C'étaient maladies de bonne femme. Sans danger. La médecine ni les apothicaires ne s'engraisseraient sur son dos.

Lorsque, après avoir fini leur service, les deux domestiques la trouvent sur sa paillasse, elles prennent peur.

Paulsida n'a pas la fièvre : c'est la fièvre qui la tient, la secoue, envahissant sa tête, noyant sa peau.

La serviette de Cyprienne ne parvient pas à l'éponger.

— Monsieur ! Monsieur !

Edouard Guérin met du temps à venir.

— C'est Nanette, monsieur.

Il paraît enfin, le corps amplement caché sous une chemise de calicot qui lui vient aux chevilles. Il tient à la main le bougeoir de Gien.

— A cette heure ? Seriez-vous souffrante, Nanette ?

— Ce n'est pas moi, monsieur. C'est Paulsida.

Ils ont, sur le pas de la porte, un conciliabule que Monsieur, en bon père de famille, tente d'apaiser :

— Vous êtes jeune... Vous vous alarmez... Demain, il fera jour...

— Mais... elle va mourir, peut-être...

Après avoir lancé, de la chambre, deux ou trois « Qu'est-ce que c'est, Edouard ? », Madame paraît à son tour. Elle aussi vêtue d'une chemise de nuit blanche, longue, en pilou.

— On ne meurt pas comme ça, ma fille. Surtout quand on est jeune. Donnez un peu de tisane à votre camarade. Vous verrez que demain elle ira mieux.

Nanette insiste. Surtout auprès de Monsieur qui lui avait été bien prometteur.

Or, dans un dialogue public, Monsieur doit se ranger aux côtés de Madame.

Il met son invention dialectique au service de leur cause commune :

— Cette Paulsida est la servante de monsieur Wurmser, que je sache. Adressez-vous à lui, plutôt.

Nanette a, devant les yeux, le ventre de Paulsida, la chemise en sang. Elle le dit.

Madame sursaute :

— Et vous venez nous demander de nous occuper de ça ? Ah ! Ça, Nanette, vous ne respectez rien... ni personne ! Vraiment, oui, vous me ferez toujours honte !

Il n'y avait pas de voiture rue Montmartre.

Sylvestre courut à la place de fiacres de la rue du Mail.

Nanette tenait dans sa main ses pièces de un franc. Ses seules économies.

Il revint bredouille. N'hésita plus : il chargea sur ses épaules Paulsida que Cyprienne essayait de maintenir sous la couverture.

Ils marchèrent ainsi sur le bitume et sur le pavé, sous la lune et les réverbères, longeant des maisons mortes, un chantier endormi, des tripots de rogommistes qui, par la porte ouverte, s'en allaient en fumée de tabac et d'alcool.

Leurs ombres géantes les devançaient, les suivaient, prenaient à nouveau le pas sur eux avant de les accompagner dans la traversée d'un carrefour. Ils butaient sur des pierres, hésitaient sur des directions à prendre. Ils empruntaient un raccourci qui n'en était pas un, une venelle qui était un cul-de-sac.

Sylvestre transpirait de sa sueur et de celle de Paulsida coulant sur sa peau. Nanette et Cyprienne tremblaient de son tremblement, de sa maladie.

Un être difforme comprit cela. Devant une taverne, trois hommes avachis chantaient leur désespoir. Il les quitta et, de son mieux, emboîta le pas au trio.

Au milieu de sonores éructations, il lançait, à distance, des phrases surprenantes :

— Marche, l'âne ! Marche, le bœuf !... C'est la noël d'été qui se meurt à Paris !... Marche, l'homme ! Marche, la femme ! Voici le Roi mage ! Et la mère et l'enfant ! Marche, l'homme ! Tu portes sur ton dos le malheur du monde !

Sylvestre, soufflant sous le poids, s'agaçait de cette suite sans raison ; de cette escorte en haillons qui, après eux, se glissait dans les lacis des Halles, du Châtelet, de l'Hôtel de Ville.

— Marche, l'âne ! Marche, le bœuf !

Sur la nuit de la Seine, le barde des bas-fonds implore les étoiles.

Paulsida respire sans force : comme finissant, sur le dos de Sylvestre, un bien trop long voyage.

S'agaçant à son tour, Cyprienne veut chasser l'importun. Elle ramasse un caillou et, comme elle le ferait pour un chien, le lance dans sa direction.

Ils entrent à l'Hôtel-Dieu.

Les voyant disparaître, l'acolyte tient son rôle : il hurle à la mort.

Deux jours se passent ainsi. Dans le souvenir de la nuit, la marche hallucinante vers la Cité, l'homme-chien aux imaginatives prosopopées, l'arrivée sous le péristyle; devant les bustes de Desault et de Bichat, l'accueil de l'interne :

— Pour les femmes en couches, c'est à Port-Royal.

Nanette et Sylvestre ne comprenaient pas. Sinon, obéissant à ces messieurs de l'autorité, ils seraient allés ailleurs. Plus loin. A la recherche de la délivrance.

Cyprienne avait enflé sa grosse voix :

— Ecoutez-vous donc, vous ne pensez point que nous allons repartir, à c't' heure? Ne voyez-vous point qu'elle bat son dail?

Ce qui, pour elle, signifiait : qu'elle est à l'agonie?

La petite sœur augustine murmurait :

— Le vice est toujours puni.

Elle se signait, baissant les yeux.

Paulsida geignait.

La mère supérieure arrivait. D'une inflexible droiture.

— Ma petite, quand on faute, il faut payer.

L'interne approuvait.

Les brancardiers étaient introuvables. La petite augustine chuchotait qu'on les avait vus s'appropriant le vin de quinquina destiné au réconfort des malades.

Sylvestre avait repris sa charge.

Les salles parquetées au point de Hongrie, cirées sans relâche, aux boiseries lavées, aux vitres transparentes, aux rideaux d'un blanc sans tache laissaient d'un coup dans l'oubli les rues fatiguées où l'étrange quatuor venait de souffrir.

Cyprienne reprenait confiance.

— Ça va aller à c't' heure !

Un gros docteur était arrivé, fermant d'un bouton son importante redingote.

— Qui prend du plaisir doit souffrir.

C'était son diagnostic, l'écho à l'échelon médical du jugement de Dieu.

Cyprienne, qui dans sa chambre aurait peut-être approuvé le propos, ne se joignait pas, ici, au chœur de la réception. Avec la serviette que toujours elle avait gardée, elle essuyait le front de Paulsida.

— On va te soigner. Tu s'ras ben aise.

Lorsque Paulsida fut couchée, on l'emporta vers la salle d'opération. L'interne jeta un linge sur son visage. En guise d'anesthésiant.

Le gros docteur se tourna vers Sylvestre, vers les deux femmes.

— Que faites-vous là ? Vous vous croyez à la comédie ?

Ils étaient partis. Comme les humbles qui, ayant accompli leur tâche, ont vite fait, dès que leurs bras sont vides, de se sentir inutiles. Peut-être importuns.

Depuis, ils attendent.

Comme attend l'étage. Pour ces jeunes, pour ces hommes mariés redevenus, par l'exil, célibataires, Paulsida était le rêve possible. Une forme d'espoir. Peut-être même un sentiment.

— Les visites ont lieu le dimanche et le jeudi de une heure à treize heures, avait lancé la chanoinesse de l'ordre de Saint-Augustin.

Nous sommes jeudi.

Nanette et Cyprienne sont un peu perdues dans ce caravansérail aux vingt-trois salles, aux treize cents lits qu'elles ont pris le parti d'inspecter un à un, nul ne sachant leur dire, peut-être parce qu'elles s'expriment mal, peut-être parce qu'elles ne comprennent pas bien, quel est celui de Paulsida.

Agacée par leur manège, une infirmière enfin s'occupe d'elles.

— C'est la petite qui est entrée mardi que vous voulez ? Elle est à la chambre de repos.

Cyprienne se documente.

Nanette la suit.

Elles arrivent enfin devant une salle d'où sort une odeur cruelle.

Le garçon d'amphithéâtre leur dit :

— Je suis content de vous voir. Je n'avais rien pour l'habiller.

Paulsida est étendue sur une dalle de pierre, nue, lavée, plus jeune, semble-t-il : le corps abrité contre les rats par un couvercle de zinc.

Un numéro est posé sur ce provisoire cercueil.

Une flamme infime vacille près du cadavre.

C'est cela une bougie : un cierge qui n'a pas la foi.

Elles suivirent le corbillard jusqu'au cimetière Montparnasse qui, depuis toujours, reçoit les suppliciés, les morts-à-l'hospice, les morts-en-prison : les maudits.

Il tombait une pluie trop fine pour qu'on crût à des larmes. Anciens hussards, carabiniers à tête blanche, dragons ridés dans leur uniforme sans gloire, à casquette sale, les gardiens accueillaient avec un air indifférent tous ces waterloos de l'existence pour lesquels, dès qu'ils passaient le portail, l'un d'eux tirait une cloche lugubre. Jusqu'à ce que le corps fût en terre. Si l'on peut parler ainsi : le cercueil de Paulsida s'abattit sur un cercueil placé audessus d'autres, déjà éventrés ; à côté d'autres qui commençaient à perdre de leur rigueur.

Les deux fossoyeurs ne pouvaient s'empresser à recouvrir : à cinquante pas, un autre postulant attendait son tour d'entrer dans la fosse commune. Celui-ci était venu en famille : il avait un prêtre. Paulsida n'en avait pas et devait se contenter, pour plaider sa cause dernière, des prières de Cyprienne et d'Amélie.

Dans ses larmes, Nanette pensait aux morts de chez elle, accompagnés par les amis et les ennemis, les riches et les pauvres, les croyants et les incroyants transformant pour un jour, par leurs peines unies, la terre normande en terre sainte.

Il y avait, près de la fosse commune, un tertre surmonté d'une colonnette sur laquelle des couteaux fervents avaient gravé un adieu infime à Goubin, Raoulx, Pommier et Bories : les quatre sergents de La Rochelle. La main de bronze d'un général servait de baquet involontaire à la pluie. Là, un oiseau s'ébrouait. C'était l'adieu de Paris à Paulsida : un moineau buvant dans la main d'un soldat.

— Bande de vaches ! S'il n'y avait eu que vous, elle serait partie sans une fleur ! Je m'envinasse peut-être mais je sais vivre ! Elle n'a eu ni votre bouquet ni votre adieu !

Amélie Lagueyte gueule dans le couloir.

Elle a beau savoir que les Cantalous et les Bretons, les

Héraultais, les Savoyards ne pouvaient pas quitter leurs seaux, leurs pioches, leurs fourches, leurs raclettes, à grands coups de poing elle frappe dans toutes les portes.

— Pitanchez-vous de soupe au lard, charognes ! Demain, vous chercherez des femmes pour remplacer la défunte !

On le comprend : elle frappe dans la porte des hommes. Des maîtres. Dans les cloisons de l'existence qui l'ont mise où elle est et Paulsida dans la terre.

Bientôt, sa main lui paraît trop douce : elle chausse les sabots à jambières de Piédesclop ; elle tape les murs, les carreaux, un seau qu'elle envoie promener au fond du couloir dans un vacarme de ferraille. Les coups de pied accompagnent les coups de gueule qui vont du ventre de la femme à l'égoïsme de ceux qui s'y logent ; de la bêtise des drôlesses, comme dit Cyprienne, à l'éternel plaisir des chiens.

Nanette entend sa mère parlant du sacristain, le custos, qui, pour cause de nombreuse famille, était accusé d'avoir « l' piquet ben v'nimoux ».

Le grand-père estimait :

— L'est fait coum' les pies : les trois quarts en queue !

La Landaise ébranle le logis des Bretons.

— Hils dou diable ! Vous irez chez Satan !

L'artilleur en demi-solde sort de son cinquième, un sabre à la main.

— Tonnerre de mon boulet ! Attention si je monte !

— Vous n'aurez pas cette peine ! répond Amélie qui, le pied pataud dans ses sabots d'ivrogne, s'élance dans l'escalier.

Plus décontenancé par la furie qu'il ne l'avait été jadis devant les dragons bleus anglais, le demi-solde rentre son sabre, sa colère, sa personne.

Il faut dire que la cavalerie est en marche. Amélie a trouvé le mot qui la met en fureur, en unité :

— Sus au juif!

Le sixième a dressé l'oreille. La culpabilité change de direction. Les mâles avancent en rangs serrés par la trouvaille.

Mieux : un locataire, monsieur Degueldre, se joint à eux. On ne peut pas toujours, par crainte du propriétaire, faire taire ses révoltes. L'indignation s'étiole à ne pas servir. Il suffit d'une évidence pour la ravigoter.

— Sus au juif!

Paulsida était à son service. Qu'a-t-il fait pour lui épargner une fin misérable?

Amélie secoue la porte de monsieur Wurmser.

— Elle a raison!

— Les gros n'ont pas de pitié.

— C'est trop de malheur.

Il y a, dans les chambres, des hommes que ni les rires ni les colères ne font bouger. Ils sont venus pour améliorer leur condition. Pas pour trouver des coupables. Encore moins pour les châtier.

Sylvestre a cru être de ceux-là.

Aujourd'hui, il n'a de pensées que pour Nanette. Elle est dans le couloir.

— Paulsida n'a point besoin de ce tapage pour l'accompagner devant le Grand Juge.

En Normandie, bien sûr, les porteurs de cercueil font la pitance après la sépulture. Pour ne pas rester sur le vin du mort, chacun offre sa rincette. Au moins, ils ont auparavant enseveli l'ami et salué la croix. A la maison du disparu, la famille mange et boit, parfois avec moins de chagrin que d'appétit. Ça n'est pas la même chose : s'il y a trop de licheux, ils sont en bonne santé; en bonne compagnie. La douleur se débonde dans le rire : on n'en cherche pas le responsable ailleurs que dans la vie. Dont on tient le bon bout. Il s'agit de le montrer.

Cyprienne sort de sa chambre, trouve Sylvestre près de Nanette.

— Scélérat !

Elle a, elle aussi, subi la journée. Elle a supporté Amélie gueulant si fort ce qu'il faudra bien leur dire un jour à tous ces misérables... comme celui qui, devant elle, accomplit sa tâche de détrousseur de vertus.

— Ça n' s'rait pas assez à c't' heure avec une qui est partie dans le trou ? T'en faut-il d'autres ? Des jeunesses ? Pour prendre ton content et les faire gonfler comm' la lune, à chaque lunaison ?

La Charentaise est implacable.

— Veux-tu la conduire au cimetière ? Ou alors en faire une fille en brême, une tape-semelle, une petite Maubert ? Toi, tu tiendras ses comptes quand elle ne sera pas à Saint-Lazare, reconnue vénérienne, galeuse, perdue ?

Au pays, les mots venaient à Sylvestre : pour dire la graine, le vent, la fenaison. Ils sont, ici, désemparés par cette vie d'amour vendu dans les sentes de Saint-Marcel, de la Cité ; dans les tavernes des Arcis, de la rue Mouffetard.

Et voilà que, dans son dos, frappe un nouvel ennemi.

— Dans la Creuse, ils n'ont pas de honte !

C'est Vessières qui remonte avec les braillards.

Il y a des accointances qui ne lui semblent pas appropriées.

— Quand on est marié, on reste avec sa femme !

Cyprienne n'a pas l'indignation collective. Elle s'en va.

Le vertueux continue sa morale à toute épreuve conjugale.

— Qu'est-ce qu'elle dirait, ta femme, si elle apprenait ce que tu fais ici, au lieu de penser à elle ?

Comprenant qu'il déclame sans résultat, il décide de frapper un grand coup.

— Dans tous les cas, tu pourras te chercher une autre chambre. Nous, on ne veut pas de scandale ! Les autres m'ont chargé de te faire la commission.

Nanette a senti se gonfler les muscles de Sylvestre. Elle l'a retenu.

Vessières est au fond du couloir. Il se retourne.

— Dans le Cantal, on a de l'honneur !

Les mutins rentrent chez eux.

Nanette et Sylvestre restent seuls. Elle, la tête sur sa poitrine ; murmurant mi-sourire, mi-affection :

— Vous êtes mon petit *éfant.*

Cyprienne a retrouvé la paix, il faut croire : on entend son ronflement à travers la cloison.

Cela donne une idée à Nanette.

Elle prend Sylvestre par la main.

Elle le fait entrer.

Elle chuchote :

— Vous allez dormir ici, monsieur Sylvestre. Pour ce soir, vous serez bien. Demain, nous verrons. Ne faites pas de bruit surtout.

Ils n'en font pas.

Ils s'embrassent.

Ils s'endorment un peu. Elle surtout. Tellement fatiguée par les désarrois de la journée, de la soirée.

La main est sur son ventre. C'est la première fois qu'elle la sent ainsi. Sur sa peau.

Elle a très chaud. Elle prend dans sa bouche les lèvres de Sylvestre.

La main descend.

Dans cette chambre sale où Cyprienne n'arrête pas de souffler, ils sont seuls.

Silencieux.

Il n'y a que Nanette qui parle tout doucement :
— Vous voulez, monsieur Sylvestre ?
Il ne répond pas.
Elle écarte les jambes.

Au petit matin, elle murmure :
— Moi, je suis votre femme de Paris.

— Tu peux bader la goule, je ne te le répéterai pas : si tu ramènes ton gars ici une seule fois, tu n'auras plus besoin de te présenter devant moi.

Nanette ne veut pas répondre.

— Entends-tu ce que je te dis ?

Il y a ce matin, entre les deux femmes, la différence d'âge et d'expérience ; Sylvestre trouvé là, avec Nanette ; les caresses, l'émotion, la souffrance d'une première nuit : ce que l'une imagine, ce que l'autre a vécu ; la faute condamnée par la première, ressentie comme telle par la plus jeune mais, pour autant, pas rejetée. Contre son juge, Nanette, déjà, éprouve une rébellion en herbe. En racines aussi.

Entre les deux femmes, ce matin, il y a Paulsida. Condamnée à mort pour mauvaise conduite. Son cercueil, trop jeune, pèse lourd.

— Si je préviens ta madame, tu ne resteras pas longtemps dans sa cuisine, je te prie de le croire !

Nanette n'a jamais eu l'intention de ramener Sylvestre. Elle n'avait jamais eu l'intention de le recevoir. Elle n'avait même jamais eu l'intention de coucher près de lui.

Elle en veut à Cyprienne de ne pas comprendre cela : une faute de la nuit, on ne doit pas la regarder au jour.

Avant d'aller à la recherche des cheminées, les petits ramoneurs ont aidé le roulier qui, sur son fardier, apportait la paille. Armés de fourches plus grandes qu'eux, ils l'ont déchargée, répandue dans la rue. En couche épaisse, pour amortir le bruit des roues, des pas et, ainsi, ne pas fatiguer le malade : Monsieur Wurmser. Voyant la chaussée recouverte, les Parisiens comprenaient. Ils baissaient la voix.

Qui, un jour, recouvrira les ruisseaux où tombent les secrets des étages, où rebondissent des malheurs que l'on voudrait garder pour soi, où surnagent, s'accrochent, s'exhibent des malhonnêtetés que l'on aurait souhaité conduire à l'égout ? Qui colporte dans les rues, les cours, dans le silence des appartements, jusque dans l'isolement des prisons le bruit qui jette le doute sur les réputations ?

— Vous savez bien ce que je veux dire, Cyprienne ; tout le monde en parle dans la maison.

— Madame me prend pour une roulure, à c't' heure ? Croit-elle que je verrais, dans ma chambre, une horreur pareille ?

La Charentaise est au service des Crespelle depuis trois ans. Elle assume les travaux les plus répugnants sans jamais se plaindre. Certains jours, on se demande même si elle ne souhaite pas la vaisselle la plus sale pour en faire, avec orgueil, la vaisselle la plus propre. C'est une personne de confiance.

Madame murmure :

— Cette petite Nanette à laquelle on aurait donné le Bon Dieu sans confession...

— On peut le lui donner, madame. Elle est jeune mais ben raisonnable.

La conversation s'arrête là.

A la table du soir, Eugénie Crespelle n'obtient pas de résultat plus éloquent.

— Qu'en pensez-vous, Léandre ?

— Rien.

— Comment rien ? Serons-nous en sécurité si nous laissons pénétrer chez nous des filles qui ne respectent rien ? Les hommes qu'elles reçoivent la nuit ne sont pas tous recommandables. Ils auront tôt fait de les aiguiller vers le larcin au détriment des maîtres. Quand ce n'est pas le détournement des fils... ou des maris.

Monsieur n'entend pas l'allusion.

Madame est formelle : il faut prévenir Blanche Guérin.

Monsieur n'y voit pas d'inconvénient.

— Prévenez-la.

Madame sursaute. Elle a été élevée par les franciscaines de Sainte-Elisabeth : il y a des sujets qu'une femme ne saurait aborder.

Monsieur maintient qu'il ne veut pas s'occuper de ces choses.

— J'ai assez de soucis au bureau avec mes herbagers. Ils ne sont jamais contents !

Il guette Edouard Guérin dans l'escalier.

— *Le Siècle* est intéressant aujourd'hui. Je l'ai lu d'une traite. Prenez-le, mon cher voisin. Ainsi, je n'aurai pas à vous le porter, ce soir... Pensez-vous que nous puissions avoir la guerre, monsieur Guérin ?

La conversation vogue vers Méhémet Ali dans lequel on a peut-être tort d'avoir une trop grande confiance, vers l'infernale Russie qui ne renoncera pas facilement à son influence en Turquie...

On a échangé bien des soupirs et bien des perplexités, Edouard Guérin a indiqué plusieurs fois par des déplacements de pied sur les marches que les crampes commencent à le gagner lorsque monsieur Crespelle se jette à l'eau :

— Alors, mon ami, vous êtes bien heureux d'avoir chez vous une jeunesse !

Edouard Guérin ne comprend pas.

L'autre ne veut pas être dupe. Il cligne de l'œil.

— Ma femme n'a pas la bonté de la vôtre. Elle ne me trouve jamais que des servantes de bûcheron !

Edouard Guérin s'offusque : il n'y a jamais eu entre Nanette et lui...

— Allons ! Allons ! estime monsieur Léandre bon enfant : quand une fille n'hésite pas, à seize ans, à faire ses réceptions devant les autres filles — et peut-être avec elles —, on voit mal comment elle refuserait à son maître ce que...

Des images négatives placent Edouard Guérin dans une grande incrédulité. Il murmure de petits « Vous êtes sûr ? ». Des « Je vous assure » lui répondent. Il en vient à des « Pas possible ! » qui se termineront par un « Ça alors ! » absolument médusé.

Le lendemain, Blanche Guérin ayant à nouveau conduit ses enfants au Jardin des plantes — où vient d'arriver une girafe —, Monsieur est rentré à trois heures. On vous parle du Paris qui, dans ses ministères, faisait circuler l'impérative note : « Monsieur le Chef de Division rappelle que la journée de présence de messieurs les employés est fixée de dix à dix-sept heures. En conséquence, tout membre du personnel arrivant après 11 h 30 et partant avant 15 h 30 sera considéré comme en infraction avec le règlement. »

— Nanette, j'ai à vous parler.

C'est la deuxième fois que Monsieur dit « vous » à Nanette. L'autre soir, elle avait attribué le fait à la présence de Madame.

Après avoir rappelé la solidarité des terroirs défendus jadis contre l'anarchie par Guillaume Longue-Epée dont Nanette n'a jamais entendu parler, après s'être proclamé fils de Viking et avoir chanté avec conviction les aériennes beautés de la dentelle de Bayeux, Edouard Guérin approche du sujet à pas de loup-garou :

— Devant moi, tu joues les oies blanches et j'apprends qu'avec d'autres, tu n'hésites pas à te faire plumer.

Edouard Guérin sourit de son invention. L'amusoire fait briller ses yeux. Il voit cette oie : blanche à coup sûr en ses cuisses tendres. Dévêtue par une main habile au je-te-plumerai-les-bas (et les bas) les-jupons (les jupons) la chemise (pantalon)... Ah ! Ah ! Ah ! Nanette, je te plumerai de cette résistance vexatoire !

La chaleur de Nanette est tout près d'Edouard.

Il aimerait la prendre dans ses bras. D'un coup. Comme le chanceux du sixième.

La force despotique est contraire aux principes de sa vie. Il tente de faire intervenir dans ces négociations délicates les ressources convaincantes de la déesse Raison :

— On éduque trop souvent les jeunes filles dans la crainte de l'homme. Maintenant, tu sais que tu n'as rien à redouter. Au contraire...

Prise entre les gestes et les mots, Nanette se débat.

Cela ne calme pas Monsieur :

— Où iras-tu si Madame te donne ton congé ?

Car c'est bien de cela qu'il s'agit. Nanette sans doute ne se rend pas compte de la gravité de la situation.

— A Paris, tu ne connais personne ! Où trouveras-tu à t'employer en un temps où le travail manque à chacun ? Auprès de qui, si Madame et moi ne pouvons t'établir un certificat de bonne moralité ?

On n'établit pas un certificat à une servante sur laquelle courent des bruits fâcheux... dont le comportement manque de logique. Pour mieux convaincre, Monsieur poursuit Nanette :

— Je...

La girafe ne s'est pas acclimatée. Elle est malade. Madame rentre plus tôt.

Il y a trop de rouge sur les joues de Monsieur. De Nanette aussi.

Devant les enfants, Blanche Guérin opte pour la dignité.

Monsieur se maîtrise moins. Il bafouille des phrases inattendues sur l'imprévoyance des commis du ministère :

— Le crédit, voilà la plaie de notre société ! La plupart des employés signent des délégations et les créanciers ne se gênent pas pour les présenter à l'administration !

Il va à grandes enjambées. Il plaint ces imprudents qui grèvent leurs appointements et sont mal notés de leurs supérieurs :

— Cela nuit à leur avancement, tu comprends ?

Madame ne commente pas.

Nanette se tait.

Elle sait que Monsieur est offusqué de son refus.

Madame est offusquée de son acceptation.

Le soir, Sylvestre lui annonce qu'il a trouvé un garni. Rue de la Mortellerie, n° 12. C'est Gaury, un porteur d'eau à son compte, qui l'a conduit.

Le propriétaire, Alphonse Maingontaud, est natif de Bourganeuf. Il a accueilli le nouvel arrivant avec une grande joie. Comme un cousin. Après la journée, sa femme trempe la soupe pour tous les locataires. Il suffit d'apporter son pain. C'est six francs par mois, soupe comprise. On n'est que quatre par chambre. Quatre gars de la Creuse. Avec une caisse chacun où l'on plie ses vêtements. D'une caisse à une autre : une planche où l'on peut poser son coupe-chou, son savon, sa tabatière.

Gaury est à son compte depuis six mois seulement. Les deux autres compagnons sont maçons. Ils n'ont jamais manqué d'ouvrage mais craignent que cela ne dure pas ; ça n'est pas les jours de pluie seulement que les chômeurs se réunissent au coin des rues : c'est chaque jour. Ça n'est pas une passerelle qu'ils tendent aux promeneurs pour leur permettre de traverser : c'est leur main où ils espèrent la pièce. Elle leur permettra de vivre.

L'un des deux maçons, Monteil Joseph, de Saint-Yrieix-les-Bois, a raconté comment, voici un mois, il a suivi les perches plantées par les camarades, sans indication aucune, des barrières de Paris à la grande plaine de Bondy. Là, bravant la loi interdisant les rassemblements de plus de vingt et une personnes, s'étaient retrouvés six ou sept mille ouvriers du bâtiment. Ils venaient se demander comment faire porter à quatre francs le prix de la journée de travail ; comment créer des chantiers, relancer ceux qu'on avait vu fermer.

— Il faut supprimer les heures supplémentaires !

— Les heures supplémentaires mangent l'embauche !

— Il faut créer une société mutuelle ! Maçons, tailleurs de pierre, peintres, terrassiers, nous devons faire l'Union des ouvriers du bâtiment !

— C'est la grève qu'il nous faut !

— La grève est interdite !

— C'est par la grève que nous obtiendrons le droit de grève !

— Par la grève que nous nous ferons respecter !

Monteil voit, sous le soleil, tant de gens venus pour être tant de force. Muscles groupés. Idées en avant. Chômage les poussant. Courage trouvé pour dire aux entrepreneurs, au gouvernement, au roi : « Vous ne nous couperez pas la gorge ! » Premier rassemblement de la pierre et du bois au cours duquel un garçon de vingt-cinq ans, le compagnon Martin Nadaud, de La Martinèche, commune de Soubrebost, lançait cette phrase qui, comme lui, devait faire son chemin : « Quand le bâtiment va, tout va. »

L'escadron de cavalerie est arrivé au grand trot, sabre au clair ; menaçant des armes et des sabots ces manœuvriers qui, un instant, s'étaient crus des citoyens.

La force était devenue la fuite.

Du moins avait-on pu le croire. Vient toujours un temps où la fuite devient la honte ; où la honte s'encolère. Redevient la force.

— Un jour, nous unirons les compagnons du bâtiment.

Sylvestre-Marcelin Chabrol n'entend pas Joseph Monteil.

Il ne pense qu'à Nanette. Il voudrait la sortir de ces langues jalouses. De Cyprienne, la bonne pâte, qui va la tourmenter. Sans parler de Vessières, de Piédesclop, de tous les braillards. D'Amélie Lagueyte, la soiffarde aux violences d'aliénée.

Il a fait quatre bains dans la matinée.

Il est en retard au rendez-vous de la rue du Paon-Blanc.

A une heure, ne le voyant pas sortir du garni, Nanette ose s'avancer.

La mère Maingontaud n'a qu'un cri :

— Pas de femme chez moi !

La sortir, oui. Pour la conduire où ?

Les maçons de la Creuse et les terrassiers de la Picardie, les ferrailleurs d'Auvergne, tous les tailleurs de pierre venus de Méditerranée, tous les bâtisseurs venus de campagne pour fuir la misère le savent aujourd'hui : leur misère habite Paris. Ce sont eux qui la construisent. Pierre à pierre. Au bout du plâtre, les murs se referment sur eux. Ils appellent leurs compagnons de travail les camarades d'échafaud. Ensemble, ils guillotinent le ciel, les nuages, le soleil : tout ce qui faisait, au-dessus de la chaumière, la joie de vivre de ceux qui vivent dans le labeur de chaque jour. Mais dans le plein air de toutes les heures.

Ils le savent aujourd'hui, les maçons de la Creuse et les laitiers venus de Bretagne : Paris enserre ses hommes comme il a enserré ses vaches. Elles aussi sont entrées pour trouver leur fourrage. Depuis, elles ruminent dans l'ombre infecte de l'étable, sans sortir jamais puisque, montant les unes sur les autres, les maisons de Paris leur ont, peu à peu, volé leurs prairies.

Ils en pleureraient, ces vachers de jadis devenus, entre les murs d'enceinte, des nourrisseurs de bêtes infirmes, aux cuisses molles. Elles pissent leur lait sans soleil comme les hommes pissent leur sueur; et quelquefois leur sang. Jusqu'à ce que les vaches soient bonnes pour l'abattoir, les hommes pour la fosse commune; à l'heure fixée par trop de vieillesse. Ou simplement trop d'ennui.

Dans ces maisons de Paris, voleuses de pâturages, de chants d'oiseaux et de nids d'amour, il n'y a de place jamais pour l'amour à vivre par ceux qui les bâtissent.

Ils vont sans savoir où ils vont.

Sur le vieux Pont-Rouge qui, encore, unit l'île Saint-Louis à la Cité, le ciel est vaste comme dans la Creuse au-dessus des bruyères ; comme, en Bessin, tout après les pommiers.

L'employé leur demande le péage.

La main dans la main, ils reviennent sur leurs pas. Ils remontent la rivière par les rives de Bercy. Ils regardent à son appontement le bac en partance pour le village d'Austerlitz. Deux tonneliers sont au repos près de leurs futailles. Des mariniers, au contraire, n'ont pas une minute à perdre. Ils ont livré leurs barils à l'entrepôt. A coups de hache, de masse, de barre à mine, ils démolissent leur gabarre. Bientôt, elle ne sera plus que poutres et bois de chauffage. Par les routes et par ces chemins de halage qui les ont conduits ici, les marins rentreront à pied à Maringues, à Issoire. Le maître voiturier par eau leur confiera une nouvelle embarcation. On vous parle du temps qui demain va finir où, connaissant peu la vapeur, les péniches traînées par leurs attelages n'avaient pas la force de remonter les courants.

C'est la fête de la friture et de la matelote. Les *Deux-Perdrix*, le *Soleil d'or*, le *Sapeur* lancent dans l'air des chants d'amateurs et des fumets d'anguilles. Une barque, baptisée le *Canot-concert*, s'arrête devant le Restaurant des Marronniers. Elle est peuplée de jeunes musiciens, presque des enfants. Ils soufflent dans leurs instruments avec une grande conviction.

Sylvestre et Nanette n'en croient pas leurs yeux : des hommes nus plongent dans la Seine. Des femmes les suivent. Elles ont, dans la tiédeur de septembre, des cheveux longs pour orner leurs épaules, des ventres blancs, des tétons roses et l'air heureux des libertés au soleil. Dans l'eau verte, garçons et filles s'interpellent. De l'autre côté de la Seine, d'autres jeunes Adam et Eve plongent des bords du bateau-piscine. Ils reparaissent, heureux d'apprécier sur leur peau délivrée les bienfaits des bains à quatre sous.

Nanette s'est blottie sur l'épaule de Sylvestre.

Comment pourrait-il savoir que, devant ces nudités publiques, Nanette entend l'insultant « Pas de femme chez moi ! » de la mère Maingontaud, le « Si tu ramènes ton gars ici une seule fois, je préviens ta madame » ? Comment pourrait-il savoir que, pour quelques jeux des hommes et des eaux, Nanette sent, sur elle, le visage trop humide de monsieur Edouard Guérin ? Tout cela, sous sa robe, fait tabasser son cœur.

Dans le bois, un bosquet leur fait une chambre.

Quand ils y arrivent, une couleuvre cède la place, quittant le terrain en silence, tête haute, longue traîne à la suite : avec une grande dignité.

— J'ai deux porteurs de trop ! Tu comprends bien que c'est toi qui dois partir !

Non, Sylvestre ne le comprend pas : Théveny est entré en août. Après lui.

— Théveny est mon cousin.

— Chastang n'est pas votre cousin.

— Je te répète qu'il est né natif de Laroquebrou. C'est le pays de mon père. J'y ai toutes mes parentés.

Vessières tourne autour d'eux.

C'est lui qui a dû raconter au maître une histoire de sa façon.

— Vous m'avez dit que je suis le plus fort, que j'ai bien compris le service...

Ça n'est pas un mauvais bougre, le père Chaumeil. Simplement, voici, comme on dit, les mois de la paille blanche. Ça ne donne pas envie aux pratiques de se déshabiller. Sans parler des temps incertains. Va-t-on à la guerre ? A la révolution ? A d'autres choses pas belles à voir ? Tout ça n'arrange pas les affaires.

— Quand les gens économisent, c'est en premier sur le savon, on le sait bien... Et c'est normal, ajoute le maître des Thermophores qui, peut-être, réserve toute son eau à sa clientèle.

Il rudoie Vessières :

— Qu'est-ce que tu fais là, toi ?

Vessières s'en va. A regret.

Monsieur Chaumeil se sent un peu plus libre.

— Il faut bien dire que les bains à domicile font encore peur aux gens. Rapport... à ceux qui les apportent. Pas plus tard qu'il y a deux jours, une cliente m'a dit que les porteurs à poil brun lui donnaient un peu d'inquiétude.

Sylvestre a beau jeu d'observer que Chastang, Thé-veny, tous les Cantalous sont aussi bruns que lui.

Monsieur Chaumeil soupire.

— Eh oui ! mais la peur, ça ne se commande pas. Ma cliente de la rue des Jeûneurs, elle dit : « Ces malandrins ont vite fait de séduire nos domestiques. Quand ils sont de mèche, autant dire qu'ils ont les clés de l'appartement. »

Le maître des bains regarde Sylvestre.

— C'est vrai que tu es rude à l'ouvrage, Chabrol. Seulement... puisque je dois faire du vide, je commence par ceux qui n'ont pas bonne réputation.

Surpris au menton, monsieur Chaumeil s'est affalé contre la chaudière. Avec un cri énorme.

Tout de suite. Sylvestre a pris conscience de son geste.

Il se précipite vers sa victime. Assommée. Brûlée.

Entraînés par Vessières, les porteurs d'eau lui tombent dessus avec, dans leurs muscles, toute l'indignation des gens qui veulent conserver leur emploi.

— Il l'a tué !
— Frappe-le !
— A l'assassin !
— Ceux de la Creuse n'ont pas d'honneur !

Cela laissera quelques marques.

Pour Monteil et la table du soir, Sylvestre inventera la fable d'un porteur ivre qui, pour un tour de remplissage à la fontaine, s'en est pris à lui.

On l'écoutera avec des hochements de tête : les Cantalous constituent vraiment une race à part — car, bien entendu, le porteur d'eau à la triche ne peut être que cantalou.

Monteil montrera du dépit : la défense ouvrière n'est pas près de s'organiser tant que le pauvre monde se tapera dessus pour un oui pour un non.

On a parlé du Paris montant ses murs pour faire, aux hommes et aux vaches, des prisons malsaines où, chaque jour, s'amenuise l'espoir d'en sortir.

On vous parle du Paris montant ses murs autour d'un homme en peine :

— Je veux du travail.
— Il n'y en a pas. Voyez plus loin.

....

— J'ai deux bras solides.
— J'en ai cinquante à ma disposition que je ne peux pas employer.

....

— Je ferai n'importe quoi.
— J'ai fermé mon chantier. Dans un an, peut-être, si le commerce reprend...

On ne vous parle pas du Paris qui, quand on dit «J'ai

faim », devient sourd, du Paris muet qui, devant une détresse, n'a pas un mot à partager.

On ne veut pas vous parler du Paris qui, devant le mal d'autrui, a la parole facile.

Sur le boulevard où, le soir, il allait avec Nanette, Sylvestre va le jour, seul ; cherchant ici et là, et encore ici et ailleurs, un oui qu'il ne trouve jamais.

Le ciel annonce un mauvais hiver.

Un fiacre s'arrête devant le théâtre de la Porte-Saint-Martin. Le cocher montre sa fierté d'avoir conduit ce voyageur dont le chapeau, en sa bordure, fait un huit ; dont les mollets, en leurs jambières, font de solides arcades.

— C'est Frédérick Lemaître ! murmurent les passants.

— Bonjour, Frédérick ! lance un déluré.

— C'est Robert Macaire ! disent les plus nombreux.

— Salut, Robert ! reprend le gosse.

Le grand, à visage rond et fort, au nez assorti, n'est pas reconnu dans sa redingote herculéenne. Le troisième, le plus petit, porte un chapeau si large qu'il paraît plus petit encore : comme une mince tige portant une grosse fleur.

Celui qu'on appelle Honoré a une voix aussi ronde que son nez. Il demande :

— Mon bon Théo... vous qui connaissez le théâtre... pensez-vous que ma pièce eût eu plus de succès si mademoiselle Clarisse l'eût jouée ?

Sous son couvre-chef aux débordantes ambitions, Théo répond :

— Mademoiselle Clarisse est une fort jolie personne, toute rose et toute blonde : c'est un rare mérite en ce temps de teints bistrés et de chevelures de jais.

— Et vous, Frédérick, qu'en pensez-vous ?

Frédérick ne répond pas. S'emparant de la canne de son ami Honoré, il la fait virevolter entre ses doigts. Comme Robert Macaire faisait de son gourdin : cela lui vaut une ovation des passants. L'un d'eux lui donne l'accolade. C'est Deburau. Sans farine, il n'y a pas de Pierrot.

Sylvestre ira ce soir place de Grève. Il y sera demain matin à cinq heures. Il ira, toute la journée, de porte en porte et de demande en échec. Le fréquent « On n'a besoin de personne » alterne avec un surprenant « Il n'y a pas de place pour vous ».

Monteil demande :

— Montre-moi ton livret.

Sylvestre tend le fascicule.

Monteil jette un coup d'œil. Il explose :

— J'en étais sûr !

Après les dates d'embauche et de débauche, monsieur Chaumeil a écrit : « Ouvrier vaillant mais sans mœurs et coléreux. Par ses actes contre la morale, il peut éloigner la clientèle. Par ses gestes de violence, il fait courir de graves dangers à ses maîtres et à ses camarades. »

— Tu ne sais pas lire mais tu pouvais me le montrer, non ?

Monteil prend toute la maison Maingontaud à témoin :

— Ah ! Il pouvait se présenter chez les maîtres, le Chabrol ! Avec des phrases comme celles-là, ils ne risquaient pas d'ouvrir leurs portes !

Les Maingontaud pincent les lèvres.

Monteil apostrophe tout son monde dans l'une de ces tirades dont il a le secret :

— Pourquoi ne pas nous obliger à porter la rouelle de drap jaune, comme le Moyen Age l'imposait aux juifs ! On nous dit que le livret est une garantie pour le maître qui nous fait des avances sur notre salaire : quelle garantie nous donne-t-on, à nous, contre le maître qui ne nous paie pas ? On nous dit que le maître est attaché à sa ville et à son industrie, que l'ouvrier part quand ça lui chante, en emportant ses outils, c'est-à-dire sa fortune avec lui : ne sait-on pas combien le travail attache l'ouvrier ? Combien l'argent gagné par le maître lui permet, s'il en a l'envie, de courir la poste vers Bruxelles ou l'Italie ? Cela ne s'est-il pas vu ? Lui applique-t-on, à celui-là, l'article 2 du livret : « Tout ouvrier qui voyagerait sans être muni d'un livret ainsi visé par le commissaire de police sera réputé vagabond et pourra être arrêté et puni comme tel » ?

Monteil s'enflamme. Il lit un papier sale. Il hurle :

— Et savez-vous ce qu'encourt le vagabond ?... « Les vagabonds ou gens sans aveu qui auront été légalement déclarés tels seront, pour ce seul fait, punis de trois à six mois d'emprisonnement. »

Autour de l'orateur, tout le monde se tait. Certes, tout le monde comprend l'iniquité de la situation.

— Des esclaves ! Nous sommes des esclaves !

Ce qu'ils comprennent encore mieux, ces hommes dès la naissance rudes à la vie, c'est, devant leur fragilité, la puissance des faiseurs de lois : s'ils n'étaient pas dans la puissance, comment pourraient-ils, depuis des siècles, imposer l'injustice ?

Peut-on, par la raison, battre l'injustice qui est contre toute raison ? Qui est parfois même sans raison, pensent certains en écoutant Monteil. Au pays, le *Pater* se termine par *Garda-nous del mau e de la Justice* ; cela veut bien dire : « Gardez-nous du mal et de la Justice », non ?

Pourquoi devrait-on se garder de la Justice si c'était vraiment une bonne chose ?

C'est sur le maître que Sylvestre-Marcelin Chabrol a porté la main ; le voilà sans travail ; pas près d'en trouver ; bientôt, il ne pourra plus payer la chambre : voilà pourquoi les Maingontaud sont plus silencieux encore que les maçons.

Ramigeon l'aîné aurait préféré arracher la page du livret ouvrier. Gencette disait qu'on pourrait la répandre d'encre. Sombre, Danglade Raymond, de Mastauraud, répétait :

— C'est pas sur mon livret qu'il a écrit des menteries. Et puis, je sais pas si c'est des menteries. Chacun, il a qu'à régler ses affaires.

— Il ne s'agit pas de menteries, répliquait Monteil. Les maîtres n'ont pas le droit de porter des appréciations sur le livret. Ils le font contre la loi : nous devons nous dresser pour leur faire perdre l'habitude. Chabrol seul ne peut rien faire : le maître ne le recevra pas. Nous devons y aller ensemble. C'est une question d'honneur.

Les ânes, les mulets, tous les chevaux de trait, de course, de cavalerie, tous les bœufs de labour ne se lancent jamais à l'appel de l'honneur. L'homme, pour l'honneur, c'est à la vie à la mort : ils suivirent Monteil.

Avant de leur désigner des sièges, monsieur Chaumeil déclara :

— Vous connaissez le préalable que j'ai mis à notre entrevue. Je vous écoute.

Sylvestre avait préparé sa phrase :

— Maître, je vous fais des excuses.

Il n'avait pas prévu que, derrière monsieur Chaumeil, rangés et silencieux, tous ses anciens camarades des Thermophores auraient leurs yeux fixés sur lui.

Une fois ou deux, il leva la tête.

Il rencontra tous ces regards.

Cela ne passait pas.

Fraternellement, Monteil lui mit la main sur les épaules.

On entendit :

— *Moussur, vous prégi dé m'escusa.*

Entre Creuse et Cantal, les montagnes se rencontrent : les mots aussi.

Monsieur Chaumeil se racla la gorge.

— C'est bon. Ça va comme ça.

Sylvestre s'aperçut que Vessières n'était pas là.

Monteil expliqua la demande de rectification.

Monsieur Chaumeil demanda le livret ; le considéra avec attention.

Il le plaça sur son bureau et, sans parler, écrivit.

Il sécha l'encre avec une sorte de buvard à bascule que tous voyaient pour la première fois.

Il remit alors le livret à Sylvestre qui voulut le placer dans sa poche. Remerciant.

Monteil pensa qu'il valait mieux s'assurer.

Il lut : « Je n'ai jamais écrit cela. »

De fait, l'écriture, la signature n'étaient pas du tout les mêmes.

Se retournant vers la maison du maître cantalou, Danglade cria :

— Vive la Creuse ! Vive les Creusois !

La petite troupe reprit cette conclusion de la victoire.

Sylvestre reprit sa marche à l'infortune :

— Voilà la mauvaise saison.

....

— Si ça n'était que de la mauvaise saison ! Voici les mauvaises années, mon gars. Il n'y a plus de commandes. Comment prendrait-on des hommes pour les servir ?

....

— En six mois, j'ai vu partir six ouvriers. J'en ai remplacé un. Vous seriez venu plus tôt, nous aurions peut-être fait affaire.

....

La rue de la Mortellerie, c'est la rue des maçons. Ils y logent en grappes. La rue des loqueteux, des marmiteux, des pères aux douze enfants ; des mères aux mille tourments. Lorsque, voici huit ans, le choléra fit, à Paris, dix-huit mille défunts, il en trouva ici trois cents. C'est pour cela qu'elle est, depuis, rue de « l'Hôtel-de-Ville » : la mortellerie avait beau venir du mortier, on craignait qu'on la crût baptisée par la mort.

Visages et corps décharnés, les habitants ne s'y trompent pas : ils lui gardent son ancien nom. Dans les bousins puants, répugnants, c'est vers la mort qu'ils avancent. A coups de glorias, de blanches, de rogommes ; de brocs de vinasse, de gobelets de ratafia, tout ce que, Chez l'Afrique, ils appellent la rinçonnette, le casse-pattes, le pousse-au-crime, le monte-à-la-veuve.

Sylvestre est accueilli par des regards qui l'interrogent. Par d'autres qui, depuis longtemps, ne voient plus rien. Surtout pas eux. Des hommes qui, pour beaucoup, n'en sont plus et, dans l'odeur du tabac et du riquiqui, cherchent à l'oublier. Leurs rancunes sont tombées dans la débine : Paris se contient moins par les sergents que par les cabarets.

Nanette est dans la rue. Dans la nuit.

Elle ne pouvait plus rester sans savoir. A entendre, sur sa paillasse, Cyprienne lui rabâcher que les hommes sont tous les mêmes :

— Toujours prêts pour aller au champ bergère. Et après, taise ta goule : j' te connais plus.

Il sort de Chez l'Afrique. Avec le visage le plus fatigué qu'elle lui ait jamais vu. Et, quand il l'aperçoit, le sourire le plus désespéré qu'il lui ait jamais montré.

C'est cela le vrai bonheur : Sylvestre sur son épaule. Avec des larmes qui disent : Tu as bien fait de venir.

Après son travail, s'il n'est pas au coin de la rue Montmartre, elle court les venelles les plus obscures pour le rejoindre dans l'automne qui se refroidit.

Il pleut. Il vente. Il gèlera, il grêlera bientôt. Elle sait que rien ne l'arrêtera. Il a besoin d'elle, son homme fort qui ne peut pas tout porter : la faute contre Angèle, contre la religion; les insultes, le pas-savoir-lire, le pas-savoir-parler, le pas-savoir-faire et, par-dessus tout, le pas-savoir-quoi-faire.

C'est cela qui l'échine comme, avant, il a échiné les autres; ceux de Chez l'Afrique qu'il ne veut plus revoir : sans-famille venus là pour fuir la leur; sauf le gnome à voix de basse en disgrâce qui boit toujours avec son ivrognesse, abandonnant de temps à autre un peu de vin à ses enfants couchés sur une table.

— Avec ça, ils se tiennent tranquilles.

Nanette et Sylvestre se retrouvent sous une porte charretière, dans un couloir abandonné, sous le hangar de la rue Quincampoix où l'on range un char qui, un soir, leur servit de lit.

De ces chambres d'amour au dépourvu, ils regardent, jusqu'au visage emmitouflés, le temps qui, à grosses gouttes, coule devant eux; dans le noir argenté des nuits à réverbères; ne se lassant pas de respirer, entre leurs bras serrés, la chaleur qui les unit.

Monteil n'a pas entendu Danglade quand il a dit : « Il n'est pas comme nous : on l'a vu Chez l'Afrique. » Il n'a pas entendu Ramigeon l'aîné qui, plus effrayé qu'indigné, répétait : « Il a une femme dans la rue. Il nous fera des ennuis. » Il n'a entendu ni le père Maingontaud estimant que les comptes en ordre vont avec les existences économes, ni sa femme qui, en légitime, pestait contre les mœurs déréglées, infaillibles ménagicides.

Monteil n'a entendu que monsieur Clavière, son patron :

— Les affaires n'étant pas brillantes, j'ai pris un chantier que j'aurais, hier, refusé. A Ivry. Un mur de clôture à bâtir en moellons. Prenez-le à votre compte, Monteil. Je vous laisse libre d'engager votre équipe.

Monteil aurait voulu entendre Sylvestre-Marcelin Chabrol quand il lui apporta la nouvelle.

Sylvestre-Marcelin Chabrol ne pouvait pas parler.

Monteil, pourtant, crut comprendre : « Tu ne le regretteras pas. »

On met beaucoup plus d'une heure pour monter, avant le jour, à Sainte-Geneviève, suivre la rue Mouffetard, la rue Gautier-Renault, parvenir, dans la cadence des sabots cloutés, à l'octroi Saint-Marcel et de là, entre les haies aiguisées par la froidure, gagner, aux premières lueurs de l'aube, ce chantier d'Ivry qui, c'est vrai, n'a pas grand prestige : le faîte, à cinq pieds de haut, vous fait maçonner à genoux dans la boue, courbé, cassé ; rarement debout.

— Je vous avais prévenu, fait monsieur Clavière passant voir son monde.

— Au moins, on ne risque pas de tomber de l'échafaud ! répond Monteil sans arrêter la truelle.

Il a, avec lui, deux compagnons. Sylvestre va chercher l'eau, fait le mortier, le présente dans l'auge aux ouvriers ; il alimente chacun en moellons : il n'a pas une seconde. Quand il en a une, c'est pour ne pas la perdre : il regarde Dessagne.

Parti à treize ans de chez lui, le maître compagnon en est à sa trente-cinquième campagne. Avec, dans la main, tant d'heures de pratique, il allonge en deux secondes une mince selle de « colle » comme il dit. Il place son moellon dans l'alignement ; de trois coups de massette, il l'arase en même temps qu'il le fait adhérer, passe au suivant avant d'en venir, ce soir ou demain, à ce qui semble être sa récompense : d'une truelle rapide et mince, une langue-de-chat, il tire un joint en creux, celui que la pluie ne pénétrera jamais.

— Ce sont nos pères, fiston, qui ont inventé le limousinage. C'est pour ça que, partout, on attend le limousinant.

Sylvestre est heureux. Il sait qu'il limousinera un jour ; que, dès maintenant, par la confiance de Dessagne, il entre dans la grande famille des maçons. Et même des maçonniers. La grande famille de ceux qui font.

Et qui en ont la fierté.

Il voudrait allonger les jours pour allonger le mur.

Il voudrait vivre ses rêves de pierre : Nanette, l'été, devant une fenêtre dont il a, lui-même, scellé le meneau ; l'hiver devant une cheminée dont il a pigeonné les têtes.

Hélas ! Des cauchemars de gadoue se glissent sous la porte de la ferme. La bâche mise sur l'auge ne la protège plus de la pluie. Le mortier déborde, coule, se répand en boue de terre et de chaux qui n'arrête pas de monter.

— Plus vite ! crie Monteil. Il va sécher.

Il sèche. Se fige. Fait prisonnières les jambes de Sylvestre. Angèle s'accroche à lui avec la force inerte du ciment.

Le matin est rude au réveil.

Il part après la soupe chaude. Avec les compagnons et leur morceau de pain, leur bout de lard ou de fromage.

Près du chantier, il n'y a pas de gargote. On mange debout ou assis sur un moellon. L'eau est glacée dans la gourde. Les mains ont des crevasses où brûle le ciment. Les ampoules gonflent les doigts. Elles percent sous l'outil. On n'a pas le temps de soigner les engelures, de monter un abri. Monteil a promis de finir le mur avant la Saint-André. Il le faut pour le maître et pour monsieur Clavière. Pour Sylvestre aussi qui doit rentrer avant le bout de l'an :

Noël avec tes vieux
Et Pâques où tu veux.

Son père est vieux, c'est vrai. Sa mère le suit de près. Elle disait : « Quand il prendra la canne, je ne serai pas loin de prendre le bâton. » Elle ne savait pas que la gangrène pourrirait son bras. Que, pour prendre la canne, un jour, il n'aurait plus que sa main gauche.

Il y a Angèle. On n'abandonne pas sa femme.

Il devait rapporter des écus. Sa honte sera grande de montrer ses poches vides.

Il s'accuse de parler par la bouche de Nanette. Si chaude à embrasser. De se trouver des raisons.

Rester ? Pour faire quoi ? Le chantier sera fermé à la Saint-André. Monteil et Dessagne seront partis. Ira-t-il encore courir les portes closes, la Grève au désespoir ? Trouvera-t-il à monter de l'eau chez des gens qui ont peur de lui ? Pour des maîtres qui confisqueront son livret et lui demanderont des excuses ?

Il restera.

Ils sont nus, l'un à l'autre, pour la première fois.

Nanette n'osait pas.

Après une heure de dimanche d'amour, elle a, sous le

drap venu jusqu'au menton, fait glisser sa chemise. Au fond du lit.

Angèle ne s'est jamais, ainsi, déshabillée dans ses bras, vêtue toujours de la camisole où la couturière avait soin de laisser le passage de l'homme.

Sylvestre veut que rien ne soit pareil.

« On loge à la journée. » Un garni quai Saint-Michel.

C'est lui qui a eu l'idée. De grandes heures de chaleur dans cet hiver si rude.

Exception faite pour le coucou qu'ils prenaient pour aller à Grenelle ou à Brévannes, c'est la première fois qu'il dépense.

Au printemps, Monteil le prendra avec lui sur les chantiers : il rattrapera cette folie. Il repartira riche. Dans un an.

Il laissera le magot à Angèle et reviendra près de Nanette.

Dessagne l'ancien le conseillera. Il le fera compagnon.

Par la lucarne du sixième, ils voient la Seine. La pluie la bouleverse. Ils la savent glacée. Ils sont l'un contre l'autre ; Nanette énorme dans l'édredon roulée. Rouge avec une toute petite tête blonde.

Soudain, affrontant ces flots qui, en tumulte, arrivent de Charenton, paraît, venant de la mer, une péniche profonde, une barge plutôt, s'enfonçant dans les eaux sous le poids du blé normand, tirée par trente chevaux que les rouliers ont, à coups de fouet et d'injures, bien du mal à faire avancer vers les moulins de Corbeil.

Comment cette idée lui vient-elle ? Parce qu'il a pensé peut-être à faire cet hiver n'importe quel métier : sur-le-champ, il est la brute qui s'époumone après les chiens, hurle après les mulets, frappe le cul des bêtes. Il est l'autre, le postillon qui se retourne sans cesse pour voir si la longe ne se décorde pas, si un courant trop fort ne va pas, libérant les chevaux, arrêter le bateau.

— Hue! Charogne!

Il est tout cela, tous ceux-là et ces monstres encapuchonnés rattrapant le sabot qui glisse sur le pavé sont lui aussi : se battant dans des efforts démesurés pour que sa vie, la vie de ceux qu'il aime, avance lourdement; comme la péniche profonde qui laisse à peine sa tête hors de l'eau.

Nanette rêve dans la plume de son édredon.

Une vie nouvelle, pour eux, a commencé.

Elle finira demain chez Maingontaud. A l'heure de la soupe aux choux.

— C'est qui Sylvestre-Marcelin Chabrol?

— Il est là.

L'homme sourit.

— Il y a longtemps que je te cherche. Au pays, ils croient que Paris, c'est grand comme Maisonnisses!

Il explique :

— C'est Duteix Antoine, sabotier-instituteur, qui m'a écrit.

Il se décide :

— Tu as eu un gars.

Sylvestre hésite à comprendre.

L'autre, qui escomptait peut-être une rincette, le baptême en quelque sorte du nouveau-né, tient à bien se faire entendre :

— Tu as eu un gars. Il est rougeaud, dit-on. Ta femme va bien. Elle a fait les labours.

Depuis des jours, ils se disaient : « Aujourd'hui, peut-être. » Sans trop y croire. En regardant à tout hasard sur le chemin d'Azat. En écoutant Tiapadiou. Voici trois jours, il avait dit : « Ça commence à passer. On en a vu au Mas Sebrot. »

Angèle, bien sûr, était la plus attentive. En soignant les brebis, en liant les fagots, elle se donnait une raison d'avoir les yeux sur la combe. Quand elle venait voir Jérôme, elle repartait vite, appelant la chienne dont elle n'avait nul besoin.

Au brun de nuit, elle était rentrée comme à regret. Heureusement, le petit la tirait de ses pensées. Il avait toujours faim. La Mathilde s'attendrissait :

— Il lui ressemble. Le même appétit.

Comme si on ne comprenait pas, elle ajoutait :

— Lui aussi, il était goulu !

Pour coucher Jérôme, Angèle quitte la chaise basse. La seule chaise de la maison : où la mère nourrit l'enfant.

Anselme Chabrol prend sa place dans le cantou. A côté de lui, sa vieille monte ses bas sur quatre aiguilles de buis.

Les deux bûches de châtaignier s'entretiennent mutuellement. Par le bout. A l'économie.

De sa main unique, Anselme Chabrol veut prendre une pincée de tabac. Ses doigts plongent dans la vessie de porc lorsque, dehors, Novette, agitée, arrête son geste. Les abois ne disent pas : « Attention, les maîtres ! On approche de votre maison ! » Ils crient : « Venez ! Venez, les amis ! Il arrive celui que vous attendez ! »

D'un bond, la famille se précipite.

Les aboiements s'attendrissent devant le voyageur : « C'est toi, mon chef ! Enfin te voilà ! » La forme blanche saute et ressaute dans la nuit : comme pour dire à l'oreille.

Le père lance :

— C'est toi, mon garçon ?

Il n'attend pas de réponse.

Angèle non plus : elle est dans les bras de son mari.

La mère, sage, attend son tour. Quand elle l'a pris, elle ne le lâche plus.

Le père regarde cette émotion de femme. Il sait que bientôt, entre hommes, on se donnera l'accolade.

— As-tu mangé ? Non, bien sûr.

Aux gens qui vivent près des choses, il n'est pas besoin de dire les choses de la vie : Sylvestre arrive à la nuit parce qu'il tenait à arriver ce soir ; comme il tenait à arriver ce soir, il n'a pas pris le temps de manger.

En aura-t-il le temps maintenant ? Ils sont assis autour de lui. Avec des questions longtemps préparées. Trois paires d'yeux cherchant la quatrième ; celle qui, justement, semble être faite pour regarder les crêpes de sarrasin : les *tourtous* que la mère a posés sur la table avec du lait et des châtaignes.

— Et alors ?

— Laisse-le parler.

— Je vois bien qu'il ne dit rien.

— Sûr ! On n'entend que toi !

Sylvestre trempe la crêpe dans son bol. Il tente un sourire vers Angèle. Vers la mère. Il finit par être mi-questionneur, mi-affirmatif :

— Ça a donné le blé noir, alors ?

Le père répond :

— Ça aurait mieux donné si septembre s'était pas tant embrumé.

On en reste là.

On écoute les mâchoires qui font lentement leur travail.

On revient au temps qui est la hantise de la terre et la providence de ses conversations.

— Demain aura encore de la gelée blanche.

— On en a tous les jours.

— Toi aussi, tu sens le mouillé.

— Manquerait plus qu'il ait pris froid !

Au milieu du vent qui siffle sur la haie de noisetiers, la pièce prend un silence de maison vide.

Ils ont beau avoir, en eux, la patience lente de ceux qui, quoi qu'ils fassent, doivent attendre les saisons, peu à peu s'en vont les sourires d'accueil.

Ils n'en sont pas à l'inquiétude.

Ils constatent un dérangement : ce n'est pas ainsi que, dans les familles, se passent les retrouvailles.

Sylvestre voudrait éviter la peine. Il a contre lui les idées qu'il s'est faites en marchant. En écoutant les autres de justesse. En ruminant profond les sentiments : il allait revoir le pays qui parle comme lui ; les parents qui, dans le labeur, lui ont montré toujours la bonne route ; l'Angèle passée avec tant de plaisir de Rabanesse en Chabrol. Pourtant, comme les prés commençaient à lever la tête, comme les bouquets de saules faisaient place aux blonds châtaigniers, comme les herbes se couvraient de feuilles perdues, rousses, épaisses, il avait senti une peur. Elle montait avec le chemin. Elle durcissait avec l'ornière en pente ; lavée ; nue.

Il avait dû s'arrêter.

Le voyant si pâle, Monteil avait demandé :

— Es-tu malade ? Veux-tu te reposer ?

Sylvestre passait sa main sur son front. Il répétait :

— Qu'est-ce qui m'arrive ? Qu'est-ce qui m'arrive ?

Monteil lui avait tapé sur les épaules. Il s'était lancé. A voix basse pour ne pas que les autres l'entendent :

— Chabrol... Tu t'es fait des souvenirs. Ça compte dans la vie d'un homme. Mais ça n'aide pas à marcher. Avançons.

Ils étaient repartis.

Angèle lui prend la main. Elle l'emmène.

— Regarde.

Jérôme dort dans le berceau qui, déjà, a servi à Sylvestre ; une maie que le père avait coupée en deux, montée sur pieds pendant que la mère lui faisait un rideau en linon.

Mathilde et Anselme savent que la vie les pousse à l'âge qui regarde : ils restent sur la porte ; guettant, chez le fils et chez la bru, les sourires à Jérôme. Et surtout entre eux.

Lorsque, pour finir, Sylvestre prend Angèle par la taille, lorsque, ainsi liés, tous les deux regardent l'enfant, les deux vieux retrouvent un peu de confiance.

La Mathilde se requinque.

— Il te ressemble, tu sais. Il est goulu. Comme toi.

Sylvestre ne répond pas.

Mathilde reste dans son optimisme :

— Ah ! S'il continue comme ça, il aura vite fait de prospérer. C'est moi qui te le dis.

Il se lève le matin bien avant le brouillard.

La mère est déjà debout, accomplissant dans la nuit ses

premières tâches. Lorsque les hommes se lèvent, elle allume le chaleil.

Elle ne laisserait à personne le soin de sortir du cantou la soupe de pain noir, d'en servir toute la maisonnée pendant qu'Angèle s'occupe du petit.

Le premier jour, Sylvestre a dit :

— Je vais faire des feuilles.

Le père a demandé :

— Veux-tu que je te suive ?

Sylvestre a répondu :

— Je peux faire. Reste au chaud.

Le père a pensé : « S'il avait des choses à me dire seul à seul, il aurait saisi l'occasion. »

Le matin coule ainsi. Angèle se partage entre son fils, les poules, les brebis, le lavoir.

Depuis la maison, on entend les « clac ! clac ! » sur le bois, le remuement des branches. La main n'arrête pas. Il a toujours été vaillant, tout le monde le sait.

La mère est contente, après cette arrivée un peu triste, de le voir bien santeux. Surtout dans ces brumes qui, chaque matin, se prolongent sans pitié pour les humains.

Quand arrive l'heure de la deuxième soupe, Angèle s'avance au-dessus de la combe. Comme autrefois.

— Sylvestre ! On mange !

Sylvestre ne répond pas.

Angèle fait sa voix forte :

— Sylvestre ! On mange !

La combe enfle son écho mais, du petit bois, ne reviennent que les coups du hachot, les craquements dans les branchages.

Angèle est désemparée.

Voici un an, dès qu'elle lançait : « Sylvestre, on mange ! », il répondait :

— Si on mange, c'est qu'on a faim !

Elle savait qu'il était content. Qu'il aurait du contentement à rentrer, à la voir, à manger près d'elle. Il avait beau ne pas se montrer extérieur jamais, elle voyait son bonheur.

De toute son énergie, elle lance :

— Sylvestre ! On mange !

La hache s'arrête.

Le bois se tait.

Au bout d'un long silence de froidure, la voix dit :

— On arrive !

Angèle rentre. Les yeux de la mère fixés sur elle.

Ils sont discrets, les beaux-parents, on ne peut pas dire. L'Anselme, tout à fait : une nature de Chabrol ; il ne va pas plus facilement vers la question que dans la réponse. La Mathilde, un peu plus aimant savoir, mais pas au-delà du raisonnable. Sur les sujets de délicatesse, si les femmes ne se lancent pas à parler, ce ne sont pas les hommes qui le feront : ils s'enfoncent sous terre plus facilement que neige au soleil.

— Ça va, toi ?

Voilà ce que, depuis quelques matins, Mathilde dit à sa bru.

Angèle répond :

— Ça va.

Mathilde entend très bien « Ça ne va pas. » Elle fait un geste de soutien maternel, un muet : « T'en fais pas. Ça va s'arranger. »

Angèle voudrait le croire. Le laisser croire.

Pour les deux premières veillées, quand Sylvestre a dit : « Je ne veux pas y aller ! », on n'a pas insisté. Même si l'Anselme, ça n'est pas trop dans son tempérament de manquer à la présence chez les voisins.

— Il est fatigué, dit Mathilde. Toutes les lieues qu'il a faites. Et puis, le travail...

— Les autres aussi ont marché. Ils ont travaillé...

Il ne finit pas : « Ils ont travaillé plus que lui puisqu'ils ont ramené des pistoles. » Là est la raison de ce retour pas comme il aurait fallu. Comment en douterait-on ? Angèle, chaque fois qu'elle en parle, affirme :

— C'est ça qui le chamboule.

Elle l'a abordé, un soir :

— C'est malheureux, mon Sylvestre, que vous n'ayez rien rapporté. Votre père est vieillissant et fort diminué. Bientôt, il ne sera plus bon qu'à garder les moutons. Pour sa même présence, quelques brebis de plus nous auraient fait de l'avantage. Mais, puisque les choses se présentent autrement, il faut que vous sachiez que personne ne vous en veut. Surtout pas moi qui vous garde ma confiance.

Sylvestre, dans son habitude, n'a pas parlé. Quelque chose, dans le dessous de son malheur, signifiait : « Tu ne peux pas me comprendre. »

Personne peut-être ne comprendrait.

Elle n'en parle à personne.

Le premier soir, dans leur lit de retour, ils s'embrassaient. Sylvestre s'est détourné.

Elle a dit :

— Vous êtes fatigué.

Le deuxième soir, encore, elle a pensé que ce long chemin était dans ses jambes. Que ses tracas de la ville lui avaient pris ses forces.

Maintenant, elle sait qu'il l'aime et qu'il ne la veut plus. Il l'embrasse et ne supporte pas qu'elle le caresse. Il a, en lui, un mal profond. Inexplicable.

A qui pourrait-elle se confier? Aux parents? Aux beaux-parents ? Elle aurait grand-honte.

Elle en parle avec elle. Tout le jour. En tournant des questions sans réponse, des souvenirs de Sylvestre : ils la conduisent toujours vers l'incompréhensible. Vers des nuits à cauchemars. De longues heures passées à pleurer. Doucement. Pour qu'il n'entende pas. Un sommeil de femme chassée de sa maison. Elle va sur les chemins, Jérôme dans ses bras. Comme les cherche-pain qui vont de ferme en ferme quand l'hiver est trop rude.

Une paysanne s'attendrit et lui dit :

— Vous n'avez donc pas de mari ?

Elle repart. Plus loin. Où elle se réveillera. Avec, en tête, une idée qui, peut-être, va la sauver. Avec Jérôme.

— Ce que tu me dis ne me surprend pas trop. Les hommes, en passant par Paris, prennent des habitudes qui nous sont bien curieuses. Il ne faut pas t'alarmer. Sylvestre va, en quelques semaines, retrouver sa vie d'autrefois. Et aussi sa façon de faire qui sera vite la plus forte : c'est sa façon de naissance.

Quelques secondes se taisent. La vieille passe ses doigts sur une image de Vierge fatiguée.

— La mère, Angèle, espère neuf mois. C'est la grande leçon du ciel : la femme doit attendre son bonheur. Si elle allait contre l'attente, elle irait contre Dieu et provoquerait son malheur. Va, tu n'as pas à t'en faire.

C'est l'Alphonsine qui a parlé.

La seule personne à laquelle Angèle pouvait se confier : aux titres de sage-femme bénévole, apothicaire de nature, guérisseuse à la demande, elle connaît, à quatre lieues à la ronde, tous les secrets ; ceux des gens et ceux des plantes ; les remèdes qui conviennent aux uns, les tisanes que donnent les autres ; combien pesait Jérôme à sa naissance, sa mère, son père que, la première, elle a tenus dans ses bras.

— Tu as bien fait de venir. Si tu as des feuilles de

menthe, fais-en une décoction, le soir, et donne-la à ton mari. Pour toi, prends ceci.

Elle remet quelques herbes dans un sachet de toile. Pour une tisane à boire dans le secret. Sans oublier, avant de se coucher, une bolée de tilleul.

Depuis, c'est vrai, Angèle regarde Sylvestre avec des yeux patients. Sa confiance monte avec les jours. Même si, lorsqu'elle lui demande : « Et les cailloux, commenceras-tu aujourd'hui à les placer? », il répond encore : « Demain, s'il pleut. »

C'était l'idée d'Angèle et, presque, pour Sylvestre, un cadeau de retour.

Elle s'était dit : « Sur le sol caillouté, l'enfant sera mieux, pour apprendre à marcher. Et même pour jouer. » Cet été, quand le Taurion avait largement séché son lit, ils étaient partis, le père, elle avec son ventre gros, son frère François si habile et bien fier de conduire l'attelage de Célestin Bonnefoy.

Depuis, le chargement est devant la porte.

— Demain.

C'est vrai qu'il ne pleut pas.

Son balai de genêts, sa pelle et son hoyau sur l'épaule, Sylvestre part le matin déblayer les bouchons de fossés; pour éviter d'inonder.

Son père lui dit :

— Ça n'est pas le moment de tirer des rigoles. Avec les boues, il faudra recommencer au printemps.

Il répond :

— Le plus gros sera fait.

Parfois, il emporte son repas.

Sa mère grommelle :

— Ici, les hommes mangent à la table.

Il répond :

— A Paris, on n'avait pas le temps.

Le père se retient de demander :

— Où est donc ton argent puisque tu as tant travaillé ?

Angèle est contente qu'il n'aille pas dans sa question.

Elle voit bien que son mari est toujours à Paris. Dans ses chantiers dont il ne parle jamais.

C'est la veillée de Sainte-Lucie qui l'a refait du pays. Les Rabanesse ne l'ont jamais manquée.

— *Boun se, mou cousi.*

— *Odijio, bouno Lucetto. Bisan-nous !*

— *Quo fai pas chaû, quetto néue.*

Le séchadour reçoit ces frigorifiés. Sa fumée pique les yeux de tous et, dit-on, conserve frais le teint des filles.

— *Boun se les jounes et les biels !*

Les souches se consument sous la claie où parfois monte François : à titre de plus léger, c'est lui qui est chargé, là-haut, de faire courir les châtaignes ; pour qu'elles ne charbonnent pas.

— *Vau mie piti revilhat que gran essourla !* estime Justine Bonnefoy en le voyant si agile.

C'est vrai : il vaut mieux un petit dégourdi qu'un grand endormi.

La porte s'ouvre.

— *Que le boun Dioù sailhe aqui é vous gardo tous !*

C'est presque la formule magique :

— Que le Bon Dieu soit ici et vous protège tous !

Mais voici Tiapadiou.

— Bonsoir, brave monde et les autres !

Nul ne s'offusque. Etienne Canillac, dit Tiapadiou, on le connaît. Un mécréant auquel Dieu ne vient aux lèvres que dans la colère du travail. Il faut l'entendre dans son champ lorsque, de sa pelle de bois cerclée de fer, il ne parvient pas à retourner sa terre trop sèche. Ou trop trempée. Trop lourde dans tous les cas.

— Hé, Notre Seigneur ! Tu aides tout le monde ? Viens ! C'est le moment ! Prends ta pioche : à deux, nous irons plus vite !

Lorsque, sur les caillasses, il ne peut pas maintenir son araire droit.

— Tu es mon père, on m'a dit ? Un père donne un coup de main à son fils, non ?

Transpirant, les yeux levés vers les nuages, il est l'image de la détresse humaine. Avec, pour finir, ce cri que l'on entend, paraît-il, de Guéret à Bourganeuf :

— Hé ! Papa-â-â-â !

Oui, la réputation de Tiapadiou est faite : dès qu'elle l'a vu ouvrir la porte du séchadour, la Blandine Chatreix s'est signée avec discrétion. Pas assez : Tiapadiou s'avance vers elle, les bras tendus ; rayonnant, il lui donne deux baisers qu'elle tente vainement de repousser.

On goûte le cidre. Les femmes préfèrent la tisane de feuilles de noyer. Chacun ses goûts. Elles sucrent avec du miel. Elles filent. D'autres tricotent. La mémé Lucie rapetasse la blouse de son homme. Ça n'est pas la première fois : bien malin qui, dans cette arlequinade, pourrait dire où sont le coutil ou le droguet d'origine.

Bientôt, elle pose ses rafistolages : elle a vu son homme s'esquiver.

La musette fait lever tout le monde. Même ceux qui font semblant d'être trop vieux ; de vouloir rester près du feu. Peu à peu, ils suivent les autres dans la grange.

Le pépé Rabanesse a voulu leur faire honneur, faire honneur à sa femme : il a décoré sa chabrette comme pour un mariage, ayant soin, tout en jouant du coude, de faire voler autour de lui les rubans rouges et verts.

— *Yi ! Fou ! Fou !*

Vous croyez sans doute que la chabrette suffit ? Que, même accompagnée de la vielle, elle enverrait au milieu de la grange les couples qui se forment ? Non. Non. Il faut à cela un majordome, un maître de cérémonie : il faut Tiapadiou.

Son instrument, c'est le bâton. Lui aussi l'a orné de rubans. Lui aussi, comme Rabanesse, connaît sa partition. Lui aussi est irremplaçable. Il le sait ce sans-musique qui, d'un coup de canne sur un tonneau, de sa voix, de son autorité, va créer la fête et maintenir la tradition :

— *Yi ! Fou ! Fou !*

On vous parle du pays où le branle, un jour, céda le pas de danse à la bourrée.

On vous parle du temps où le bal, fête des jeunes, commençait par la danse des vieux.

Elle est déjà au milieu de la grange, la mémé. Ayant à cœur, elle encore, d'honorer ses invités : à sa robe simple de paysanne, elle a ajouté ce soir ses sabots de fête, ceux que creusa jadis dans le noyer son oncle sabotier.

Tous les grands-pères sont allés chercher sur un banc la fille de leur fille, de leur fils, la cousine en son premier bal.

Invitées par leur petit-fils, le voisin de vingt ans, de dix-huit, les vieilles, à la couture, tiennent leur jupe.

— Un ! Deux ! ordonne Tiapadiou.

Les sabots tombent ensemble sur la terre battue. Il y a des sourires et des airs appliqués. Des mains se lèvent avant de se poser sur les hanches pour donner aux blouses des airs de jabots fanfarons.

Sylvestre n'a pas besoin de parler.

Il est, dans le bal, face à Angèle qui, nul n'en peut douter, est une Rabanesse : elle suit la musique de son grand-père en habituée guillerette, semblant improviser, allant où il convient comme sans y penser, tendant son bras à un danseur pour être, déjà, au bras d'un autre.

Etienne Canillac, dit Tiapadiou, fait le tour de la fête, bâton en main, provocant, satisfait, incitant par sa seule fierté à admirer les danseurs : Angèle, en premier. Elle est rayonnante quand elle retrouve le bras de Sylvestre pour, avec lui, marquer le branle.

— Paraît qu'il n'a rien ramené.

— Qu'est-ce qui s'est passé ?

— Le roi fait ce qu'il veut. L'homme fait ce qu'il peut.

— L'est bien vaillant pourtant, le Sylvestre.

— Elle n'est pas *moufle* non plus, l'Angèle, qui lui a donné un gars tout en menant la terre ; comme un homme.

Tiapadiou tape sur le tonneau.

— La limousine !

Les lourds soldats de la danse se font légers cavaliers. Les pas rudes se mettent à glisser. Les regards s'éclairent de découvrir un talent nouveau-né, un savoir bien conservé. C'est le triomphe de la mémé.

Ses pieds ont la légèreté des copeaux qui, jadis, s'envolèrent du creux de la branche pour lui faire des sabots de noyer. Ses yeux ont la malice des filles quand, passant devant la chabrette au bras de son petit-fils, elle fait à son homme de musique un sourire : « Te souviens-tu, mon Charles, comme nous étions heureux ? »

Au-dessus de la chabrette, il y a l'approbation du pépé Rabanesse : « Amuse-toi, ma femme. Profitons-en encore. Notre temps se fait court. »

On vous parle des ans où les hommes et les femmes faisaient leur maison avec la pierre par leurs mains travaillée. Ils faisaient leur pain avec le grain semé, leur vêture avec le chanvre et la laine filés, leurs sabots avec l'arbre coupé par eux. Ils pressaient leur cidre, leur vin.

Ils faisaient leurs musiques, leurs fêtes et, dans les déboires d'une vie qui, bien souvent, dépendait du soleil et de la pluie, de la grêle et du vent, ils parvenaient parfois à faire leur bonheur. Qui venait de sagesse. On vous parle des ans où les hommes savaient que, dans la vie des hommes, le bonheur n'est jamais qu'un moment.

Angèle, cette nuit-là, connut un moment d'amour.

— Il me semble que voir son mari une fois par semaine ça n'est pas si mal pour une domestique !

Madame Limont-Meynard avait, depuis deux ans, une servante à laquelle elle faisait la grâce d'un lit dans son appartement : voilà que, parce qu'elle se marie, cette Ardennaise de malheur a la prétention, son service terminé, d'aller coucher chez elle !

— Elles ont le vice dans la peau ! Toutes ! Il n'y en a pas une pour rattraper l'autre !

Nanette présente la crème à la moelle rehaussée de nonpareilles.

La gourmande ne prend même pas le temps de s'extasier :

— Enfin, cher monsieur Guérin, si mon mari est malade une nuit... devrai-je prendre une voiture pour aller chercher ma servante ?

Monsieur Guérin a, de la tête, une approbation. Il pense : « Je suis chef de bureau. Il fallait bien les remercier. »

Encouragée, madame Limont-Meynard se tourne vers Blanche.

— La vérité, chère petite madame, c'est que nous sommes trop bonnes !

Edouard Guérin se dit : « Je n'avais pas remarqué qu'elle parlait autant ! »

— Car enfin, nous ne sommes pas allées les chercher !

La parleuse se lance dans l'historique :

— Elles arrivent de leur pays où elles mouraient de faim. Nous les logeons, nous les nourrissons...

Elle a l'éloquence à parenthèses :

— Nous les nourrissons même trop bien !

Et, soudain :

— Chère petite madame, je ne voudrais pas m'occuper de ce qui ne me regarde pas mais c'est un fait : votre domestique a grossi. Ah ! Ça n'est pas dans sa Normandie qu'elle aurait pris de l'embonpoint !

Dans la cuisine, Nanette est écarlate.

Elle est seule dans l'appartement.

Sa mission est de repasser le linge et de remettre de l'ordre dans l'armoire pendant que Madame prend le thé chez madame Degueldre.

Les deux femmes se sont liées d'amitié.

Monsieur Degueldre est un peu vif mais tout ce qu'il dit n'est pas faux. Sa femme, plus réservée, estime que, sur le fond, il a raison :

— Il dit tout haut ce que d'autres pensent tout bas.

Plus exactement, il fait ce que d'autres n'ont pas le courage de faire. Il voit ce que d'autres n'ont pas le courage de voir.

— Paris est la ville la plus sale du monde !

— C'est bien vrai, approuve Blanche Guérin qui n'a jamais quitté Paris.

Augustine Degueldre est allée en Suisse (départ tous

les deux jours à cinq heures par les Messageries royales de la rue Notre-Dame-des-Victoires). Cela conforte son opinion.

— Paris est sale et Paris est envahi. La coïncidence n'est pas fortuite.

La mémoire aide aux conversations.

— Je me suis laissé dire que ces campagnards sentent la vache ! avance Blanche.

— Ça n'est pas leur faute : ils ont grandi au milieu des troupeaux ! répond Augustine.

— Avez-vous entendu parler de l'hygiène ?

— Des docteurs font des conférences sur ce sujet, m'a-t-on dit.

— Je prends mon bain chaque semaine.

— Il convient de marier l'hygiène avec la décence.

Nanette a, sous son fer, ce que, pudiquement, Madame appelle l'« inexpressible » ou, parfois, le « sans-nom » : un pantalon de madapolam dont les jambières l'habillent jusqu'aux chevilles où elles se serrent par un cordon. C'est la toute dernière mode : Monsieur l'a offert à Madame à l'occasion de sa nomination. Pour un peu, Nanette l'enfilerait. Elle n'ose pas.

Elle repasse une chemise de nansouk, une guimpe de batiste, deux jupons, coton et linon. Elle tombe en arrêt devant un corset qu'elle n'avait jamais vu : il s'attache derrière avec des lacets.

La phrase de madame Limont-Meynard la pousse : elle enlève sa robe.

Sous sa chemise, elle tâte ses flancs.

Dans les baleines, elle contient son ventre. Sur les goussets, elle place sa poitrine en éventail. Le busc cambre sa taille. L'armoire lui montre son image.

Elle murmure :

— Ça ne se voit pas.

Elle pourra rester. Encore un mois, peut-être. Ou deux. Ils ont raison en Normandie quand ils disent que, pour ne pas avoir d'enfant, il faut s'aimer sous un pommier !

— Je vous y prends !

Madame est vraiment pâle. Ses lèvres ont de l'étroitesse. Ses yeux brûlent. Des éclairs noirs.

— Rhabillez-vous ! Sortez d'ici tout de suite !

Nanette passe sa robe.

— Jamais je n'aurais cru ça de vous !

Elle se fait furtive.

— Une naïve, voilà ce que je suis ! Tout le monde vous a jugée ! Sauf moi, sauf Monsieur ! Pas difficile pourtant : vous êtes toutes les mêmes !

Nanette veut présenter des excuses. Sa voix ne parvient pas jusqu'à...

— Ah ! vous deviez vous en donner dans mon dos ! Qui prend le corset prend la bourse ! Vous avez dû en faire des économies sans que je m'en aperçoive ! Il le fallait d'ailleurs pour donner à vos hommes !

— Oh !

— Taisez-vous, imbécile ! C'est cela qu'ils attendent de vous ! Et vous arrivez dans vos sabots sans être capable de le comprendre !... Vous pouvez les reprendre, vos sabots ! Et votre baluchon ! Allez ! Je ne veux plus vous voir !

Nanette n'avait pas pensé que Madame la chassait. Elle se jette à genoux.

— N'essayez pas de m'attendrir ! Vous savez combien vaut un corset à lacets ? Vous le savez ?

— Mais...

— Quoi ? Vous ne pensez pas que je vais le mettre après vous, non ? Croyez-vous que j'aie envie de prendre vos maladies ? Partez, je vous dis ! Et le corset, avec ! Puisqu'il vous plaît tant, vous pourrez vous en servir ! Vos amants seront contents !

Madame ouvre la fenêtre.

— Tenez ! Allez le rejoindre !

Lorsque Nanette descend, tenant serré contre elle son linge et ses économies, le corset blanc est toujours dans la nuit de la cour.

Nanette va le ramasser.

Une voix tombe du troisième :

— Voulez-vous laisser ça ! Croyez-vous que vous en aurez besoin pour faire ce qui vous attend ?

Pleuvent des injures, des imprécations, un tumulte que rien ne peut apaiser :

— Un corset de Bar-le-Duc ! Tout neuf ! Laissez ça, voleuse !

Des gens, malgré le froid, ont ouvert leur fenêtre.

Ce n'était pas la colère qui brûlait les yeux de Madame.

C'était plus méchant que la colère.

Nanette tremble.

Elle ne sait pas où elle va.

Elle n'est pas à la rue.

Elle a, en huit mois, gagné deux cent quarante francs.

Il lui reste deux cent trente-cinq francs. Le reste est passé en bonbons à un sou, en coco à un liard quand, à la belle saison, elle sortait Armande et Faustin.

Les Chabrol n'ont jamais été des piliers d'église.

Ils ne sont pas non plus des Tiapadiou. L'Anselme tient de son père, à l'égard de la vie future, une sorte de « On verra bien quand on y sera » qui lui sert de philosophie. La Mathilde se signe plus fréquemment : quand elle pressent un malheur. Si le malheur passe à côté, elle dit : « Notre Seigneur est bon bougre. » Cela donne à Dieu des proportions terrestres très estimables. Quand sur le Cerisoux paraît l'arc-en-ciel, elle voit « la jarretière de la Sainte Vierge ». Quand l'épi lourd baisse la tête, elle dit : « Il est bon à trancher. Il fait sa prière. »

La fait-elle aussi, le soir ? Quand André et Léonard ont dû tirer au sort sans doute. Quand Eloi avait pris un chaud-froid. Cela n'avait rien empêché.

Chez les Chabrol, on regarde le ciel comme on regarde la terre : sans savoir si Dieu nous donnera le gîte ; si la récolte nous donnera le couvert.

Quand, dans un hiver de granges vides, passent les cherche-pain, si la Mathilde donne quelques châtaignes, une poignée de noix, elle espère vaguement que son geste sera vu du ciel.

— Prenez, pauvre homme. Le *pourdiaou* ne se refuse pas.

Sylvestre est allé à la bergerie barrer la porte avec un lourd échalas. Il a fait de même pour Tullette et Tontine : lorsque, dans la nuit, les cloches disent la grande nouvelle de la naissance de Jésus, les bœufs, les ânes, les brebis vont dans les étables s'agenouiller. Prier Dieu. A haute voix, disent certains. Les hommes ne doivent ni les voir ni les entendre.

A ces gestes retrouvés, Angèle retrouve son Sylvestre.

Il a rapporté de Bourganeuf une pomme d'orange.

Les vieux ont failli protester : n'est-ce point offenser la pauvreté dont nul n'est à l'abri que d'offrir un cadeau à l'enfant de trois mois ?

Ils n'ont rien dit pourtant : Sylvestre et Angèle montraient ensemble l'orange à leur fils. C'était, pour tous, de sage importance.

Sylvestre a voulu creuser le fruit pour, à la pointe de son couteau, en faire un visage dont on allume la bouche et les yeux. La mémé s'est récriée : pelée, l'orange séchera ; il convient, au contraire, de la garder fraîche pour, quartier par quartier, chaque jour donner un peu de jus à Jérôme.

Sylvestre n'a pas insisté. Regardant son garçon, paré dans sa robe comme pour le baptême qu'il n'avait pas vu, il se rappelait les enfants de l'usine de céruse, ouvriers avant d'être adolescents ; les vachers de l'abattoir Montmartre, couverts de sang et de fumier ; le petit qui s'accrochait au fiacre. Il revoyait les ramoneurs du sixième, les fils des deux épaves qui, Chez l'Afrique, s'avinaient. Parmi tous les spectacles désolants des gosses tournant, avec les rats, autour de Saint-Merri, il voyait, sortant d'un taudis de la rue des Vieilles-Haudriettes, les deux cercueils, les deux caisses plutôt, qu'un char emportait ; derrière, seule, pleurait une femme en lambeaux.

Sylvestre regardait Angèle envers laquelle il avait tant de torts. Elle travaillait. Elle l'aimait. Aujourd'hui comme hier.

Ce qu'il y a de meilleur dans l'homme, c'est la femme.

Ce qu'il y a de meilleur dans la femme, c'est l'enfant.

Comme son père, Sylvestre n'avait pas de Dieu.

Il voulait seulement lui demander la force d'une existence. La sève pour nourrir le seigle ; mener à bien filles et garçons.

De sa chaire, le curé Cassagne disait cela. On voyait Marie et Joseph penchés sur la couche de paille. On voyait l'âne et le bœuf soufflant pour maintenir, dans l'assemblée, les cœurs au chaud.

— Notre Seigneur, vous à qui appartiennent toutes les richesses du monde, vous avez choisi de venir à nous pauvre parmi les pauvres...

La bonté divine, Tiapadiou l'implorait trop souvent sans jamais la voir venir pour y croire vraiment. Un riche qui se fait pauvre pour être comme nous, voilà qui dépassait son entendement. Et même qui était hors du sens commun, il aurait mieux valu nous faire, tous, riches comme lui ! estimait Tiapadiou.

C'était son annuelle circonstance : n'attendant rien de Dieu et pas grand-chose des hommes, il ne voulait pas manquer la naissance de l'enfant.

— Seigneur tout-puissant, quelle leçon donnes-tu à ceux qui, guidés par les appâts de la fortune, n'hésitent pas à quitter leur famille pour aller, sur les chemins, conquérir les biens de ce monde !

Debout au fond de l'église, Tiapadiou est entouré de ce grand maladroit de Mazoudeix, incapable de faire une cheville pour boucher le cul d'une brebis, de Bréjassoux Léonce, si bête que, dit-on, il a un jour caché sa graisse dans la braise, de Gaury, de Chopinaud, de tous les sans-habitude : ceux qui jamais ne savent s'il convient de baisser la tête ou de faire le signe de croix.

— Nous ferais-tu de Combraille si tu voulais que nous vivions sur les rives du Rhône ? Nous veux-tu de Paris toi qui nous fais naître sur nos magnifiques vallonnements de la Marche ?

— Hé ! crois-tu qu'on ne s'en passerait pas, curé, de partir sur les routes comme les cherche-pain ?

Tout le monde a reconnu la voix de Tiapadiou.

Il y a, dans l'assemblée, un petit flottement.

Le curé Cassagne tente d'enchaîner :

— Seigneur, nous t'admirons, toi qui sais punir par des retours misérables ceux qui, bravant ta volonté, avaient eu l'ambition d'amasser des écus pour éblouir leur prochain !

— J'ai eu un retour misérable et ce n'est pas pour éblouir mon prochain que j'étais parti : c'était pour obéir à l'Empereur !

Le curé Cassagne se trouble un peu.

— Ce... ce n'est pas pour toi que je parle, Etienne Canillac !

— C'est possible. Mais bientôt d'autres, comme moi, quitteront leur famille pour être soldats. Pendant sept ans ! Toi, curé, tu ne diras rien !

Le prêtre est blême. Depuis qu'il est dans la paroisse, c'est la première fois que pareil incident se produit.

— Ici est un saint lieu, Etienne Canillac. Puisque tu ne le respectes pas, je te prie de sortir.

Il y a un temps. Un peu longuet.

Chacun s'interroge sur l'avenir.

Tiapadiou se décide.

— Je pars. C'est entendu.

On perçoit, chez les fidèles, un petit «Oh!» de satisfaction.

Tiapadiou se retourne.

— Je pars, curé, mais je te préviens : si tu me laisses passer cette porte, jamais plus tu ne me verras dans ton église. C'est toi qui, là-haut, porteras, devant le Juge, toutes les responsabilités.

C'est au tour du prêtre de réfléchir.

L'assemblée incontestablement est avec lui. Elle ne voudrait pas, pour autant, savoir son salut compromis.

Le curé Cassagne soupire :

— C'est bon. Reste.

Aussitôt, il s'affermit :

— Reste mais tais-toi!

Angèle réussit à glisser sa main dans la main de Sylvestre.

Elle sait quand il a besoin d'elle.

— Vous avez pu faire des économies?

— Oui, monsieur.

— Vous êtes jeune, vous êtes jolie et je suis sûr que vous voulez bien faire.

— Oui, monsieur.

— Parfait. Avec ça, si je ne vous trouve pas une position, c'est que je ne m'appelle pas Godechon... Combien voulez-vous gagner?

Nanette ne savait pas. Chez monsieur et madame Guérin, elle avait trente francs par mois.

— C'est peut-être beaucoup?

— Mais non! s'exclamait monsieur Godechon. Est-elle amusante, cette petite fille-là! Je me charge de vous trouver une maison à quarante francs par mois!

Il lui avait pris cinq francs pour l'inscription sur son registre : au 12 de la rue Vivienne, madame Clémence l'attendait.

C'était une bonne femme à cheveux rouges, un peu grasse mais droite, pas du tout maniérée.

— Je suis sûre que nous allons bien nous entendre toutes les deux. Chez moi, on mange bien, on boit bien et... il y a de petits cadeaux.

La chambre de Nanette était, il est vrai, la plus belle qu'elle ait jamais vue. Un chemin de table, un vase sur un napperon paraient le guéridon. Des tentures de velours couvraient les ouvertures. Un dessus-de-lit en dentelle ondulait sur l'édredon. Nanette était restée longtemps sans se coucher, n'osant pas ouvrir les draps.

Monsieur le chanoine pénètre dans le chœur, servi par ses vicaires. Les ors étincellent en croix, en ciboire, en fils brodés sur les chasubles.

L'autel est tellement haut que la bénédiction semble vraiment venir du ciel. Au moins du premier étage.

A côté de Nanette, le soldat, touchant la statue de la Vierge du bout de son épée, fait jaillir de la pierre le sang sacré. Ce miracle sur toile ne trouble pas la servante ; mais plutôt, sous la nef, le miracle des voix, ces hommes groupés pour, en chœur, appeler la naissance du Christ.

Monsieur Godechon avait été bien fâché d'apprendre ce que madame Clémence attendait de Nanette.

— Etes-vous sûre ? Quelquefois, à votre âge...

Dix fois, Nanette avait expliqué qu'un monsieur était entré, d'apparence bien fait et qu'il avait...

— C'est scandaleux ! coupait monsieur Godechon.

Il remerciait Nanette de l'avoir prévenu.

— Plus souvent que je lui enverrai du monde à cette dame !

Le prêtre, les servants, enfants de chœur, tout le clergé

paroissial, toute la procession va de l'autel à la crèche. Le bedeau les y attend avec le chantre, le sonneur, le sacristain, le donneur d'eau bénite.

Nanette ne les voit pas. Elle a devant les yeux l'entresol de monsieur Godechon, le sourire aux « Revenez me voir. Ça me fera toujours plaisir ! » ; pour finir, cette place mirifique, rue Saint-Denis où monsieur le marquis, compte tenu des objets de valeur laissés à la garde des domestiques, exigeait d'eux un cautionnement égal à dix pour cent de leur salaire annuel. Une chance que Nanette les ait : toutes les domestiques ne pouvaient pas en dire autant.

Nanette avait donné les quarante-huit francs.

Trois jours plus tard, monsieur le marquis découvrait un vase ébréché.

— Malheureuse ! Une porcelaine de Vincennes ! Irremplaçable ! Jamais vos gages ne pourront me dédommager.

Il l'avait congédiée.

Veni Creator, Spiritus,
Mentes tuorum visita...

La procession va de la crèche à l'autel.

Hallebarde sur l'épaule, le suisse de Saint-Leu frappe la dalle de sa canne à pommeau. Ses mollets ont une dignité énorme. Parée de blanc.

Paulsida avait un rire rafraîchissant.

Au pays, le père et la mère doivent être à la messe aussi. S'il a eu le temps, le père aura fait des balances pour Guste : une branchette de pommier avec, pendue à chaque extrémité, une coquille de noix. On la charge avec du sable, trois glands, des petits cailloux. La mère aura teint des *ossets*. Rien que de les voir, multicolores dans le sabot, c'est déjà la fête. On joue à la puce, à la croix. C'est grâce à eux que Nanette qui ne sait pas lire sait un peu compter : il ne lui reste plus que cent dix-huit francs dans sa poche.

Il faut qu'elle trouve du travail. N'importe quoi.

Chez qui ?

Sylvestre reviendra en mars. Avec les autres.

Cela fait trois mois à attendre.

Elle sera grosse alors.

Que va-t-il dire ?

La cloche sonne pour le baptême du dernier Mazoudeix. Le huitième.

On dit le dernier : on n'est pas sûr. Après tout, la mère n'a que trente ans.

L'enfant, c'est le devoir de la vie. Sylvestre doit veiller sur Jérôme.

On ne part pas pour s'amuser : Tiapadiou l'a bien envoyé au curé. Il aimerait, Sylvestre, exprimer les choses quand il les pense. Il lui semble que ça le ferait plus libre.

Quand il partira en mars, ils ne pourront pas dire que, pendant sa venue, il est resté les deux pieds dans le même sabot. Le broussier qu'il a levé au-dessus de la combe permettra des labours de printemps. Ça ne donnera peut-être pas grand-chose la première année mais ça sera mieux que rien. Ces carassons, que vous appelez des échalas, faits pour monsieur Bonnefoy, donneront un peu d'argent, des souches pour sécher les châtaignes.

On a du retard pour le fermage. Maître Tardieu ne s'est pas gêné : « Il ne manque pas de bras pour travailler et de gens qui savent se faire honneur. »

Il neige. La hache tape le tronc. Sylvestre respire le bois et le matin. Sa poitrine s'élargit. Elle va dominer les tracas, les vallons : porter hors des misères Jérôme, Angèle, toute la famille.

— Bonjour, Chabrol.

— Bonjour, monsieur Charageat.

Le docteur a pris, ce matin, son cabriolet.

— C'est pas que les chemins soient trop bons pour mon carrosse mais, au moins, j'ai les pieds sur la chaufferette.

— Il y a du malade dans le coin?

— La grand-mère Fenaudaud. Elle ne le sera plus longtemps : les pauvres, quand ils m'appellent, c'est qu'ils sont déjà morts. Ou presque.

Enfoncé dans un carrick qui a vu tous les mauvais temps, coiffé d'un chapeau chaque année moins haut de forme, monsieur Charageat essuie le givre qui stalactise sa moustache.

— C'est un temps à ne pas mettre un docteur dehors! Je n'ai vu que toi sur ma route.

Sylvestre ne répond pas. Il n'arrête pas non plus. Un coin enfoncé dans le châtaignier, il frappe de toute la force de sa masse pour faire éclater la bûche.

Le médecin considère d'un œil paisible ce pays bleu et roux, blanc, nu, sur la santé duquel il a juré de veiller.

Il se lance :

— Je suis content de te rencontrer, Chabrol... L'un dit ceci, l'autre dit cela... Où est le vrai? Où est le faux? Va-t-en savoir!

Il se fait souriant.

— Nos paysans pensent qu'il y a avantage à dire du mal des uns : pendant ce temps-là, on ne dit pas du mal des autres!

Il regarde Sylvestre dans les yeux.

— Es-tu malade, Chabrol?

Sylvestre est plus qu'étonné.

— Moi ? Mais...

— Allons, mon vieux... Nous sommes entre hommes ! Si, à Paris, tu as attrapé une mauvaise maladie, tu as raison d'épargner ta femme. C'est ton devoir. Seulement, je te préviens : ça ne passera pas tout seul.

Sylvestre est abasourdi. Il jure.

L'autre insiste :

— Il n'y a pas de gloire à aller au bordel mais la véritable honte, c'est de ne pas se soigner.

Il finit par se fâcher :

— Tonnerre de Dieu, je ne te demande pas ça pour mon plaisir ! C'est mon rôle d'empêcher la maladie de se propager. Si ça se trouve, tu es malade et tu ne le sais même pas !

Avec une autorité imitée de son ancien patron quand il était interne à Limoges, il ordonne :

— Allez ! Fais-moi voir ça !

Sylvestre croit avoir mal compris.

— Je ne veux pas la manger, crois-moi !

A un prêtre, aux gendarmes, au maire, on ne refuse rien. Il y a des gens comme ça. Le docteur en fait partie.

— Baisse ton fendard !

Pendant que le docteur s'incline, soupèse et fait aller, Sylvestre regarde vers le bois, vers la combe, vers toutes les charrières et tous les chemins de pied ; pour voir si, par hasard, il n'arrive personne.

— Mais... ma parole... tu n'as rien du tout !

Sylvestre s'empresse de se reculotter. Heureux du diagnostic. Il n'ose pas demander s'il doit quelque chose pour la consulte.

Une idée le tourmente : cette visite, le sermon du curé, les regards de sa mère... tout cela n'est pas sans raison.

Dans un lit, on n'est que deux. L'un ne dit rien. L'autre parle, il le voit bien. On dit toujours le loup mais parfois c'est la louve.

Il rentre avec sa figure qui ne sait rien cacher.

Angèle a un sourire vers le berceau.

C'est plus fort que lui : il ne peut pas s'intéresser à ce petit rouleau de chair et de linge. De rougeurs. Il a peur de le prendre dans ses bras, de l'étouffer, qu'il lui pisse dessus, de l'effrayer avec sa grosse voix. Il se demande comment font les femmes. C'est à laquelle le trouvera le plus beau :

— Qui c'est qui ressemble à son papa ?

— Et à marraine ? Qui c'est qui ressemble à marraine ?

Elles savent qu'il sera économe comme pépé, adroit comme mémé, agile dans la bourrée comme grand-mère Rabanesse avec le mérite, en même temps qu'il marquera le branle au milieu des danseurs, d'être sur l'estrade à tenir la chabrette !

— Je vais me coucher.

C'est une chance d'avoir deux pièces. Tous les bordiers n'en ont pas autant. Les maîtres trouvent suffisant d'offrir quatre murs et un toit de chaume. Beaucoup de maisons, ici, n'ont qu'une porte : les vaches vont à gauche, les hommes et les femmes vont à droite. Avec, quand on est trop à l'étroit, retour à gauche de certains d'entre eux ; pour une nuit de paille. La bête vous tient chaud.

— Ça ne va pas ?

Angèle s'assoit sur le gros drap de lin. Elle ne sait pas si elle doit le cajoler un peu comme il aimait, *avant* ; si elle doit ne rien faire ; ne rien dire ; attendre, comme l'a assuré l'Alphonsine.

Sylvestre a l'envie de s'expliquer : qui a dit quoi ? A qui ? Pourquoi ? Il a envie de crier, surtout. Angèle pleurerait. Les parents, derrière la porte, n'oseraient plus bouger. Ce qui arrive, c'est la faute de tous ceux qui ne comprennent pas.

Angèle pose sur lui ses yeux de confiance. Ses yeux d'enfance.

Il la prend dans ses bras.

— Angèle ! Mon Angèle !

Elle est éperdue.

— Tout va s'arranger. Il paraît qu'ils vont prendre des hommes, bientôt, pour travailler à la route. Il suffit que nous trouvions de quoi pour régler maître Tardieu. Après, tout ira bien.

Il ne peut pas le croire. Le père est devenu habile de sa main gauche ; il fait des efforts pour ne pas aller vers l'inutile, mériter son pain, comme il dit ; tout de même, avec un bras, on ne tient pas l'araire, on ne peut même pas pousser la brouette. Alors ? On ne vit pas à quatre, à cinq maintenant, sur une ferme de deux vaches.

Ils sont aujourd'hui dans la situation où ils étaient il y a un an. Pire même parce qu'aujourd'hui, ils ont contre eux les ricaneurs ; en premier, le cousin Marcel ; les faiseurs de sermons aussi.

— Ne t'inquiète pas du curé Cassagne. Te rappelles-tu quand, depuis sa chaire, il avait dit à Marguerite de venir se confesser aussitôt après la messe parce qu'il l'avait vue aller chercher le lait avec Louis Rebeyrolle ? Quand il avait ordonné à la Marceline Bussière, parce qu'elle parlait dans l'église, d'aller demander son pardon, la nuit, devant la croix de la Faye, en plein bois ?

Sylvestre pense : et le docteur ? Et maître Tardieu ? Tous ces gens qui ont le pouvoir de vous demander votre argent, de vous prêter de mauvaises pensées, de vous faire ôter votre pantalon !

C'est cela, peut-être, être d'un pays. Etre jugé par tous, dominé par tous, se soumettre à la règle de tous. Avoir des yeux qui surveillent votre sillon ; des voix qui disent « Il n'est pas droit » ; d'autres qui conseillent, qui ordonnent ; toutes qui, en fin de mécomptes, s'unissent dans un même chœur : « Ce que j'en dis, Chabrol, c'est pour ton bien ! »

Sylvestre revoit Paris d'indifférence. Paris d'orgueil dont il remplissait les baignoires. Le sixième à crever où brûlaient et glaçaient tour à tour des Chabrol de Bretagne et de Savoie, des Amélie des Landes, d'Alsace.

Une Nanette de Normandie rendait Paris supportable. Elle l'éclairait le soir de lampions, de quinquets. Dans leur lumière s'envolaient les peines du porteur d'eau, les ailes de Pierrot.

Angèle murmure :

— Mon Sylvestre ! Nous nous débrouillerons. Tu ne repartiras plus, je te le promets.

D'un coup imprévisible, Sylvestre explose. Ce qu'il dit avec des mots incompréhensibles est terrible de ton et de menace. Il va réveiller Jérôme. Il hurle. Son corps va suivre son cri. Sortir de la maison. De la prison. Partir au-dessus des moulins de la Leyrenne, franchir le Puy-Mouchet pour disparaître dans le ciel d'hiver. Sans un écho.

Sylvestre, alors, ne sera plus.

— Au terme de la Sainte-Catherine, ta femme m'a dit : « Mon mari sera là pour l'Avent. Ou la Saint-Nicolas. Il aura de quoi : nous vous verserons votre dû. » L'Avent est passé. La Saint-Nicolas aussi. Et même la Saint-Sylvestre. Alors tu payes ou tu lâches le fermage.

Sylvestre et Angèle se tiennent près du cheval, leur chapeau à la main, sabots dans la neige.

— Je ne comprends pas : tu n'es pas revenu aussi peu

liardeux que tu l'étais en t'en allant ? Ou alors, ce n'était pas la peine de partir !

Cachant ses craintes derrière la buée de la fenêtre, le manchot essaie de voir si les gestes dessinent la pitié. Sa femme est près de lui.

— Ne me parle pas de mauvaises récoltes, Chabrol ! La terre, je sais ce que c'est : chaque jour, à Guéret, je juge des laboureurs. Des pagès, des bordiers, des brassiers : je connais tous les arguments. D'ailleurs, ce n'est pas la récolte qui est en cause : j'ai eu mes sacs. Ce qui me manque, c'est l'argent... As-tu vendu des brebis, oui ou non ? Et le porc, tu l'as vendu, bon poids. Alors ?

Maître Tardieu tend sa main ouverte. Il fait mine d'attendre.

Les deux autres regardent leurs sabots.

— Comme tu voudras, Chabrol ! Moi, tu ne m'auras pas avec des mines ! C'est la saison des séparations : nous allons en profiter.

Angèle a eu, sur tout son corps, une révolte.

— Où irons-nous, maître ?

— C'est votre affaire ! Le nouveau doit être installé avant Chandeleur. Qui sème récolte, vous le comprenez.

— Nous aussi, nous avons semé !

— Le grain d'hiver sera sorti de la dette. Vous ne perdrez pas... Dans quinze jours, le remplaçant sera là. Ne m'obligez pas à quérir huissier. Hue ! Manille !

Sylvestre a saisi la jument à son licou.

— Vous n'aurez pas besoin d'huissier. Dans une semaine, vous serez payé.

— Penses-tu que je vais revenir de Guéret toutes les semaines ?

— Vous serez payé chez vous.

L'assurance est grande.

Il y a un long moment d'hésitation. Le garçon est fort.

La femme a du courage. Ils ne savent pas se débrouiller mais ça n'est pas toujours un mal. Prend-on des vieux chez soi quand on n'a pas de quoi nourrir les jeunes ? D'un autre côté, tant de charges vous empêchent de relever la tête. Et il n'est pas bon de changer trop souvent d'attelage.

— Lève ta main droite et dis : « Je le jure. »

Sylvestre s'exécute.

Maître Tardieu attend encore un peu. Un silence professionnel. Un dernier « Fais le beau » avant de montrer la clémence du tribunal :

— Bon. Je t'attends.

Manille entraîne l'attelage.

Derrière la vitre qui pleure sous le soleil, les deux vieux se demandent toujours quel va être leur sort.

— Monsieur Bonnefoy me réglera les carassons. Il y en a un bon peu. Il m'estime bien : il fera peut-être l'avance de l'ouvrage à venir.

— Ça ne fera pas le dû. Loin de là.

Bien sûr, il y a les Rabanesse.

— On a promis qu'on ne demanderait plus. A cause de Marcel. Et même des autres. Ta mère est comme la pie. Il faut qu'elle jacasse.

— Aubin Gaury cherche du grain. Si nous lui vendons le nôtre, à prime pépé me le remplacera pour la semence. Il a des économies. Je lui dirai de n'en pas parler à mon père. Que c'est pour Jérôme. Pour qu'il ait son chaume au-dessus de la tête.

Les malheurs, ensemble, c'est moins des malheurs.

La révolte, ensemble, c'est presque la force.

Un lit, ensemble, c'est presque l'amour.

On lui répondait :

— Je n'ai besoin de personne.

Ou :

— Dans deux mois, peut-être. Avec les beaux jours.

On lui répond :

— Quand vous accoucherez, qui fera le service ?

Ou :

— Une fille-mère sous mon toit ? Pour qui me prenez-vous ?

Et encore :

— Votre bâtard, qui le gardera ? Moi, peut-être ?

La diligence passe sous l'enseigne « L'Eclair de Normandie ». Un homme avec un fanal la guide dans la cour.

Ils venaient là, parfois, tous les deux.

Quand les voitures partaient, Nanette soupirait :

— Elles vont au pays !

Quand, par la rue Montmartre, elles abordaient la rue de la Jussienne, elle disait :

— Les *voyageux* viennent de chez moi. De Bayeux, sait-on. Ou même de Longueville. Peut-être bien qu'ils ont vu le *pé*, la *mé*...

Sylvestre l'entraînait. Vers les Halles. Ou les boulevards. Vers lui.

Le cocher descend lourdement.

Un palefrenier détache les chevaux.

— Trois départs chaque jour : 6 heures du matin, 6 heures du soir, 11 heures de la nuit.

Le maître de poste a le ton bougon de l'homme auquel on fait perdre son temps.

— C'est... combien le voyage ?

— Trop cher pour ta bourse, sûrement !

Voit-on déjà que l'indigence la gagne ?

Elle aurait dû mettre sa jupe du dimanche. Sa coiffe.

A la sortie, de pauvres bougres tendent la main.

— Baillez un sol, baillez quèqu' chose.

— J' sis malade. J'ai chu deux fois pour v'nir vous vé.

— Pour un pauvre homme qui a pas une pomme et pas d' candelle !

La mendicité au « pays » se pratique dans toutes les messageries : les quêteurs bretons vont rue des Deux-Ecus, les picards rue de Bouloi, les champenois rue du Four. Sans parler, dit-on, des artistes de l'imitation qui, s'entendant à contrefaire les accents, n'hésitent pas à guetter indifféremment la diligence de Lyon après le célérifère de Bordeaux.

Nanette a peur.

Des passagers attendent. Un postillon les aborde, une torche à la main :

— Dans un quart d'heure le départ. Evreux, Lisieux, Caen, chargeons la malle !

Nanette profite d'un coin d'ombre.

Sa main caresse l'objet abandonné : la diligence qui vient de Normandie.

Monteil est arrivé dans sa tenue d'hirondelle blanche : prêt à maçonner.

Dans la châtaigneraie, Sylvestre profitait de l'allongement des jours pour payer au plus vite à Célestin Bonnefoy sa dette de tâcheron.

— Tu te fais donc bûcheron ?

Il fallait une émotion de cette importance pour que Sylvestre arrête sa hache.

— Chabrol, il m'arrive une affaire que je n'ai pas cherchée : le grenier d'un moulin au bord de la Gartempe. Deux lieues de chez toi. Deux lieues de chez moi. Travail sous abri. Un mois et demi d'ouvrage. Je me suis dit : « Si Sylvestre peut venir, nous travaillerons tous les deux. Ça lui fera la main avant le départ pour Paris. » Tiens-toi bien : je traite à forfait. Il y a quatre-vingts francs pour toi. Au pays, on ne peut pas trouver mieux.

Le marché fut vite conclu.

Sylvestre obtint même une avance pour régler à maître Tardieu les trois pistoles qu'on lui devait.

Restait à les lui porter.

Il n'était évidemment pas question que Sylvestre fasse tort d'un jour à Monteil.

— Il me manque un bras mais j'ai encore mes jambes ! dit le grand-père.

La famille se récria :

— Tu n'as plus l'âge de courir dix lieues dans la journée !

— C'est nous qui avons la dette : c'est nous qui la paierons. J'irai, moi ! lança Angèle.

La grand-mère se fâcha : comment ferait Jérôme pour les tétées ?

— Comptes-tu l'emmener sur ton dos ?

Le grand-père se fâcha aussi : si on le pensait incapable même de marcher, il valait mieux qu'il trouve tout de suite une poutre pour y pendre un nœud coulant.

Ils partirent bien avant le jour.

Anselme connaissait, par Faucoutances, un chemin de pied leur permettant de faire un bout de route ensemble.

La terre était glissante. Dans les couverts, on sentait, sous le sabot, la neige redurcie par la nuit.

Un loup hurla, comme inquiet de voir l'approche du matin. Il n'avait peut-être pas trouvé sa pitance.

— Le plus malheureux de tous les malheureux est celui qui a bon appétit ! dit le grand-père.

Il tira de sa blouse une sorte de crécelle fabriquée par ses soins pour la circonstance. Il est vrai qu'elle faisait un bruit épouvantable.

— Ventre affamé n'a point d'oreilles ! affirma Sylvestre.

Le grand-père ne voulait rien entendre : le loup ne s'approche ni du feu ni du bruit.

Lorsqu'ils se séparèrent, Sylvestre fut content de le voir si assuré. Il lançait sa canne de sa main unique avec la vigueur d'un conscrit. Ses sabots allaient au pas fier de l'homme qui part régler sa dette.

Déchaussés par les eaux montées de la Gartempe, bousculés par la tempête, deux peupliers s'étaient abattus sur le Moulin chaumé. La toiture s'était fendue en quatre parties. Les murs en torchis n'avaient pas résisté.

Sylvestre servait Monteil.

Il profitait de ses minutes libres pour maçonner.

Le voyant s'appliquer à la tâche, un soir le compagnon lui dit :

— Ecoute, Chabrol, à ton âge et avec ton bon vouloir, tu ne vas pas rester à gâcher et à passer l'auge. Tu as le tour de main : quand nous remonterons à Paris, je te prendrai comme limousinin. Tu bâtiras en mortier.

Sylvestre sentit une chaleur sur son front. Sur tout le corps.

L'autre lui révéla ses projets : Monsieur Clavière avançait en âge; il allait peu à peu lui céder ses chantiers.

— J'aurai besoin de gars comme toi : des «pays» qui veulent bien faire.

A nouveau, il cita Martin Nadaud. Le compagnon était, pour lui, un modèle.

— Dans sa chambre, après sa journée, il enseigne les maçons. Tu serais à bonne école. Avec lui, j'ai appris à écrire et aussi mes quatre règles. Son gourbi est tapissé de plans et de coupes. Il faut l'entendre parler des matériaux, de l'architecture. Moi-même, j'y reviendrai cette année pour apprendre à me servir d'un compas.

Sylvestre n'écoutait plus : il était revenu à Paris.

On lui disait :

— Nanette t'attend.

Il refusait de la voir.

Il était là pour bâtir. Sa vie et celle de son fils. D'Angèle. Abriter ses parents.

Il rentrait à la nuit, crotté, fourbu. Rayonnant.

Angèle mettait cela sur le compte de la dette qui s'amenuisait. Elle se réjouissait pour lui ; pour eux. Elle plaçait Jérôme sur les bras de son père. Sylvestre aussitôt s'assombrissait. Angèle riait :

— Il a peur de le casser !

La grand-mère faisait chorus :

— Les hommes sont des maladroits !

Le grand-père n'entendait pas. Lors de son retour de Guéret, il s'était égaré dans de mauvaises cavées, du côté de Chabanne. Il avait tourné longtemps dans la nuit, se retrouvant toujours devant un broussier touffu qu'il croyait contourner et qui, sans cesse, se dressait sur son chemin. Le vent sifflait sec, gelant ses doigts, faisant pleurer ses yeux ; sa bouche se figeait aux commissures des lèvres. Découvrant un étang qu'il ne connaissait pas, il comprit trop tard qu'il avait fait quelques pas sur la glace. Son sabot partit en avant ; il tomba et, dans un craquement, se sentit disparaître dans l'eau, le froid, dans un trou dont il eut toutes les peines du monde à sortir. Il rentra après minuit, grelottant, tremblant, serrant contre lui sa crécelle que, dans la nuit, il réclama dans son lit. On dut la lui donner. Il resta ainsi deux jours, toussant à s'arracher la gorge. Ses yeux dilatés voyaient tour à tour le cavalier blanc, l'âne rouge et surtout le loup qui ne cessait de le menacer. Les loups plutôt. Quand ils sont deux, c'est qu'ils cherchent pour les petits. Rien ne les arrête.

Les tisanes, les compresses, les sangsues qu'apporta l'Alphonsine finirent par faire effet. Il se leva. Reprit sa place dans le cantou.

Venu le visiter, le pépé Rabanesse estima :

— Ce serait la vache d'un pauvre homme, elle en serait déjà morte !

— C'est pour nous qu'il est allé à Guéret et nous n'avons même pas de quoi faire venir le docteur.

— Il va mieux maintenant.

— Il tousse toujours.

— Si vous voulez, je vais demander à pépé.

— Les dettes, il faut les payer ! Cela coûte cher, tu le vois bien ! C'est pour ne pas emprunter que je travaille avec Monteil.

Angèle le sait : ce Monteil dit à Sylvestre des idées qui le font ours en cage. Un jour miel, un jour chardon.

— J'ai trouvé le cousin Marcel. On dirait qu'il me guette. Il m'appelle Bas-de-laine. Je veux lui fermer sa gueule. A lui et à tout le monde. En sortir. Comme les autres.

— Les autres ? Ils sont comme nous !

La terre, c'est vrai, est la même pour tous : trop pauvre pour être ensemencée chaque année. Les étables sont les mêmes aussi : trop peu peuplées pour permettre une fumure suffisante. A toutes les portes, le temps est le même : trop fréquent en gelées qui surprennent les racines. Il n'empêche : l'âne à la queue longue se protège mieux des mouches.

— Voudriez-vous une grosse ferme de six vaches ? De dix hectares ? Voudriez-vous soigner plus d'agneaux pour donner, au maître, plus de pistoles ?

— Ceux qui ont plus de grain ont toujours plus de fruits.

— Il leur faut plus de bras !

— Ce sont les nôtres ! Ils les usent jusqu'à plus de force ! Ils nous étranglent jusqu'à plus de souffle ! Ils déshabillent l'homme nu. Et après, ils le chassent! Quand ce n'est pas avant : pour un terme de retard, un mot de travers.

— Heureux d'avoir la place : ils sont dix qui guettent la nôtre.

Sylvestre est véhément : ceux qui s'en sortent sont ceux, justement, qui n'ont pas à compter avec le maître, à lui rendre en grain et en deniers, en setiers, en cordes, ce qu'ils cultivent en sueur.

— Sylvestre! Pensez-vous devenir propriétaire?

Le mot tombe court.

— Oui.

Angèle est abasourdie.

— Avec quoi?

Il pense : «J'y suis.»

Il respire.

Il se lance :

— Je vais refaire campagne.

Le silence s'établit.

Voici un an, elle a accepté le départ de son mari comme une malchance inévitable. Un espoir nécessaire. De Paris, il n'a rien ramené. Sauf des images qu'il voit sans cesse; dont il ne parle jamais. Une détresse. Une honte, peut-être.

— Vous voulez affronter encore ce qui a emblavé votre âme de désespoir. J'aime votre force, Sylvestre... mais le ciel nous a envoyé un fils. Nous devons, père et mère, rester près de lui.

— Serai-je le premier père à quitter son fils pour lui bâtir, de ses mains, une meilleure existence?

— Avec quoi lui bâtirez-vous cette existence si, malgré vos durs travaux, vous revenez sans un sol?

C'est la première fois qu'elle parle de ce retour manqué.

Elle croit qu'il va se fâcher.

Il est calme.

— Je pars pour le compte de Monteil. Il prend à sa charge mon gîte et mon couvert. En échange du vin, bœuf et chanteau, il aura, pendant neuf mois, mon travail. En échange de mon travail, j'aurai à mon retour une somme.

— Quelle somme?

— Nous nous sommes entendus sur trois cents francs.

Il se sait irréfutable.

Elle ne le veut pas :

— Si votre père ne se remet pas, pensez-vous que je pourrai seule faire tourner la ferme?

— Mon père est fort. Il le sera plus encore lorsqu'il saura pourquoi je pars.

Ils avaient dit ces mots voici un an.

Aujourd'hui, ils ont, pour eux, une certitude. De trois cents francs.

Angèle hait Monteil.

Le grenier a été lavé par la pluie, battu par le vent. Fermé il retrouve son parfum de blé dormant.

Le compagnon manie la taloche avec une facilité qui fait l'admiration de Sylvestre. Il dit avoir été bardeur, scieur de pierre tendre, tailleur.

Le plâtre arrive brut de la carrière. Sylvestre le prend à la pelle. Il le passe dans un tamis, étale sur le sol les morceaux qui restent. Il les écrase avec une batte énorme qui déchire les doigts et fait monter une suffocante poussière. Il connaît sa force. Il a la même derrière l'araire que le sol refuse. Il aura la même pour tenir sa famille, former pour elle l'andain qu'ils ramasseront au trident : lui, entraînant son monde; Angèle, superbe dans son travail, son courage, tout ce qu'on demande à une femme;

Jérôme, dans quelques petites années, sera le berger de bien d'autres brebis.

— Tu m'as bien dit trois cents francs ?

— Je te les garantis.

Le chantier sera fini pour la Saint-Joseph. Ils partiront trois jours plus tard. Quinze « pays » avec Monteil comme chef de file : huit, comme lui, de Saint-Yrieix ; le père et les deux frères Gaty, de Peyrabout ; Sylvestre et trois jeunes qui feront leur premier voyage.

— C'est ça qui t'a manqué, Chabrol : les lieues couvertes avec les camarades. Le chemin fait l'amitié.

Sylvestre siffle dans la petite nuit.

« Trois cents, Angèle. En quatre campagnes ou cinq, sans voir trop grand, nous pourrons acheter quelques septérées de terre que nous mènerons avec les autres. Pour notre compte. »

Voilà ce qu'il va dire en entrant. Ou plutôt après : dans le lit où l'Angèle longtemps reste sur le dos ; pour regarder, dans le noir, l'inquiétude à venir.

Il était à un quart de lieue de la ferme lorsque, de ses abois frénétiques, la Novette, à l'habitude, annonçait à tous son arrivée ; elle s'élançait dans la combe, remontait par la hêtraie. Sa danse blanche débouchait au bout de la grange des Rabanesse. Sylvestre, la sifflant, décuplait son enthousiasme : langue pendante, jappant, bondissant, la bête accueillait son maître.

Ce soir, elle n'a pas bougé.

L'inhabituel fait un peu craintive la marche de Sylvestre.

Il est en haut de la combe lorsque, à pas lents, la chienne le rencontre : sans aucune de ses exubérances. Tendant à la caresse un museau froid.

Sylvestre doit contourner le tas de fumier, de fougères,

d'ajoncs dépérissant pour voir la porte. Angèle paraît, le guettant sans doute avec sa réponse à voix basse :

— Votre père.

Il est dans son lit, pâle. D'une tristesse osseuse. Comme figée sur un visage déjà prêt.

Mathilde lui tient le front, essayant de cacher avec un torchon propre le drap taché de sang; essuyant avec un mouchoir de tête la bouche par où vient le mal.

C'est peine perdue : Anselme a un hoquet silencieux. Un caillot tombe dans les mains de sa vieille.

La cloche bat dans le brouillard du soir.

— C'est pour le repos de son âme, disent les pieuses personnes.

— C'est pour que le curé, après boire, retrouve sa route ! affirme Tiapadiou.

Cela aggrave sa désolante réputation : on ne plaisante pas avec la peine des gens.

Mieux vaut demander si ce pauvre Anselme s'est vu passer, s'il a souffert, si on a envoyé la nouvelle aux fils qui sont toujours soldats.

— A-t-il eu le temps de choisir son drap ?

— En revenant de son amputation, il avait dit à la Mathilde : « Tu me mettras dans celui-là. »

— Il avait senti venir sa fin sans doute, se répète Mathilde.

Devant l'église, le cercueil est posé sur deux tréteaux.

Sylvestre pense : « Il avait choisi le drap pas trop neuf pour ne pas nous faire perdre. Pas trop usé pour faire présentable. »

— C'est un homme d'une grande droiture qui nous quitte aujourd'hui, dit le prêtre en un dernier adieu.

« Il était bon, le pépé », pense Angèle, les yeux rouges.

— ... Un homme dont la vie de travail méritait sans doute d'autres satisfactions...

Si c'est une allusion, Sylvestre ne l'entend pas. Lui reviennent toujours les mots du docteur remontant dans son cabriolet :

— Si tu étais venu à temps, on aurait pu agir !

Sylvestre aurait voulu lui dire que, tout le jour, les femmes étaient seules avec Jérôme, le malade, les deux vaches, les brebis, le chien, le cochon, la soupe, le linge, tout le quotidien. Quand il rentrait, lui, au brun de nuit et même après, l'Anselme reposait. Et puis, il y avait la question de l'...

Charageat avait explosé :

— Nom de Dieu ! Tu m'aurais payé plus tard... ou pas du tout ! Tu n'aurais pas été le premier ! D'ailleurs, c'est mon devoir : « Je jure de servir de mes talents, gratuitement et charitablement, les pauvres malades qui auront recours à mon ministère. » Tu entends, Chabrol : gra-tui-te-ment ! J'ai juré : comprends-tu ce que cela veut dire ?

C'est le docteur qui ne comprenait pas : quand on ne peut pas payer le service, on ne le demande pas. Au docteur moins qu'à un autre ; il est sans terre : on ne peut pas lui rendre les coups de seringue en coups de faucille.

Qui a le savoir a la parole. Sylvestre n'avait pas dit un mot.

Un à un, les fidèles trempent le rameau de buis dans le verre posé sur le cercueil. Sur le ventre d'Anselme en quelque sorte.

Le dernier cassera le verre. Pour chasser la mort.

Il ne chassera pas les mots du docteur :

— Tu es responsable, Chabrol !

Maître Tardieu avait fait exprès le voyage.

— Ton père n'avait qu'un bras mais il s'en servait bien. Ta femme laissera s'enfricher. Va ailleurs gagner tes trois sous : au retour, tu sais ce qui t'attend, je t'aurai prévenu.

Le jour du printemps, Monteil revint.

— Je tiens à toi. Je te donnerai trois cent vingt-cinq francs. Je ne peux pas faire mieux.

— Trois cent vingt-cinq francs, c'est une somme que je n'ai jamais vue, soupirait la grand-mère.

Les dents noires du cousin Marcel riaient beaucoup :

— Tu as raison de partir. C'est à Paris qu'on devient riche !

Sylvestre n'entendait plus. La nuit, le jour, il pensait : « Si Jérôme est malade, les femmes n'iront pas chercher le docteur. »

On fait à la bêche ce que l'araire ne fait pas. Le profond. Pour les choux, les raves, les carottes.

Les Rabanesse sont venus donner la main. Le pépé. Alida. François. Louis.

Cela fait une rangée de bêcheurs à rire fort quand Tiapadiou commence ses invocations :

— Notre Père ! Je t'attends ! Montre ton nez ! Arrive, fainéant !

Le mécréant se régale de son succès. Il l'amplifie. Du geste. De l'invention :

— Une fois ! Une seule fois et on partage la récolte ! Deux pour toi, un pour nous ! Tu vois : on n'est pas chiens !

Et pour finir, de sa voix de stentor :

— Papa-â-â-â !

Cela met en branle le Louis Rabanesse. Tous les bêcheurs connaissent par lui le chant de Béranger qui leur donne courage :

Les gueux, les gueux
Sont des gens heureux !
Ils s'aiment entre eux.
Vivent les gueux !

... dont quelque couplet les revenge :

Vous qu'afflige la détresse,
Croyez que plus d'un héros
Dans le soulier qui le blesse
Peut regretter ses sabots.

On admire l'entrain du Louis. On le compare aux maussaderies du Marcel.

Il rit :

— Tout le monde ne peut pas tirer le mauvais numéro !

Il est vrai que le Marcel a fait sept ans de route et de fusil. Lui, l'an dernier, a sorti le 98. Autant dire que, tout de suite, il se savait hors d'affaire. Pas comme Sylvestre qui, en son temps, avait pris le 72. Avec les malades, les exemptés, les défaillants, il avait dû attendre longtemps pour savoir combien, sur sa centaine, on en incorporerait. Ils étaient allés jusqu'à 71 :

— Sept ans de service pour un chiffre de plus ou de moins !

Sans compter que les fils de riches tirent toujours les 97 et les 99 ! A croire qu'ils les ont déjà dans les mains !

— Le n° 100 c'est Jean Clergeat qui l'a pris : le fils du notaire !

On ne parle pas des fils de docteur qui sont toujours malades, de tous les importants qui achètent un remplaçant pour leur conscrit !

Avant de connaître ce Monteil, Sylvestre ne se révoltait pas ainsi.

Angèle pense : « Quatre jours que les autres sont partis. Il les voit, j'en suis sûre. Ses bras prennent la bêche ou le hoyau mais sa tête, depuis quatre jours, a pris le chemin. »

Il rend les journées aux Rabanesse ; à Tiapadiou qui est sans grande exigence sur son petit lopin de veuf ; à Célestin Bonnefoy qui a prêté sa charrette encore un coup : pour aller à Bourganeuf livrer le dernier bois. On a pu, ainsi, amener la grand-mère. Elle a sur le marché vendu ses œufs.

Avec le cheval, Sylvestre est moins patient, elle le voit bien.

Angèle lui met Jérôme dans les bras.

Il lui fait un sourire de carême, le repose aussitôt.

Il prend son bâton. S'en va vers le village.

— J'ai besoin de tabac.

Avant la mort du père, il ne prisait ni ne fumait. Maintenant, il a toujours, dans sa poche de blouse, la blague en vessie de porc ornée de tresses rouges.

Monsieur le curé est, pour ainsi dire, sur sa porte : à l'entrée de l'église avec, au-dessus de sa tête bientôt blanche, la Vierge à l'enfant, en demi-lune, en vitrail bleu.

— Sylvestre Chabrol, viens ici ! Je veux te parler !

Sylvestre, d'un pas méfiant, monte la butte.

Le prêtre lui tend l'eau bénite, s'agenouille, dit à haute voix sa « prière des paysans », la fierté de son sacerdoce :

— « Seigneur, vous avez eu la bonté de me confier votre terre. La terre me donne le blé. Le blé me donne mon pain... »

Il entre dans le confessionnal.

— Je t'écoute.

Tout se tait.

— Tu pourrais au moins t'accuser d'avoir manqué l'office ! Depuis ton retour, tu n'as pas entendu une seule fois la messe du dimanche.

Sylvestre n'ose pas respirer.

Le curé Cassagne a l'éloquence lourde :

— Chabrol, j'ai, devant Dieu, la charge de cette paroisse. Certes, dans nos contrées, la foi est encore vivace, surtout chez les femmes. Mais la pratique se perd. Ce n'est pas un hasard : les hommes qui partent subissent à la ville les entraînements des mauvaises amitiés. Rentrés au pays, ils répandent les idées sataniques. Depuis longtemps, notre département est l'un des plus touchés par ce fléau dont j'avais, à ce jour, réussi à préserver ma paroisse. Mesures-tu l'étendue de ta faute ?

Faut-il dire oui ? Faut-il dire non ?

— Quelle que soit l'ampleur de cette faute, sache-le, Chabrol, je peux t'accorder le pardon du ciel. Pour cela, j'ai besoin de savoir où en est ton âme.

Sylvestre n'a pas de réponse.

Monsieur le curé Cassagne devient encourageant.

— Voyons... à Paris, des hommes, peut-être des femmes, t'ont donné leur amitié. Parmi eux, il pouvait y avoir des êtres qui t'ont dit de mauvaises choses...

Monsieur le curé Cassagne peut continuer son œuvre : Sylvestre ne l'entend plus. Il a devant les yeux les images chassées chaque jour à coups de fourche, de scie, de pelle. Sans un outil pour se défendre, il a, dans la chaleur du bois, Nanette devant lui, la chambre, le manteau édredon, le plaisir blond frémissant sous sa main...

— Chabrol, je te parle.

Le prêtre renouvelle sa question :

— Attends-tu un enfant?

Sylvestre est dans un nuage. Il ne sait plus qui lui parle; ce qu'on lui dit; ce qu'on sait; ce qu'on veut savoir...

— Je te demande si Angèle attend un deuxième enfant.

— Mais... non.

— Ton Jérôme a sept mois pourtant...

— Mais... oui.

Il y a un temps. Un peu long.

Monsieur le curé ferme les yeux.

Sa voix n'est qu'un souffle :

— Connais-tu les funestes secrets?

— ....

— A Paris... tes camarades... quelqu'un t'a-t-il dévoilé des secrets contraires à notre sainte religion?

Sylvestre a très chaud.

— Je... je ne sais pas ce que vous voulez dire.

La voix se raffermit :

— Je veux dire, Chabrol, que le ciel autorise l'œuvre de chair entre mari et femme afin de donner à ceux-ci un enfant qu'ils élèveront dans le respect et l'amour de Dieu. Nul n'a le droit de contrarier, par quelque moyen que ce soit, la venue au monde de cette âme qui ne nous appartient pas mais appartient à Notre Seigneur.

Lorsque Sylvestre passe sous la Vierge à l'enfant, ses yeux voient droit devant lui. Vers Teillet, La Mazère, Limoges lointaine. Ses jambes descendent à grands pas la colline d'église.

Il ne prend pas, chez Gaury, le tabac qu'il était venu chercher. Il ne sait plus ce que les trois sous qui tintent dans sa poche devaient acheter.

Angèle regarde le bissac. Elle le retourne.

— Vous n'avez rien rapporté?

— Moi : je me suis rapporté. C'est déjà bien.

C'est la première fois qu'il parle ainsi.

— ... Je suis là ! Tu le vois bien : je suis là !

L'habitude est prise. Dès que la mère ou Angèle ont une surprise, une inquiétude, il explose :

— Je ne suis pas parti : de quoi vous plaignez-vous ?

Quand il a fallu coucher l'ail pour le faire prospérer, il a chassé Angèle.

— Je n'ai pas besoin de toi. Occupe-toi de ton fils !

Le « ton fils » aussi devient habitude.

Il le regarde pourtant. De loin. Comme pour ne pas être vu.

Angèle a retourné la chènevière. Il s'est fâché.

— Ça n'est pas un travail de femme.

— L'an dernier, je l'ai fait.

— Si tu voulais continuer à tout faire, ça n'était pas la peine de me dire de rester !

— Je vous ai dit de faire comme il vous semblait bien.

Elle a haussé le ton.

Il se réfugie sur le temps, le sol. Tout est sec. On ne peut pas labourer. On n'aura rien à manger.

— Le Bon Dieu n'aime pas le pauvre monde !

— Il va devenir un Tiapadiou, marmonne la grand-mère.

Elle se signe.

Ils se parlaient peu, pourtant, avec l'Etienne.

Il a fallu une aube fraîche. Une pause devant les crêtes noires devenant des crêtes bleues.

Depuis quelques jours, le hêtre mettait ses fleurs.

De la branche à son nid, de son nid à la branche, la mésange s'activait trop pour s'étonner des timidités de Sylvestre.

Il murmura :

— Etienne Canillac... j'ai confiance en vous... je voudrais vous poser une question.

Il s'arrêta.

Le geai approuvait : « Ouais ! Ouais ! Ouais ! »

Sylvestre était rouge comme le ciel au-dessus du Puy-Mouchet.

— ... Savez-vous ce que sont les funestes secrets ?

Tiapadiou fronça le sourcil.

— C'est le curé qui t'a parlé de ça ?

Il s'égaya un peu :

— Tous les mêmes ! Tous les mêmes mots !

Il serra les lèvres. C'était une rancune vieille de jeunesse perdue.

— Ont-ils peur qu'on ne donne pas assez de soldats à leurs rois et à leurs empereurs ! Pour faire des meurt-en-gloire, il faut des meurt-la-faim, Chabrol ! Des traîne-misère, des guetteurs de fermages et de métairies, des brassiers même, loueurs de leurs muscles : on donne l'esclavage au plus cassé par la faucille et les « Merci, notre maître ! » Les autres feront, à l'armée, des remplaçants pour les fils du locateur ! Quand ils reviendront, ce sera pour partir à Paris, à Lyon ou ailleurs ; dans ces villes que vous croyez rendez-vous des maçons : elles sont le rendez-vous des gens-sans-terre !

Il regarda Sylvestre. Il l'obligea à le regarder. Son poil gris frissonnait sur ses joues.

— Est-ce que les hommes, entre eux, devraient avoir des secrets ? Ils en ont, pourtant ! C'est pour ça que le curé parle le latin, que ton maître Tardieu parle le français et que les sans-école n'ont pour eux que le patois ! Il n'a pas d'enfants, le curé ! Il a peu d'enfants, maître Tardieu : ils ont besoin des tiens ! Les secrets ne sont pas funestes, Chabrol : ce qui est funeste, c'est que nous les apprenions ! C'est que chacun sache préserver la santé de sa femme : alors, il ne préserve plus la santé du bien-fonds !

Comme il en avait l'habitude, Tiapadiou leva la tête. Ce qui était inhabituel, c'était la fureur de sa voix dont la combe renvoyait les échos :

— Hé ! Seigneur ! Es-tu le père des hommes ou le père des lapins ? Depuis là-haut, tu ne vois pas la différence peut-être ? As-tu fini d'envoyer des enfants à qui ne peut pas les nourrir ? D'en envoyer même à qui, sous les charges de la vie, ne peut pas les aimer ?

Insensible aux « Aimer ! Aimer ! Aimer ! » que le crêt répétait à l'infini, il donna ses ordres célestes :

— Réponds ! Réponds ! Hé ! Papâââââ !

Sylvestre n'avait pas dit un mot. Maître Tardieu n'avait que deux enfants mais, en son château de Peyrotte, monsieur le comte en avait neuf. On ne gagne jamais à parler dans la généralité. Il l'avait bien vu à Paris lorsque les uns partageaient la France en Parisiens et Auvergnats ; les autres partageaient l'Auvergne en Corréziens et Cantalous ; les Creusois divisaient la Creuse en Bourganeuf et Guéret, en chez moi et chez toi, en ici et à deux lieues.

Les phrases de Tiapadiou pourtant faisaient leur chemin de tête. Elles le ramenaient à Jérôme, aux angelots malingres de la manufacture de céruse, aux ouvriers de dix ans fumant leur pipe devant l'abattoir.

— Notre gouvernement a pensé à eux, disait Tiapadiou. Voici deux mois, il a voté une loi interdisant aux enfants de travailler à la fabrique avant l'âge de huit ans. De huit à douze ans, ils ne pourront y travailler que huit heures par jour. Il faudra qu'ils aient douze ans pour avoir le droit d'y faire leurs douze heures.

Une fois encore, Etienne Canillac regarda le ciel.

— Hé, Notre Seigneur ! Tu devrais y penser à celle-là :

une loi de honte pour tous ceux qui mènent le pauvre monde !

Il parla du soldat de quinze ans arrivant à Auerstaedt le 13 octobre 1806 pour y mourir le lendemain ; des toiles dépendues d'un château sur l'Oder pour les charger dans les fourgons de l'Empereur : c'étaient peintures flamandes, disait-on ; aux robustes formes ; c'étaient portraits de Flamandes. Tiapadiou avait mis des années pour comprendre que si les peintres, jadis, voyaient des poitrines épaisses et des ventres gros, c'est parce qu'ils avaient, devant eux, des femmes toujours enceintes.

Sylvestre faisait l'amour à Angèle lorsqu'elle le sentit s'échapper soudain, retombant sur son ventre avec un frémissement, une chaleur. Une volonté, semblait-il.

Elle pensa qu'il ne l'aimait plus.

Il agit ainsi désormais.

Elle pleura.

Un soir, elle osa. Voulut le retenir.

Elle le sentit cabré, s'arrachant d'elle comme avec fureur.

La terre était trop assoiffée.

Elle a bu la pluie pendant trois jours.

Sylvestre a laissé descendre dans le profond.

Ce matin, avec l'impatience goulue qu'elle avait montrée, il a pris l'araire qui a, pour le blé noir, tant de retard.

Tiapadiou est venu le rejoindre.

Il l'entraîne sur le coudert.

— Tu connais Mazoudeix Eugène ? Tu sais qu'il se demande toujours s'il doit passer par la rivière ou par le pont ? Voici deux ans, il me dit : « J'ai trop de jeunes acacias. Nous allons en couper. Sans cela, ils se nuisent. » Je prends ma hache. Il me montre le premier. Pas trop difficile à abattre. Je frappe dix fois : il tombe... Mazoudeix tournique son chapeau : « J'aurais mieux fait de choisir l'autre ! » Je lui réponds : « Peut-être mais celui-là est en bas : je ne vois pas comment le remonter ! »

Tiapadiou prend Sylvestre par le bras.

— Regarde.

L'arbre épargné est devant lui. Vert.

A un mètre de là : la souche laissée par la hache de Tiapadiou ; partant de ce moignon, cinq branches dont chacune est plus grosse, plus haute que le tronc de l'arbre voisin.

Tiapadiou ne fait pas de commentaire.

Il traverse le coudert, arrive, suivi de Sylvestre, au-dessus du trou Moreau.

— Regarde.

Un tilleul malingre a poussé au-dessus de la caillasse.

Un peu plus loin, un peu plus haut, un autre tilleul s'épanouit dans la terre épaisse : il est superbement feuillu.

Oui, mais le premier, le défavorisé de la nature, porte, sur sa ramure rachitique, mille fleurs annonçant mille fruits.

— Les hommes de Dieu ne sont pas plus mauvais que les hommes du gouvernement, Chabrol : ils sont des hommes ; ils veulent des secrets qui les font supérieurs. Je te livre l'un des miens : regarde les arbres ; ils te parlent. Ecoute ceux qui ont peur de ne pas conserver leur famille.

Angèle sort les brebis. Elle évite le pré où l'herbe s'est gorgée. Elle cherche le sous-bois, les chênes rabougris, les bouleaux dont les pousses hautes n'ont pas reçu l'eau des racines.

Sylvestre lui en veut, peut-être, de n'avoir pas payé le terme de la Sainte-Catherine.

C'est de cela qu'il la punit la nuit.

Elle n'y avait pas pensé.

Il sème avec le bras régulier, l'économie dans les doigts mais quand même la suffisance : trop, on perd de la graine ; trop peu, on perd de la terre. C'est vraiment le travail du maître.

A onze heures, il s'arrête sous le noyer. Il sait son ombre froide pourtant : dangereuse quand on a la chaleur sur soi.

« Nanette a dû m'attendre. J'aurais dû donner, pour elle, une commission à Monteil. Expliquer la mort du père. Et le reste. Elle m'aurait gardé l'estime.

— A quoi sert de lui entretenir l'espérance ?

— Ça n'est pas l'espérance. C'est le souvenir.

— Il vaut mieux justement qu'elle oublie. Toi aussi. »

Il se parle. Il est lui et la morale. Lui et la raison. Parfois, il est lui et la déraison. Il éclate de rire.

Ceux qui le surprennent parlent de sa folie. En plein jour, le rire d'une nuit. Sous l'enseigne d'un cordelier. Après une course folle pour lâcher les sergents.

« C'est l'heure de ma vie où j'ai été le plus heureux. »

Il se demande : « Que fait-elle à présent ? »

Chez les Bécachet, on entretient le feu toute l'année. Pas pour le chauffage : pour la soupe. Encore plus aujourd'hui ou, au lieu des bûches, on a mis un fagot.

Dans le chaudron, l'eau bout.

Colas surveille, entretient, active avec les gestes de l'homme utile.

Nanette ne sent ni les flammes ni la fumée. Pour elle, on a avancé le lit. Elle n'est pas dedans : il ne s'agit pas de salir la couette ou l'édredon. Elle est devant. Le dos appuyé au montant, les fesses se tendant sur un ancien sac de grain qu'on a, pour la circonstance, gonflé de balle d'avoine.

Parfois, la Marie Grente l'oblige à se lever.

— Plus t'es debout, mieux il descend.

Les doigts de Nanette griffent ce qu'ils trouvent.

— Dame ! Le manche est facile à prendre mais la mailloche n'est point facile à sortir !

La grand-mère a parlé. Avec, sur sa figure raide, une rancune pour la déshonorante.

— La fête, c'est plus beau que le lendemain ! dit la Marguerite Jouenne qui a souvent de fines observations.

On ne sait pas si c'est pour le soutien ou pour le spectacle : dès que, sous le chaume, on a su que l'heure approchait, une à une les vésines sont arrivées, chacune offrant ses compétences pour faire passer un linge, parler de ses expériences ou éviter qu'on jette des coquilles d'œufs dans la cheminée : le poupard mourrait dans la nuit.

Nanette se plaint, appelle sa mère qui, raidissant ses bras, l'invite à planter ses ongles dedans.

— Je sais ce que c'est, ma fille ! J'y suis passée !

— La poire ne *cheille* pas avant d'être mûre ! dit la Marie Grente en guise de prends-patience.

La Jeanne Collignon a tourné contre le plâtre l'image de saint Joseph : il n'a pas à connaître pareille exhibition. Hortense Maheux est sortie. Longtemps, on l'a entendue courant après la poule qu'elle a fini par *happer* : la cocotte est maintenant dans la marmite, chantant à gros bouillons le prochain réconfort de l'accouchée.

— Julienne, t'aurais-t-y une chemise du gars ?

La mère se demande si on se moque d'elle.

— Tu dois te souv'nir pourtant : sur le ventre de l'accouchée, la chemise du père facilite le travail.

Le père! Comme si on le connaissait!

— Notre *mé*! Je vas mourir!

— Force donc au lieu de dire des bêtises!

Assis sur la bancelle, les enfants ouvrent des yeux épouvantés. Guste se demande si sa gentille sœur ne va pas passer, vraiment.

Georgette pleure. Elle se promet de ne plus faire des jouasseries avec les garçons : on voit où ça mène.

Nanette souffre mille maux.

La fièvre coule de son front.

— Tu transpires : c'est bon signe.

Devant tant de douleurs qui sont autant de rappels, la grand-mère oublie son ressentiment; elle glisse dans chaque main de sa petite-fille une poignée de gros sel.

— Serre, mon *éfant*! Quand il sera poudre, tu auras fini!

A la table, le père boit son cidre. Parlant bas. Et surtout laissant parler l'autre. Un homme en blouse avec des côtelettes frisées qui descendent de sa casquette jusqu'au menton.

Il est arrivé voici une heure. Sans savoir où on en était, évidemment.

Tout de même, bien renseigné. On l'a compris dès qu'il s'est présenté.

— Honorin Tourville, natif de Surrain. On m'a signalé votre cas. Je fais le meneur à Paris.

— *Assious!*

— Je donne une somme à l'accord. Après, le tant par mois.

Les femmes ont beau tendre l'oreille en buvant leur *miot* de café, la discrétion des deux Normands, leurs silences décourageants et les cris de Nanette ne leur permettent pas de saisir le profond de la conversation.

A peine, de temps à autre, chez le père, un réfléchi .

— Faut *vère*.

Le meneur se penche vers lui, expliquant à l'évidence les avantages du marché : la fille peut travailler à la ferme et l'argent rentre à la maison.

Gustave Bécachet secoue de bas en haut sa tête pensive. Approuvant, semble-t-il.

Après deux longues minutes d'études muettes, il apprécie son cidre :

— L'est bon !

L'autre doit en convenir. Il repose son verre. Il attend sa réponse.

— Faut *vère* ! répète le père Bécachet.

Nanette hurle plus fort.

Toutes les têtes lâchent la conversation des hommes, rappelées à l'ordre de la solidarité féminine.

Baissant encore la voix, le père Bécachet demande :

— C'est-y vous qui donnez les sous ?

Les femmes se sont levées. Toutes ensemble :

— Le v'là !

Les deux silencieux peuvent bien continuer leurs cachotteries : elles n'ont plus que des yeux. Tous fixés sur le même point. Jusqu'au chant de victoire :

— Ça y est !

— Est-il beau !

— Fait au moins dix livres !

— C'est une poupette !

Prestement, Marguerite Jouenne va enfouir la *délivre* dans le jardin. Hortense Maheux lave la maman. On la transporte dans son lit. De ses mains tremblantes, Jeanne Collignon amène la lourde motte de beurre : on va faire la toilette de bébé.

— Ça lui fera sa première douceur !

— L'en n'aura pas trop, peut-être, elle non plus dans son existence.

Pour prévenir les mauvais jours, la grand-mère met dans la main de la jolie poupette une aiguille et du fil.

— Une fille qui sait coudre se sort toujours du mauvais temps !

Honorin Tourville s'est levé. Il présente des compliments un peu rustauds :

— Ne tardez point à vous décider !

— Faut *vère.*

— Une offre comme la mienne, je trouverai facilement preneur ailleurs. C'est pas le lait qui manque.

Le père Bécachet le raccompagne jusqu'au chemin.

En rentrant, il jette un coup d'œil au bébé.

— Une fille ! Pourra encore nous ramener des quenailles à la maison !

Il se tourne vers la maman.

— Le meneur te conduira à Paris. Il te donnera un bébé. Tu le ramèneras ici pour le nourrir. Ça nous fera trente-cinq francs par mois.

C'est Adeline, la sœur aînée de Nanette, qui a eu l'honneur de nommer.

Pour le parrain, on a choisi André Janquet, le frère de Julienne. Cela n'a pas enchanté le père Bécachet. Il avait beau dire qu'André avait déjà nommé Nanette, la vraie raison était que les Janquet sont des côtiers : entre les banquais, qui cherchent une fortune aléatoire sur les bancs de Terre-Neuve, et les pieds-de-bœuf, accusés de vivre dans la bouse comme poissons dans l'eau, il y a la différence qu'on peut voir entre la terre et l'océan, l'épargne et la goguette; entre ceux qui, sans risque de naufrage, regardent mûrir la pomme et ceux qui, dans les nuits de *varvaille* où casse le mât, se demandent si ça n'est pas aujourd'hui que va périr le *Jean-Bart*. Ces discussions entre *pêcheus* et *pétras*, rien ne les arrête. Ces dissensions, aucun lien familial ne peut les atténuer. Surtout lorsque, comme chez Janquet et Bécachet, l'économe se retrouve dans la famille endettée alors que, passant habilement de la salaison en mer à l'entreprise de calfatage sur le port, le prodigue vit désormais dans un florissant célibat.

Le parrain a conduit sa filleule jusqu'à Sainte-Honorine.

— Je ne veux pas rester à la maison.

— Tu aurais le toit...

— Et mon père en plus ! Quand je suis arrivée, il a voulu me chasser ! A matin de la naissance, il me criait : « Quand on veut faire la demoiselle à Paris, on y fait aussi ses *éfants* ! »

Il avait donné un ordre : « Tâche moyen de faire un garçon ! Les filles, ça veut la main de mousseline : ici, on a les sabots bousus ! »

André Janquet connaît bien son beau-frère : un culterreux qui voudrait avoir les pommes en vendant le pommier.

— C'est ma sœur qui lui a fait changer l'idée ?

— C'est le meneur. Il offre un poupard pour trente-cinq francs par mois de nourrice à la maison. En plus, le sucre et le savon.

Un vieux regarde la mer. C'est Radoult. Il décortiquait l'huître sur le quai et l'expédiait à Paris en baril, cuite dans la saumure. Maintenant, la mode est aux huîtres crues : les temps changent. Il n'a pas su s'adapter.

André Janquet murmure :

— Chez ton père, tu élèverais les deux *éfants* ensemble.

Elle devrait répondre : « Je ne reverrai pas Sylvestre. »

Elle dit :

— A Paris, je gagnerai plus. Avec le gîte et le couvert.

Monteil était formel : « Il ne reviendra plus. » Qu'en sait-il ? Ce qui est sûr, c'est qu'il ne viendra pas en Normandie...

— Tu vas suivre le meneur, alors ?

Le meneur traiterait avec le père. L'argent serait pour lui.

— Adeline va prendre ma fille. Elle s'élèvera avec son gars.

L'*Eole-en-Bessin* rentre de la petite pêche. Avec son mât unique, celui-là ne démanche jamais : entendez qu'il ne quitte pas la Manche. Le long de la côte, il cherche la moule, la sardine, le *macrai* tout frais.

Le parrain se décide :

— Et... ton courassier... vas-tu le retrouver ?

Nanette hésite. Elle ne peut pas dire : « Il est marié. » Ni même : « Il devait revenir. Quand, à la Saint-Amédée, je ne l'ai pas vu, je l'ai cherché. Sylvestre-Marcelin Chabrol va s'occuper de son fils. Cela se passe vers Guéret qui n'est pas le Guéret à une lieue de Montmirel mais un Guéret très loin, en cailloux et en presque montagnes. »

Un attelage arrive dans un vacarme de cuivre et de fer, de brocs, de bassines, de pots : un bric-à-brac ambulant sur lequel se retournent les pêcheurs de *l'Eole-en-Bessin* ; les femmes venues chercher, pour deux sous, une *amenée* de sardines.

Le voiturier est sidéré. Il se lève sur son siège, visage épanoui.

— Nanette !

Le long des gerbes et des bois, aux rives de l'Orbiquet et de la Charentonne, elle lui a parlé de Sylvestre.

Le soir, ils logeaient à l'auberge.

Ulysse ne savait pas combien de temps une femme doit attendre, après l'accouchement, pour retrouver un homme dans un lit. Sylvestre était son ami. Il n'a rien demandé.

Quand elle tirait sur son sein avec la pipette, il rougissait. Sylvestre, à coup sûr, avait eu de belles heures avec une si gentelette.

Un jour, il chanta une bourrée :

Je l'ai vu, oui,
Le téton de ma mie
Je l'ai vu, oui,
Par un petit pertuis !

Ce fut au tour de Nanette de se sentir gênée.

Elle cacha mieux son petit commerce.

Il pensa plus fort que son ami était chanceux.

Il riait beaucoup.

Elle parlait beaucoup de Sylvestre.

Ils arrivaient à Paris.

Il la conduisit chez madame Marbaix — 1, rue Neuve-Saint-Marc.

— Elle est en affaires avec mon oncle. J'y viens parfois et demanderai de vos nouvelles. Je vous reverrai peut-être. Au revoir, Nanette.

— Au revoir, monsieur Ulysse. Grand merci pour la route. Je vous donnerai un jour de la reconnaissance.

Le bureau est au fond d'une cour rondement pavée.

Madame Marbaix est derrière sa caisse. Présidant, dirait-on, à un concours de coiffures : le hennin de l'Arlésienne concurrence le vertigineux bonnet cauchois ; la Bretonne est fière ou modeste selon qu'elle est de Rennes ou de Châteaulin ; la Béarnaise a mis, sur son chignon, des boules d'or ; l'Alsacienne porte papillon noir. C'est un assaut de tubes, de losanges, de rubans, de dentelles... Sans parler du chapeau de paille qui, de la Bourbonnaise, cache les yeux et découvre la nuque.

Les quenailles pleurent à qui mieux mieux. Les nourrices, pour les apaiser, laissent l'aiguille, tendent leur sein, agitent leurs bras servant de berceau.

— Nous avons ce matin un départ pour le Morvan, explique madame Marbaix. La voiture ne va pas tarder.

Elle arrive en effet, bâchée de vert, cahotante, s'arrêtant pesamment au milieu des sacs et des baluchons.

Des mères s'approchent, venues accompagner leur progéniture. D'autres ont confié à leur femme de chambre le soin de conduire ici celui qui, à partir d'aujourd'hui, va, dans quelque ferme lointaine, devenir un « petit Paris ».

La mode n'est pas nouvelle : depuis trois siècles, belles dames de la Cour et mères fortunées envoient leurs enfants déformer les mamelles paysannes.

— On a voulu nous détruire en créant un bureau officiel des nourrices : comment voulez-vous que ces messieurs de l'administration remplissent notre tâche ? Bientôt, l'Etat sera partout !

Dans la voiture, on charge des trousseaux, des vivres, deux panières d'osier qu'il conviendra de descendre à Avallon ; deux sacs de pommes de terre, un sac de charbon et une paillasse destinés à la jeune sœur de madame Marbaix, institutrice à Autun.

— Vous lui direz de laver la paillasse : je n'ai pas eu le temps de m'en occuper.

Les nourrices s'installent dans ce capharnaüm. Lorsque arrivent les ferrailles laissées par Ulysse pour un client de Saulieu, une nourrice proteste.

— Lève donc tes sabots ! répond simplement le meneur.

— Si, avec ton homme, tu n'avais pas levé les jambes, tu ne serais pas nourrice de c' moment ! lance une fille qui sait faire rire.

— Ces dames demandent un « petit Paris » mais elles voudraient garder leurs aises ! explique madame Marbaix.

Le meneur donne un coup de fouet. Les deux chevaux

se cabrent d'un même élan, faisant sauter les roues avant. Dans la voiture, des cris, des corps, des plaintes roulent vers l'arrière. Une nourrice réussit à rattraper son mioche avant qu'il passe par-dessus bord.

— C'est pas Dieu possible : nous n'arriverons point vivantes !

— Cela fait huit fois que je viens : j' sons toujours dans l'existence.

Le convoi est parti.

La tenancière se tourne vers Nanette.

— La nourrice à emporter se perdra elle-même. Elle est trop exigeante et n'a pas de conscience. On a vu des garces continuer à faire payer la pension pour des loupiots qu'elles avaient déjà enterrés. D'autres le remplaçaient par un galapiat trouvé sur place : ça leur évitait de refaire le voyage. Le ciel les a punies : la mode est maintenant à la nourrice sur lieu ; la mère peut surveiller son fiston tout en allant au bal.

Elle tapote la joue de Nanette.

— Ma petiote, tu as bien choisi ta voie. Et tu n'attendras pas longtemps chez moi pour trouver preneur : la clientèle aime le jeune lait.

Madame Marbaix disait vrai. Dès qu'ils entraient dans la cour, les clients scrutaient les nourrices dont, bien vite, ils dédaignaient les plus usées, celles dont les mamelles avaient, à longue épreuve, perdu même leurs promesses.

— On a moins de jeunesse mais plus de savoir-faire ! répétait l'une d'elles à qui voulait ne pas la voir.

Un bourgeois s'arrêta devant Nanette, s'enquit de son âge, de l'âge de son enfant.

Sa femme l'interpella :

— Ernest ! Viens voir !

Elle avait demandé à une brunette un peu ronde d'ouvrir son corsage.

— Qu'en penses-tu, Ernest?

Monsieur scruta.

— C'est bien, dit-il simplement.

Madame aurait voulu plus de chaleur.

— C'est ce que tu veux?

— Oh, moi!...

— Enfin, tu as bien une idée...

Du regard, il indiqua Nanette.

Madame le suivit.

— Voulez-vous nous montrer?

Nanette chercha le regard de madame Marbaix : elle ne savait pas si on devait.

Elle se décida.

— Tu préfères ça?

— C'est difficile à dire.

On demanda aux deux nourrices de se mettre côte à côte.

— Alors?

Après une profonde réflexion, Monsieur murmura :

— Je préfère la blonde...

Comme sa femme fronçait le sourcil, il conclut :

— ... Mais je crois que bébé préférera la brune!

On prit la brune.

Le bureau sentait le lait, la sueur, la pisse et maintenant le vin.

— Faut te fortifier, ma petite. Sans ça, dans le métier, tu auras la santé qui flanche, dit une plantureuse en tendant sa bouteille à Nanette.

Les plus fortunées gagnaient la gargote voisine. D'autres ouvraient des boîtes contenant du ragoût, des sacs d'où elles tiraient un morceau de pain.

Les clients passaient lentement, certains posant mille

questions, d'autres pressés de conclure. Quelques-uns venaient en curieux. Madame Marbaix les chassait :

— Encore vous, monsieur le comte ? Vous savez bien que madame la comtesse n'a pas d'enfants !

— J'espère toujours ! disait le vieux en s'en allant.

Un grand diable à moustache entra en coup de vent. Il jeta un coup d'œil autour de la pièce et se planta devant Nanette.

— Voilà mon affaire ! Tu viens avec moi.

Rapidement, il traita avec madame Marbaix :

— Je m'appelle Cacheleux Aloÿs.

Il revint à Nanette.

— Dépêche-toi. J'ai à faire. Si tu as un baluchon, tu le prends. Chez moi, tu ne seras pas malheureuse. Suffit de ne pas m'encombrer. Je suis veuf. Tu agiras à ta guise.

La cour doit couvrir un bon tiers d'arpent, sans compter les trois verrières qui l'entourent.

Il y a tout le jour du mouvement ; avec des pointes le matin à partir de six heures, le soir lorsque les voitures commencent à rentrer. Pour les laveurs, balayeurs, palefreniers, nourrisseurs, le labeur commence avant, finit après. Les charrons, les carrossiers, les maréchaux-ferrants, selliers, bourreliers arrivent lorsque s'en vont les cochers de jour. De l'aube à la nuit, à coups de masses et de marteaux, à coups d'injures et de chansons, ils animent ce lieu clos pour que, demain comme aujourd'hui, le Parisien trouve son fiacre à la station.

— Mon grand-père a débuté avec un carrosse avant la grande Révolution : je le conserve à titre de souvenir au fond des ateliers. Mon père lança à Paris le premier cabriolet ; on ne pouvait pas mieux l'appeler : il sautait comme un cabri. Sur les 4 500 voitures qui marchent à l'heure et à la course dans Paris, j'en possède 711. C'est te dire que je n'ai pas le temps de m'occuper des femmes et des enfants. Voici Fernande : elle a la charge des plus grands. Ursule : elle fait le ménage et la cuisine. Ma bourgeoise a été emportée par une méningite il y a deux mois. Avec le travail que j'ai, je n'avais pas besoin de ça ! Nous avions une nourrice : la traînée nous a quittés avant-hier en emportant son frusquin à la cloche de bois. Fernande m'a dit qu'il fallait absolument la remplacer. Je serais bien venu hier mais l'ouvrage n'attend pas. Voici la petite. Elle s'appelle Catherine et, depuis deux jours, ne fait que pleurer. Tâche de la calmer. Si quelque chose ne va pas, tu viens me le dire. Mais ne me dérange pas pour rien.

Depuis la rue Neuve-Saint-Marc, il n'a pas arrêté de parler. Il a fait son appartement dans un entresol. Le jour y vient par des vasistas en demi-lune situés au ras du parquet : les pieds sont plus éclairés que les visages. On y voit assez pour découvrir Catherine. La pauvre est maigrichonne avec, autour de la bouche, comme deux de ses aînés, des pustules d'impétigo.

— Occupe-toi de ça. Je vais voir mes hommes. Si on ne les surveille pas, ils ont vite fait de poser les marteaux.

Fernande est une femme un peu mûre, un peu sèche. Une inculte sachant compter.

— Notre maître, vous oubliez quelque chose...

— Quoi donc ?

— Les poules.

Nanette les a vues dans la cour : elles sont cent peut-être à picorer le crottin.

Le maître obéit :

— Les poules sont à Fernande. Elle les soigne. Elle vend les œufs à son compte. C'est son bénéfice ; il n'y a pas à revenir là-dessus.

Monsieur Cacheleux Aloÿs est parti.

Fernande cambre sa taille de propriétaire. Ses yeux parlent : « Tu entends, ma petite ? Ici, la patronne, c'est moi. »

Le corps de Catherine n'est qu'une plaie sur laquelle tout a séché.

Fernande se détourne, dégoûtée.

— J'espère que tu vas la nettoyer. C'est pour ça qu'on te paie. Elle n'a pas faim : Je lui ai donné de l'eau sucrée.

Nanette lave Catherine.

Elle dégrafe son corsage.

La petite bouche s'empare avidement du sein.

Nanette ferme les yeux.

A cause de l'impétigo.

On s'attache à des mains qui s'attachent à vous. A des lèvres qui veulent vivre.

Catherine échange de pâles tendresses contre trois gouttes de lait.

Quand, éructant, le matin monsieur Cacheleux paraît, il dit à Nanette :

— Ça va, toi ? Bon. Ici, qui fait son travail n'est pas malheureux.

Il est dans la cour, contrôlant le fourrage qui entre, le fiacre qui sort.

— Dassonville, nom de Dieu, ton marchepied ! Relève-moi ça ! Tu comptes ramasser tes clients au passage ?

Les enfants vont à l'école. Sauf les trois aînés qui, passant de la forge à la sellerie, du râtelier au siège du cocher, apprennent la voiture et le cheval, l'itinéraire et le client.

Entendant, sur le pavé, le pas des bêtes se mêler au pas des ouvriers, monsieur Cacheleux a eu une inspiration.

Godard, de Jupille dans la Sarthe, connaissait le métier.

Il l'a fait passer de la carrosserie à son nouvel atelier. Des Vosges arrivent le hêtre et le bouleau. Un ouvrier coupe selon pointure. Un autre creuse avant que, d'un long paroir minutieusement affûté, Godard ne donne au sabot sa forme dernière, polie, uniforme. Une femme s'en empare : peinture noire pour les cochers ; brou de noix pour les compagnons et les valets.

— Je ne vois pas pourquoi l'argent de mes hommes irait chez le sabotier : il sera mieux dans ma poche !

Le soir, monsieur Aloÿs, les enfants, les domestiques mangent à la même table. Le chef des ateliers, le maître d'écurie, le contrôleur des voitures se joignent à eux.

— La Compagnie des omnibus commence à nous faire du tort.

— C'est son billet de correspondance qui est la cause du mal. Pour trente centimes, le voyageur va de Bercy à la porte Maillot. Satanée invention !

L'aîné des Cacheleux a la vitalité de son père.

— Ne nous alarmons pas : les voyageurs qui descendent donnent leur billet à ceux qui montent dans la correspondance. La Compagnie va se ruiner.

L'espoir renaît.

— Je me suis renseigné, monsieur, dit le contrôleur des voitures : la Compagnie a l'idée non plus d'un billet qu'on remet au voyageur mais d'un coup de tampon encreur qu'on placerait sur son visage.

On rit. On n'imagine pas les élégantes acceptant cette encre sur le front.

Hélas ! Le contrôleur a des renseignements complets :

— La Compagnie cherche un alcool avec lequel le conducteur démaquillerait le client lorsqu'il monte dans sa voiture !

Monsieur Aloÿs a tapé sur la table.

— Entretenez les voitures et nourrissez bien vos chevaux.

Ces propos, chaque soir, clôturent le débat.

Chacun se retire.

Monsieur Aloÿs se sert trois ou quatre verres de vin.

Il se lève. Va à la porte de sa chambre.

S'il se retourne, Fernande le suit avec des airs de rude favorite. Si, sans un mot, sans un regard, il disparaît, Fernande se raidit sur sa chaise. Pour ne pas montrer l'affront, elle descend l'escalier de bois : il y a lieu de surveiller les valets, les palefreniers. Une belle engeance de Picards qui couchent les uns à la cave, les autres au grenier : ils ont en commun du goût pour les omelettes qui ne leur coûtent pas cher. Armée d'une ferraille au rebut, Fernande attend les délinquants à la porte du poulailler.

Catherine ne dort pas.

Nanette a réussi à chasser l'impétigo. Il est moins facile de faire disparaître cette tristesse surprenante. Les yeux, pendant de longues minutes, s'éteignent.

— Il faudrait la sortir, je crois.

Fernande est formelle :

— Ça, ma petite, il faut le demander au maître. Moi, ce n'est pas mon affaire.

Nanette se décide :

— Maître... Nous sommes dans les beaux jours... Il serait bon, sans doute, de promener Catherine...

— Et tu comptes sur moi ? Penses-tu que je n'aie pas autre chose à faire ?

— Non, mais...

— Je te le répète pour la dernière fois : ici, on n'est pas malheureux. Il suffit de faire son travail. Chacun le sien.

Catherine a deux maillots. Il lui faudrait une pèlerine.

— Demande au maître.

Nanette finit par comprendre que Fernande l'envoie aux rebuffades de monsieur Aloÿs.

Elle enveloppe Catherine dans une couverture.

La rue a mis ses habits du dimanche.

Voici un an, Sylvestre et elle allaient à la campagne. Une fois, ils étaient sortis avec Ulysse.

Elle arrive rue de la Mortellerie.

— Je t'ai dit tout ce que je savais, répond Monteil : il voulait venir et puis... son père est mort.

— Il voulait venir ?

Nanette aime ces trois mots. Elle les fait répéter. Elle aime que Monteil lui parle du Moulin chaumé. En travaillant, ils se disaient des confidences sans doute ? Il y a peut-être quelque chose qu'il oublie...

Au lieu de cela, il s'endurcit.

— Tu sais... je ne voulais pas t'en parler, mais... même s'il était revenu... je ne sais pas s'il serait revenu vers toi... je... je crois qu'il ne t'aurait pas dit où il logeait.

C'est l'épouvante.

Monteil se justifie :

— Il est marié, tu comprends ?...

Au retour, Catherine est très lourde. Nanette doit la poser plusieurs fois. Sur le bord d'une fenêtre. Sur un muret. Dans la niche d'une Vierge qui donne envie de prier. De crier. Avec ce soleil d'août que vous met dans les yeux des vertiges.

La nuit, Catherine ne cesse de pleurer. Elle a la fièvre. Nanette ne peut pas dormir. A cause d'elle ou à cause de Monteil. Elle veut tourner le bébé. Sylvestre lui dit : « Il est à moi. Tu n'as pas le droit d'y toucher ! »

Catherine est brûlante. Elle respire mal.

— Tu lui as fait prendre froid. C'était à prévoir, dit Fernande quand, le lendemain, tout le monde est à table.

Ostensiblement la servante maîtresse revient avec un linge, de l'eau bouillante.

— Mets-lui ça sur la gorge. Il faut tout te dire vraiment !

Le soir, le matin, on met des compresses. On dirait que le bébé gèle. On touche sa peau : c'est du feu.

— Vous ne croyez pas qu'il faudrait...

Fernande hausse les épaules.

— S'il fallait déranger le docteur chaque fois qu'on est enrhumé !

Nanette offre son sein.

Catherine n'en veut pas.

Godard abandonne son paroir. Le bourrelier roule le velours d'Utrecht avec lequel, tout le jour, il a fait des dessus de banquette.

Les fiacres entrent dans la cour, finissant à sept heures la journée commencée à sept heures. Les autres, ceux qui commencent après midi, rentreront après minuit : quand ils auront conduit chez lui le dernier spectateur des Variétés, chez elle la dernière ballocheuse de Mabille ; à moins qu'il ne faille conduire chez l'un ou l'autre ou ailleurs le spectateur des Variétés avec la ballocheuse de Mabille.

Les cochers abandonnent leur char. Conservant sur la tête leur chapeau haut de forme, ils lancent leurs sabots noirs vers leur garni de célibataire, leur appartement de couple riquiqui.

Les palefreniers détellent la bête et déjà la bouchonnent.

— Fais vite, Maurice ! Il y a ce soir, à Blanche, le montreux d' cabotans !

La salle est enfumée.

— Ho! L'Emile! *Tâche de t'nir comme i faut à ech' théate!*

— *Ti brall ben fort, dijeux!*

— *T'a ti raffouré et ch'vaux avant d' quitter chez ti?*

— *Douch'mint! Douch'mint! Occupe-te d' ti panate au lieu d' t'occuper d' mi!*

Tous les Picards sont là.

Lafleur, c'est leur guignol. Leur façon de rire sans façon. *D' casser du chuque su' l' dos ed' vie.*

Monsieur Cacheleux Aloÿs est au milieu d'eux. Heureux, le maître, de se montrer le comme-les-autres. Heureux, le bourreau de travail, d'être, un soir, l'au-milieu-du-plaisir. Heureux, Cacheleux, après ses trois générations parisiennes, de se retrouver picard; comme son père le lui a enseigné.

— *Mon Diu, qu' t'es bête, Marie Groette!*

Nanette est entrée, un instant arrêtée par Lafleur :

— *Treume ech' l'huche et met tin nez à l' fernète!*

Lorsque, boulevard du Temple, elle allait dans les bras de Sylvestre, Pierrot avait des gestes, aussi, comme suspendus à des fils.

Chocquet, à sa table, a gardé une place à Bacquet. Flocquet veut la prendre. Becquet dit qu'il est témoin. Clocquet s'en mêle. Glucquet s'interpose. Finalement c'est Blocquet qui s'assoit devant la chopine. Bacquet reste au bout : à côté de Stacquet.

Nanette a franchi les obstacles.

— Maître...

— Voilà l'endormie!

— Je vous cherche dep...

— Qui me cherche me trouve! Je t'ai dit de ne pas me déranger pour rien!

— Justem...

— Tu ne sais pas où sont les couches ? Tu as perdu les maillots ?

Monsieur Aloÿs parle fort. L'assemblée voit bien qu'il faut rire. On est venus pour ça.

— C'est plus grave, maître.

— Plus grave ? Il s'agit de la tétée alors ?

— Catherine ne tète plus, maître.

— Et tu veux que je tète à sa place !

C'est l'hilarité grandiose. Cacheleux Aloÿs saisit Nanette par un poignet, l'attire à lui.

— On va boire à la gourde ! A ta santé, Lafleur !

Lafleur applaudit avec ses mains de bois.

Le spectacle est dans la salle.

Nanette met toutes ses forces dans son refus. Cela ne pèse guère dans les bras de l'hercule. Il lui caresse les seins au milieu de cinquante cris de joie.

— Incor ! Incor !

— Hé ! Tite, t'es tout' dégavarlée : té vas printe fod !

Seule, la marionnette se désole :

— Hi ! Hi ! Lafleur n'a point de fille ! Il n'a point de fille, Lafleur !

Nanette crie :

— Il faut un docteur !

— Et c'est moi que tu viens chercher !

La gueule ouverte, les bras larges, sa voix dominant le chahut, le voiturier prend tout le monde à témoin :

— On me prend pour monsieur Laennec !

La salle ne se tient plus.

Nanette n'a pas le temps d'insister : Cacheleux Aloÿs a changé de ton. Il se lève. Enorme.

— Si tu n'es pas capable de trouver un docteur dans Paris, je n'ai pas besoin de toi !

Il hurle :

— Je te chasse ! Ouste, crapaud !

Devant la colère du maître, la fête s'éteint.

Des mains cherchent la robe qui passe dans l'allée.

Nanette est dehors. Désespérée.

Les rires reprennent peu à peu. Sur une réflexion que Nanette n'entend pas. Un mot qui, peut-être, la concerne. Ils s'amplifient. Ils crépitent, s'élèvent en flammes tonitruantes.

Le maître des fiacres doit hausser le ton. Il donne un ordre puissant :

— A boire pour tout le monde : c'est Cacheleux Aloÿs qui régale !

— Vive le maître !

— *A ch' t' heure, in vot' pus clair !*

Lafleur dit :

— Et maintenant, les amis, nous allons chanter :

J' ti envoyée à l' luzette
Vinguette ! Marie Groette !
J' ti envoyée à l' luzette
Marie Groette, j' ti vois pus !

Elle a pensé fuir dans les rues, courir vers la Seine, appeler jusqu'à ce que des gens sortent : parmi eux, peut-être se trouverait un médecin. Elle a pensé à cette marche dans la nuit ; avec Sylvestre, si fort, essayant de sauver Paulsida. S'il était là, il l'aiderait. Il trouverait. Il aime tellement les *éfants*...

Rue Montmartre.

Elle était venue en chercher un pour Madame un soir qu'elle avait la fièvre ; après le marchand de cachemire. Ou avant. Elle entre :

— Il n'y a pas de docteur ici !

Elle va plus loin.

— Ça n'est pas une heure pour se tromper de porte !

Elle finira par entendre :

— En face : au-dessus du tailleur, monsieur Bayer.

Elle tient Catherine dans ses bras.

— Il est trop tard. C'est inutile !

Il s'applique à arracher du fond de la gorge les peaux qui obstruent la glotte.

— Il aurait fallu venir tout de suite !

Il tremble. Transpire. Prend à peine le temps d'essuyer son front, de sécher ses doigts glissants.

— Le croup, ça ne pardonne pas.

Nanette ne tient plus la petite : elle la pousse, la hisse vers le sauveur. Elle voudrait la lui donner, toute ; qu'il enlève le mal avec ses pinces, ses doigts, sa main entière au fond de la gorge.

Nanette a senti, sous le maillot, un choc. Un sursaut qui se casse. Net.

Définitif.

Elle lève la tête. Incrédule.

Le docteur passe sa main sur le visage de l'enfant.

Ils restent tous les deux ainsi, longtemps ; lui, répétant une dernière fois : « C'était trop tard, je le savais ! » Elle, ne voulant pas penser que, maintenant encore, il n'y ait plus rien à faire.

Un coup lugubre tombe dans la nuit, aussitôt répété par des horloges voisines, des clochers lointains ; un glas inégal et trop faible : à l'image du petit corps perdu dans son maillot rose.

Un fiacre entre dans la cour, suivi par un chien qui, malgré le cocher, ne cesse d'aboyer.

Une voix s'élève. Terrible :

— Le fouet ! Donne-moi le fouet.

Elle pense que le maître chasse le chien.

Elle a raccompagné le docteur.

Elle s'appuie au mur. Sous la verrière.

Les cris sont de plus en plus violents :

— Tu croyais que j'irais dormir, fainéant ! Méfie-toi de Cacheleux Aloÿs : il a deux yeux qui y voient la nuit !

L'ombre massive du maître obstrue la porte de la grande écurie.

— Tu peux vivre comme un goret ! Tu peux te laver comme moi : quand il pleut ! Mais tu n'iras pas au cabaret avant d'avoir lavé ta bête, de l'avoir étrillée, bouchonnée, pansée de la tête aux sabots !

Le fouet claque. Les chevaux hennissent, pilant la litière.

— On va voir les cabotans quand on a fini sa tâche !

Le fouet frappe encore.

— Un cheval, ça se respecte !

On entend des plaintes sourdes.

Le maître voiturier sort. Il traverse la cour d'un pas trébuchant.

Il s'arrête. Se tourne vers les écuries.

— Ivrogne ! Ta jument, elle vaut mieux que nous !

Une domestique s'en va, emportant, pour sa maîtresse, deux romans de Paul de Kock : *Un jeune homme charmant* accouplé, pour la circonstance, à *La Pucelle de Belleville.*

A cette heure, Nanette ne risque pas de rencontrer monsieur Guérin.

Monsieur Fly a la déférence littéraire :

— Mademoiselle, me sera-t-il permis de connaître vos goûts ?

Elle a hésité deux jours avant de venir.

Elle s'est décidée pour ne pas recommencer la solitude ; les jours passés à s'amoindrir ; dans la ville sans travail.

— Mademoiselle Fly n'est pas là ?

— Il n'y a plus de mademoiselle Fly, mademoiselle.

Nanette est anéantie :

— Ah ?... Elle... Elle ne...

Le maître de lecture montre une sûreté trop souriante pour un homme qui aurait perdu sa fille.

Il abandonne le mystère :

— Mademoiselle Fly s'appelle aujourd'hui madame Fortin.

Il est épanoui :

— Je suis grand-père !

Il fait asseoir, s'assied. Il pose des questions, écoute les réponses. C'est un homme insolite.

Son bonheur met en confiance.

Nanette raconte tout : l'accueil de son père ; le baptême de Marceline avec entrée à l'église par la petite porte : réservée aux bâtards ; le retour à Paris, les heures près de Catherine, le petit corps immobile, monsieur Cacheleux lui mettant sous les yeux le papier qu'elle avait signé d'une croix : « Ses gages lui seront payés à la fin des dix mois de nourrice. »

— Vous avez fait dix mois ? Non : alors ? demandait le voiturier.

Fernande se joignait à lui :

— Quand on a été victime d'une fille de votre engeance, on prend ses précautions !

Elle était partie : heureuse, estimait Cacheleux Aloÿs, qu'on ne lui fasse pas d'ennuis.

— Vous vouliez une lettre ?... Pour votre maman ?... Votre parrain ? demande monsieur Fly.

Nanette a un petit « oui ».

— J'ai pour vous beaucoup mieux. Je ferme mon cabinet quelques minutes. Suivez-moi.

L'appartement est au deuxième étage. Monsieur Fly s'est exilé au fond du couloir, laissant à sa fille et à son gendre la chambre sur la rue. Nanette est sur la cour. Avec le bébé.

Elle est contente que ce soit un garçon. Pour ne plus voir sa Marceline dans les malheurs d'une Catherine. Elle est contente de Madame, de Monsieur, de la maison qui n'a pas, sur la tête, un sixième en éruption. Elle est contente de sa bonne entente avec Charlotte, une Lorraine sans jalousie. Qui parle avec calme de sa jeunesse au-dessus de Faulquemont; dans un pays de neige fondant en prés de printemps; Nanette le voit comme le pays de Sylvestre : avec des sommets prenant au ciel son bleu de brume.

Le seul tort de Charlotte est de parler souvent de son mari venu, lui aussi, de Moselle pour être cocher. Il a travaillé pour monsieur Cacheleux dont Nanette préférerait ne plus jamais entendre le nom.

Le docteur a examiné le bébé et la nourrice.

— Tout va bien pour tout le monde, mais, si vous voulez continuer à avoir du lait, ne vous agitez pas inutilement.

Il a cette ordonnance toujours étonnante :

— Evitez les contrariétés !

Comme si on savait les éviter !

Fly et Fortin redoublent de soins. Le « morceau de la nourrice » n'est pas un vain mot : on lui donne la meilleure part. Elle mange à la table des maîtres. Fréquemment, monsieur Fly lui apporte une bouteille de cidre.

— Il serait très mauvais de déranger votre organisme par des boissons inhabituelles.

Madame lui ramène des gâteaux qu'elle va prendre

chez Félix, passage des Panoramas. Ce sont les meilleurs de Paris !

Monsieur travaille rue de l'Echiquier. Chez monsieur Billot, l'agent de change. Un client a laissé quelques bouteilles de madère.

— J'ai pensé à vous, Nanette. Un doigt de temps en temps, avec un biscuit trempé, il n'y a rien de meilleur !

S'il n'y avait pas le veau aux lentilles, le bœuf aux lentilles, le mouton aux lentilles, tout serait parfait.

— C'est bon pour le lait ! répète Madame. Vous ne voyez pas que vous en manquiez ? Ça m'ennuierait de me séparer de vous.

Cela ennuierait Nanette : elle mange les lentilles.

— C'est bien, dit le médecin qui passe chaque semaine, vous en aurez peut-être suffisamment pour aller jusqu'au bout.

Il se tourne vers la mère.

— Rien ne vaut la nourrice sur lieu, chère madame Fortin. Voyez vos voisins du quatrième, les Zola : ils ont mis leur petit Emile en nourrice à la campagne ; cela ne donnera rien de bon.

Le vendredi, Madame ne descend pas au cabinet.

Elle regarde Nanette donnant le sein. Dans l'apparence du bonheur.

Doit-on laisser la ferme à la ferme et la lecture à ceux qui savent lire ?

Berthe murmure :

— Si vous voulez, Nanette, je peux vous enseigner.

Nanette se met à pleurer.

— Pas de larmes ! C'est mauvais pour l'enfant !

Elle dit : B.A. BA, comme un « baba » ; B.É. BÉ, comme « bébé ».

Elle demande :

— Quel est le mot que vous souhaitez écrire ?

Nanette répond :

— Sylvestre.

C'est le début de toutes les confidences.

— Un jour, nous lui ferons une lettre, dit Madame.

— Il ne faut pas ! Il est marié !

— Nous trouverons un moyen.

Nanette est affolée.

— Je ne sais pas où il habite.

— Nous trouverons aussi ! L'amour donne tous les droits.

L'amour, c'est un mot que Nanette n'a jamais employé.

Madame se lance dans une conférence sur George Sand. Elle prédit que, bientôt, Nanette lira *Valentine, Lélia* et surtout ce *Compagnon du tour de France* paru l'an dernier : devant la pureté des humbles, tombent les barrières sociales.

Nanette retient qu'une femme s'appelle George. Elle vient du Berry. Presque le pays de Sylvestre.

Le vendredi suivant, Berthe Fortin a rapporté du cabinet *Indiana.*

— C'est l'histoire d'une femme qui abandonnera tout pour rejoindre son amant : elle s'apercevra alors qu'il est marié.

Elle lit avec conviction :

— « Noun, étourdie elle-même par les boissons excitantes dont elle ignorait l'usage, ne saisissait plus les bizarres discours de son amant. Si elle n'eût pas été ivre comme lui, elle eût compris qu'au plus fort de son délire, Raymon songeait à une autre... »

« A qui pense-t-il ? » se demande Nanette.

Elle voudrait savoir comment ça va finir.

Madame Fortin est heureuse, dit-elle, de « gagner un cœur au plaisir de l'esprit ».

— Voilà une phrase pour monsieur Joseph Prudhomme. Qui a le mérite, pour le moins, d'être plus drôle que l'auteur d'*Indiana* !

Berthe s'amuse :

— Mon père n'aime pas George Sand parce qu'elle fait paraître des feuilletons-romans dans les gazettes ! « Je n'ai pas confiance dans une baronne qui se prétend l'amie du peuple ! Je n'aime pas les leçons d'une femme qui mène une vie de bâton de chaise ! Je devrais dire de chaise de poste : toujours à courir ici ou là pourvu qu'elle trouve des draps nouveaux ! » Mon père n'est pas dégagé de nos principes chrétiens ! Il lit Rousseau mais ne le comprend pas. Il appelle religion de la nature la religion du pot de fleurs : il aime la rose au jardin mais redoute l'églantine qui pousse où elle veut. Sans que chacun la taille à sa guise !

Lorsque Nanette couche bébé, le maître de lecture se fait pédagogue :

— Berthe, vous êtes un grand cœur et je ne saurais trop approuver votre entreprise. Il n'empêche : la première des conditions pour aider cette enfant à s'élever est de respecter l'état dans lequel, présentement, elle se trouve. Je ne vous demande pas de lui lire *Lolotte et Fanfan* ou *Petit-Jacques et Georgette* mais vous devez choisir des œuvres en rapport avec la naïveté de la province, la pureté de ses mœurs et l'idéal de vertu que se donne la jeunesse.

Le mercredi, monsieur Fly ne va pas au cabinet.

Nanette a fini la tétée de trois heures.

Monsieur Fly frappe. Entre dans le salon. Il commence la lecture de *La Nouvelle Héloïse.*

Ces trois personnages sublimant leur amour par tant de générosité doivent toucher l'âme simple de Nanette, peut-être lui indiquer de sages déterminations.

Nanette s'est endormie.

Monsieur Fly est très déçu.

Il ne sait pas que, la nuit dernière, dix fois bébé a pleuré.

Avec son ciel en couloir, ses maisons qui ne bourgeonnent ni ne fleurissent, ses hommes, ses chevaux, ses cheminées qui empêchent le froid, Paris ne voit pas passer la vie; elle est faite d'hirondelles succédant à l'arbre nu; de sauge violette remplaçant la jonquille; de feuilles de chêne cirées de vert avant d'être fatiguées d'automne châtain qui, à la première neige, se dentelle de sucre.

Ici, quand la Saint-Jean sur chaque butte allume ses airs de cabrette et ses sauts de cabri, on sait que l'an a fini de grandir. Dans la chaleur de juillet, il faudra faire aller la faucille. Vite. Engranger pour l'hiver qui vient; avec ses nuits plus longues que ses jours; ses jours plus froids chaque matin; ses matins longuement vêtus de blanc, de brume.

Les veillées ont repris.

Les Chabrol ont fait la leur pour l'anniversaire du petit. Pas une grande veillée comme chez Rabanesse. Une petite nuit de châtaignes et presque de famille. Avec Marinette. L'aînée des Chabrol. On n'en parle jamais dans la famille. Elle a fait la surprise d'arriver, après vingt ans d'absence. A l'époque, les gens disaient : «Elle est comme les chevaux : on la mène aussi bien par la gueule que par le cul.» Maintenant, elle s'est gagée à Bourganeuf. Elle pourra venir voir la mère plus souvent.

Elle demande :

— Et les Gaury, qu'est-ce qu'ils font?

On répond :

— Ils font comme tout le monde. Ils mangent plus de châtaignes que de pain blanc.

Elle devient sourde, la Marinette.

Elle demande :

— Et les Gaury, qu'est-ce qu'ils font?

On répète. Une fois en haussant le ton. Une deuxième fois en raccourcissant la réponse :

— Ils mangent des châtaignes!

Marinette murmure un petit «Ah!» qui peut passer pour une approbation.

Elle dit :

— Et le Fulbert Chopinaud... il n'a toujours pas d'enfants?

— Pas d'enfants? Ma pauvre fille, on voit que tu ne viens pas souvent : il en a six vivants; sa femme en attend un autre et ça fait juste neuf ans qu'il est marié.

— Quoi?

Fort :

— Il en a six!

— Ah! murmure Marinette sur son ton de satisfaction.

On met des genêts dans le feu pour faire des flammes de fête.

Tiapadiou commence à raconter l'histoire de saint Pardoux revenant sur terre : elle lui permet de glisser, de-ci, de-là, des suggestions sur les riches et sur les curés.

Marinette ne peut pas deviner qu'il s'est lancé.

Elle demande :

— Les Chopinaud, de Malleret, ils ont toujours la grand-mère?

— Oui.
— Ah ? Ils ne l'ont plus ?
— Si !
— Ils l'ont toujours !
— Qui ?
— La grand-mère !

Tiapadiou pense : « Elle n'entend plus très bien, c'est un fait, mais elle ne comprend plus du tout, c'en est un autre ! C'est drôle à cet âge. »

Il est seul à s'en apercevoir. La mère, le frère, c'est toujours un peu lent devant les évidences familiales.

La Mathilde a décousu son drap au milieu ; maintenant, elle le recoud bord à bord : l'usé sera sur le côté. Il pourra encore faire.

Marinette se tourne vers Sylvestre.

— Et toi, alors, tu n'es pas reparti ?

Sylvestre fait le muet.

— Quoi ? demande Marinette.

Quand on n'a pas parlé, on ne peut pas répéter.

Il dit :

— Rien.

Elle fait :

— C'était bien ?... Pourquoi n'y es-tu pas revenu alors ?

Des questions comme celles-là, ça exaspère. Pour un peu, il se lèverait. Il partirait. A Paris ? Peut-être. Loin dans tous les cas.

Le Louis chante sa même chanson :

Du faste qui vous étonne
L'exil punit plus d'un grand.
Diogène dans sa tonne
Punit plus d'un conquérant.

.. avec sa ritournelle persuasive :

Les gueux, les gueux
Sont des gens heureux !
Ils s'aiment entre eux.
Vivent les gueux !

Les jours passent ainsi. L'un chante. L'autre pas.

Sylvestre vit sur une charge de souvenirs. Un mot l'enflamme. Souvent, pour faire long feu devant le travail d'Angèle ; le regard de la mère ; le souvenir du père.

Jérôme fait des sourires à provoquer le vôtre.

Le mieux c'est quand, de sa petite main, il serre votre doigt : on est prisonnier.

Sylvestre le sent bien.

On a labouré, fumé, semé le seigle, le blé noir. Rentré de la feuille pour l'hivernage des moutons. On a arraché quelques pommes de terre, ramassé les châtaignes. On a battu au fléau. Angèle tape comme un homme. La grand-mère fait passer les javelles, les fait tourner. L'épi devient paille. 1841 devient 1842. On tue le cochon. En fêtes de familles. Les voisins viennent. On va chez les voisins qui tuent à leur tour. Comme on dit, « on se rend le cochon ».

Le pépé Rabanesse, le goret, c'est sa partie.

Vous avez de ces bêtes qui, dans l'espoir de trouver des truffes peut-être, fouissent partout. Ça fait des trous casse-pattes que la première pluie transforme en gadoue. Avec l'aide d'un homme fort qui, par les deux oreilles, tient le délinquant, le pépé plante un clou dans le groin du tracassier. Désormais, dès que « l'habillé de soie », comme disent les gens de la ville, veut planter son nez dans le sol, le clou se plante dans son nez. Un vrai dissuasif.

Pour l'abattage, c'est pareil : il n'y en a pas un pour montrer plus de sûreté dans le coup de couteau.

— A toi, la sanquette, l'Angèle !

On a donné la moitié de l'animal à maître Tardieu. En lui épargnant juste un bocal de graisse.

On avait payé le terme de la Sainte-Catherine sans un sol de retard.

On a rendu un peu au pépé. Quatre journées sur le toit de sa grange. Ça ne compte pas.

On est sans un liard dans la maison.

Angèle a pris du chanvre à filer, le soir.

La grand-mère s'est endormie.

Le chaleil brûle son huile de rave.

Angèle parle. Douce et ferme.

— Depuis un an, mon mari, nous n'avons pas ménagé nos deux efforts. Cela nous donne quelques grains pour notre pain noir et les semences de prime. Nous conservons nos dettes envers ma famille...

— Je sais cela !

— Ce que vous ne savez pas, c'est ce que je vais vous dire...

Le silence est paisible.

Dehors, sous le gel, la campagne est immobile.

La Novette se met à aboyer. Elle a dû entendre quelque chose. Un lapin. Le renard peut-être.

Angèle est décidée :

— Nous allons partir pour Paris... Tous.

Un romancier écrirait : « Sylvestre croit avoir mal entendu. »

Il a très bien entendu.

Ce qu'il ne peut pas croire, c'est Angèle plus belle qu'il l'a jamais vue. Plus libre ; de famille, de toit de sûreté, de moissons pauvres mais suffisantes pour que l'été vous nourrisse l'hiver. Sans parler du curé Cassagne. Et des autres. Au troisième dimanche de l'Avent, celui d'Augères a dit en chaire : « Les femmes qui partent sont des femmes perdues. Elles se vendent pour donner à boire à leurs hommes. Jamais Dieu ne leur pardonnera. Le ciel leur est fermé. Leur village aussi. Les honnêtes gens leur interdisent leur maison. »

Sylvestre demande :

— Et la grand-mère ?

Angèle n'a pas de réponse.

Demain, Mathilde dira :

— Je vous suivrai jusqu'à Guéret. Vous me laisserez là-bas. Je trouverai une porte.

Ils savent ce que cela signifie.

Il y a de longues minutes, cet hiver, pendant les repas ; les après-repas ; autour de la bûche monotone ; qui fait de la fumée sans feu.

La grand-mère à l'hospice, ça n'est pas ce que pensait le père quand il est parti.

Ils sont restés. Chacun pensant, au fond de lui, à la chose qui se fera un jour.

« A Paris, l'Angèle me protégera du mal. Je travaillerai avec Monteil. Jérôme deviendra maçon. Il ira voir ce Nadaud Martin. Pour moi, il est trop tard. »

« Dieu ne nous punira pas d'avoir laissé le pays. »

« Ils se sauveront, au moins, eux et le petit. Ils n'auront pas, comme nous, toujours la maie sans pain. »

« Même seul à Paris, je ne veux pas revoir Nanette. Ça ne serait pas bien pour moi. Pour elle. Pour Jérôme. »

Monteil est arrivé en cet après-midi de carême prenant. Sans prévenir.

Il ne voulait pas rester. C'est la fête partout dans le pays.

— Ma famille va m'attendre.

Depuis qu'elle pense partir avec son mari, Angèle ne le craint plus :

— Restez, monsieur Monteil. Notre homme sera content.

Avec la grand-mère, elle a, hier, tressé la paille des brandons. Serrée au plus de leurs forces. Cela fait des siècles que les vieux montrent aux jeunes comment on tortille ces torches. Des siècles que, le premier dimanche de carême, on les allume au bout des perches. Pour passer le flambeau.

Le soir venu, chacun prend le sien.

Sylvestre en offre un à son ami. A pas d'hommes solides, ils montent au plus haut; pour voir, dans cette nuit de feux follets, les fermes se répondre, les champs s'affoler, les fruitiers prendre flammes : on les a entourés de paillons. Il suffit d'une étincelle : voilà l'arbre protégé contre le gel, les insectes, les maladies.

Nanette avait raconté que, chez elle, tellement les héritiers avaient du goût pour déplacer les bornes, les vieux disaient : « On voit les haies bouger ! »

Ici, ce soir, la combe dévale; la prade des Bréjassoux danse la farandole; la grange des Bonnefoy s'enroule dans une retraite aux flambeaux.

— Ma proposition tient toujours, Chabrol. C'est pour cela que je suis revenu. Les choses, pour toi, vont s'arranger.

Ils sont arrivés chez Rabanesse.

La famille seule doit compter soixante brandons au bout des perches. Les jeunes partent vers les champs en courant.

Saillez-le d' là, mulots
Ou j'allons vous briser les crocs.
Laissez pousser mon blé !
Courez plutôt cheux le curé !
Dans son grenier, vous trouverez
A boire autant qu'à manger !

Tout le monde connaît la chanson. Elle descend des Glands, de la Côte. Elle monte de la Leyrenne. Elle vient de partout avec la danse des lumières.

— C'est bien envoyé, la jeunesse ! On trouve plus de blé chez celui qui le bénit que chez celui qui le sème !

C'est Tiapadiou, évidemment.

Tout à l'heure, Sylvestre le présentera à Monteil. Ils vont bien s'entendre tous les deux.

Les jeunots reviennent :

Brandons, brûlez
Par ces vignes, par ces blés !
Brandons, brûlez
Pour ces filles à marier !

— Il faut partir quand on est jeune, vois-tu.

— J'ai ma mère.

— Voilà dix ans que je fais campagne. J'ai maintenant une maison à Saint-Yrieix. Les parents sont à l'abri. Rassurés. Un jour, il en sera de même chez toi.

Monteil regarde son ami.

— Ne serais-tu pas décidé ?

— Ce n'est pas la volonté qui me manque. Ni même l'envie.

— Tu pars avec ce que je n'ai pas eu, Chabrol : le travail en certitude. Les temps sont durs, c'est vrai. Ils le seront tant que le roi sera sur le trône, mais bientôt, nous aurons ce que personne n'a eu avant nous.

Cet hiver, Monteil a connu un mécanicien du nom de Anthime Corbon. Il a fondé un journal qui s'appelle *L'Atelier*. Il tire déjà à mille exemplaires. Martin Nadaud l'a entraîné rue Jean-Jacques-Rousseau où il a vu le citoyen Cabet.

— C'est merveille d'entendre un avocat plaider notre cause. Il est fils de tonnelier. Il la connaît. Il sait la dire. Des hommes comme ceux-là, les gouvernements ne pourront pas les ignorer.

Dans toutes les fermes ou presque, on a dressé des croix de paille.

Celle des Rabanesse est énorme. Plus haute que les hommes. François l'allume. Cela fait, tout de suite, un feu aux proportions de la famille. Les jeunes, autour, font la ronde. Au son de la musette.

Brandons, brûlez
Par ces vignes, par ces blés !
Brandons, brûlez
Pour ces filles à marier !

— Et vous croyez que cela vous protège ? gueule Tiapadiou la tête illuminée par le brasier.

— Tous les ans, il dit la même chose ! murmure Angèle en reprenant son fils des bras de sa mère.

— Vous ne voyez pas que vous êtes comme moi ? Toujours logés chez Chie-poule et Merde-d'oie !

Une voix de femme vient de loin, près de la grange :

— Tu es cendre, Tiapadiou ! Et comme cendre et comme cette paille, tu deviendras poussière !

— Je finirai poussière mais moi, je le sais ! C'est pas comme toi, la Justine, qui crois finir avec les anges !

— Chaque année, tu blasphèmes !

— Chaque année, je brûle ma paille pour que ton Bon Dieu voie mon champ ! Il a la tête ailleurs, faut croire : chaque année, j'ai le gel, les orages, la grêle et les mulots !

Les rires commencent à monter.

Tiapadiou le sent. Il s'adresse au ciel :

— Notre Seigneur ! J'ai ici du brave monde qui serait content de faire connaissance ! Montre-toi, Notre Sauveur ! Hep ! Hep !

Etienne Canillac a les flammes qui dansent sur sa gorge. Elles lui déforment le nez, allument ses yeux.

— C'est le diable ! murmure Justine Bonnefoy.

Cela fait glousser les parpaillots.

A tout hasard, Mathilde Chabrol esquisse un signe de croix.

Tiapadiou se déchaîne :

— Alors, Notre Seigneur ! Viens faire au moins une danse ! Une bourrée pour montrer que tu es de chez nous ! Hé ! Pa-pa-â-â-â-â !

C'est le triomphe. Les brandons se tordent ! Ils se baissent, remontent, embrasent des faces hilares. Il faut une grande autorité pour se faire entendre :

— Vous avez raison, monsieur, de ne pas croire à la protection du ciel.

Tiapadiou met sa main en visière. Il cherche à deviner.

— Qui es-tu, toi ? Tu n'es pas d'ici.

— Je suis Monteil Joseph, né natif de Saint-Yrieix-les-Bois, compagnon maçon.

Tiapadiou est perplexe. Il tourne autour du nouveau venu.

— Tu connais le monde, toi, alors ?

— Je connais depuis dix ans le monde ouvrier. Il s'organise.

Tiapadiou est intéressé.

— Il s'organise ? Explique-moi ça, compagnon.

Monteil dit la réunion des ouvriers du bâtiment dans la plaine de Bondy, sa rencontre avec Martin Nadaud, né natif de La Martinèche, commune de Soubrebost, à quelques lieues d'ici ; il raconte les conférences de l'avocat Cabet...

Tiapadiou hoche la tête.

— Vous allez faire comme une armée alors ?

— Si vous voulez.

Une question vient de loin :

— Vous n'avez pas peur de la mort ?

Monteil est un peu décontenancé.

Etienne Canillac s'approche.

— Ça n'est pas la retraite de Russie qui m'a appris l'homme mort, compagnon !

Il raconte un assaut, tous les mêmes, dit-il :

— L'officier crie : « En avant ! » Nous montons au tambour, suivant les drapeaux. Les canons russes se mettent à tirer. Au milieu de nous, ça fait un creux. L'officier crie : « Serrez les rangs ! » On serre. On avance. Les boulets arrivent. Le compain a la tête emportée. L'autre a, sur le revers blanc de son habit, une tache énorme. Il tombe. On trébuche. « Serrez les rangs ! » On serre. On avance. « Serrez les rangs ! »... Et le soir, quand Ney ou Souham annonce la victoire, tous les shakos sont au bout des fusils, s'agitant comme, ce soir, nos brandons ! Tout le monde chante, comme, tout à l'heure, la jeunesse autour du feu.

Tiapadiou regarde devant lui.

— Mes amis, est-ce que nous serions là, cette nuit, si l'un de nous, ce jour, avait été porté en terre ?

Il y a un petit silence d'embarras.

— Il ne parle pas mal, le putain !

— Il a oublié d'être bête !

Tiapadiou en profite :

— L'homme mort du champ de bataille, ça n'est pas celui qui tombe : c'est son frère qui, une heure après, ne se souvient plus de lui.

Il conclut :

— Il y a beaucoup de morts dans le monde. Ils ne voient que l'armée avançant.

« Tout ça n'est pas gai ! pensent les Rabanesse. Une bonne bourrée pourrait nous réchauffer avant de goûter les beignets. »

— Vous me parlez des soldats, grand-père : je vous parle des ouvriers, dit Monteil.

— Tous les deux, nous parlons des hommes, je crois !

— L'homme seul dans son champ, voilà ce que vous savez ! La fabrique va changer cela ! La ville, la machine...

Etienne Canillac hausse les épaules. Il se tourne vers les ombres.

— Sylvestre-Marcelin Chabrol, m'entends-tu ?

Sylvestre reçoit l'interpellation comme un danger.

On le regarde.

Angèle se demande ce qui arrive.

Etienne Canillac est calme.

— L'homme seul dans son champ a sa terre devant lui. Il ne cherche pas une armée pour la sillonner à sa place ! Si elle dépérit, il en aura la honte. S'il a la belle moisson, on ne lui volera pas sa fierté.

— You ! You !

La musette a lancé ses sabots.

— Sylvestre ne m'a jamais parlé de sa charge mais tu diras que c'est un imbécile qui te l'a dit : ici ou là, il mènera son devoir. S'il l'écoute, il en mènera un autre. S'il écoute le curé, il fera d'une autre idée. S'il écoute le roi, il fera encore d'une autre. Il sera perdu comme je l'ai été le jour où j'ai embroché mon premier Autrichien. Le soir, au bivouac, je criais : « Vive Napoléon ! »

Etienne Canillac parle bas :

— J'étais jeune alors !

Sylvestre n'écoutait plus. Il avait devant les yeux un Rabanesse de quinze ans, face à un gros châtaignier. De l'autre côté de l'arbre, face à lui aussi : une fille qui n'avait pas cet âge et possédait des cheveux blonds.

Le garçon disait avec des mots troublés un conte de bergère. La fille l'écoutait avec de grands yeux bleus ne quittant pas ses lèvres. Elle riait parfois et aussi tendait ses mains. Le garçon faisait de même. Ainsi les bras du garçon et les bras de la fille faisaient le tour du châtaignier. On comprenait bien que c'était là un geste pour avoir, tous les deux, leurs mains unies.

On vous parle d'un temps où garçons et filles savaient encore que, jadis, en ces lieux et en d'autres qu'on commençait à appeler la France, leurs pères *fleuretaient* : ils contaient fleurette.

On vous parle de ce terroir où, quand le garçon allait voir sa mie, les bonnes gens disaient qu'il *mieait.*

On vous parle du temps où, ici, les amoureux *faisaient l'amour* : en des rencontres patientes, ils le bâtissaient.

Bébé est embéguiné sous rubans et dentelles. Nanette le promène jusqu'au boulevard. Par la rue du Sentier. Elle a toujours évité la maison de monsieur et madame Guérin.

Ce sont les imprimeurs courant avec des seaux, les femmes criant, un attroupement obstruant la chaussée qui l'arrêtent au coin de la rue du Gros-Chenet.

La fumée sort du sixième, compacte, ne se dissipant même pas au-dessus du toit.

— C'est de l'huile qui brûle !

— Si noir, c'est des chiffons !

— Doit y avoir des hardes là-haut !

— De tout ! Ils amassent de tout pour ramener dans leur pays !

Des ménagères paraissent sous des cheveux pas coiffés, des tabliers enfilés à l'improviste, une robe qu'elles finissent de boutonner.

— Ça devait arriver un jour !

— Ils ne font attention à rien !

— Parbleu ! Ils ne sont pas chez eux !

— De l'huile, ils doivent en avoir des litres pour faire cuire leur lard et leurs saumons !

— Oh ! Il va se fracasser !

Un homme s'est penché à la fenêtre du cinquième, sur le dos, le corps s'étirant pour regarder au-dessus de lui.

— Il y a une justice, l'Alsace !

Nanette reconnaît monsieur Degueldre.

— As-tu les fesses au chaud, maintenant ?

L'incendie chasse une fumée de plus en plus épaisse ; avec, au milieu des rouleaux noirs, des flammes qui s'élancent vers la rue et aussitôt se retirent : comme un enfant furtif auquel on aurait défendu de sortir.

— Les pompiers ! dit la foule en entendant le clairon qui, rue de Richelieu, bat le rappel.

— Dieu t'a punie, la blonde ! Voilà ce que c'est de chercher le poil brun !

Madame Degueldre essaie de calmer son mari.

La pompe arrive, brinquebalant, tirée par quatre hommes accrochés au timon, tête casquée, le corps sanglé dans la ceinture de sauvetage.

Un Montpelliérain sort de l'immeuble. Visage de suie. Il est soutenu par monsieur Casimir, le maître imprimeur. Il fait quelques pas, lève la tête, aperçoit monsieur Degueldre.

— C'est lui qui a versé l'huile et lancé le chiffon !

Il y a, dans le public, un « Hou ! » un peu mou.

— Ils sont tellement menteurs !

Monsieur Degueldre se scandalise :

— Tu accuses un soldat de Bugeaud !

La rue commence à prendre parti. A avoir peur. On se demande si le feu ne va pas gagner tout l'étage. Les immeubles voisins. Des rognures de suie voltigent doucement.

Nanette met sa main sur les yeux de bébé.

Deux pompiers descendent, portant une femme sur un brancard.

Le Montpelliérain se cache le visage.

— Odile... Odile !

Il tremble.

— ... Ils ont fait couler l'huile sous la porte et après, ils ont jeté un chiffon enflammé. Nous ne nous en sommes pas aperçus tout de suite, je pense. Nous dormions.

— Si vous dormiez la nuit, vous n'auriez pas besoin de dormir le jour !

— Ils dorment la nuit ; ils dorment le jour : c'est nous qui payons !

Nanette n'avait pas vu Josèphe. Elle part avec elle. La plus âgée des deux Alsaciennes ne porte plus sa coiffe. Elle a les cheveux défaits, une robe fatiguée par de larges auréoles, des taches, des plis désordonnés.

— Ah ! *Mein Gott!* Normandie, le malheur est sur nous !

A l'étage, certains, entre eux, l'appelaient Normandie. Josèphe, visiblement, croit que c'est son nom.

Elle pleure sur Odile qui sera défigurée, qui va mourir peut-être. Elle pleure sur elle, Josèphe Fincken, venue à Paris pour être nourrice et chassée du métier, comme toutes, à l'extinction des moyens :

— C'est la malédiction de connaître le logement des maîtres et la nourriture et la considération et de se retrouver avec les domestiques.

Elle a de la délicatesse

— Je ne dis pas ça pour toi, Normandie.

Nanette montre le bébé, témoin de sa fiérote ascension.

— Je suis nourrice à présent.

— Ah ! *Mein Gott! Mein Gott!*

Sur sa poitrine de nounou au rancart, l'Alsacienne serre la Normande avec de fortifiantes démonstrations.

— Je suis contente, Normandie ! Sois nourrice ! C'est le meilleur pour nous !

Nanette reprend sa marche.

Elle la suit, lui raconte son arrivée, les familles recherchant les Alsaciennes, les Allemandes (« Nous sommes propres, tu comprends ? »). Son mariage l'avait laissée veuve. Sa fille au pays met des larmes dans les yeux de Nanette. Elle aurait pu être une deuxième fois nourrice mais elle n'avait pas voulu, comme certaines qui finissent en prison, avoir du lait toujours sans avoir jamais les enfants. Elle avait rencontré monsieur Wurmser qui, au titre de l'Alsace, l'avait logée là ; avec sa nièce arrivée d'Alsheim.

— Pauvre Odile ! Le Félix de Montpellier voulait la marier. Maintenant, il ne la voudra plus.

Elles ont passé la rue Vivienne.

Nanette reconnaît, devant chez madame Marbaix, la voiture d'Ulysse. Elle va entrer le voir. Il est si gai ! Elle renonce : Madame Marbaix, peut-être, lui ferait des reproches ; lui parlerait de monsieur Cacheleux dans tous les cas.

— Quand on a eu son linge entretenu par la camériste, il est dur de se voir blanchisseuse au bateau !

Josèphe s'en va, faisant promettre une visite un de ces jours au ponton.

Nanette regarde cette tristesse de quarante ans qui, les fesses larges, le dos rond, s'en va vers ses lessives. Dans des sabots fendus.

— Puisque vous promettez des visites, j'aimerais bien en obtenir une !

— Monsieur Ulysse !

— Viendrez-vous me voir un soir ? Nous avons, autour de la place Saint-Antoine, de petits bals avec vielleux et musetaïres.

Nanette n'a jamais dansé.

Elle dit :

— Vous savez, monsieur Ulysse, bébé boit toutes les trois heures. Je ne peux pas m'absenter.

On vous parle du temps où Paris ne savait pas que, pour lui, l'Auvergne en sabots inventerait le bal musette.

Madame a son sourire à surprise.

Nanette le connaît. Il annonce un cache-cou de coton, un mouchoir de batiste, un gâteau aux amandes pour l'anniversaire de Monsieur...

Elle cherche dans le buffet ; essaie de savoir. Charlotte ne dit mot. Messieurs Fly et Fortin lisent la gazette.

Dans la chambre, Nanette pousse un cri.

Derrière elle, Madame demande :

— Elle vous plaît ?

Elle est grise de la tête aux pieds, la jupe étalée en queue de paon, le corsage ouvrant avec vingt petits boutons.

— Pour la tétée, c'est pratique.

Le col est en veloutine blanche. La cape est grise aussi. Ample. Superbe.

— Bébé a six mois aujourd'hui.

Nanette est bouleversée.

— Vous devriez mettre le chapeau. Je suis sûre qu'il vous ira bien.

Il est fait de petits carreaux. Froncé par un ruban de taffetas lui donnant l'apparence d'un pot de confiture.

— Vous rangerez vos atours de Normande. Ainsi, vous les retrouverez en bel état... lorsque vous me quitterez !

Le mot fait mal à Nanette. Des maîtres comme monsieur et madame Fortin, comme le grand-père, cela n'existe pas beaucoup. Cette ceinture, ces rubans portent l'affection. Un profond : « C'est pour vous, Nanette. Pour que vous soyez belle. » Pour que vous viviez, comme dit Madame.

Elles s'embrassent.

— Ne me remerciez pas trop. Je suis très contente de vous. Voici le printemps. On vous regardera.

Nanette est maladroite :

— Madame a de quoi mais je sais bien qu'elle n'est pas riche.

Berthe Fortin l'est plus encore :

— Ne vous inquiétez pas de cela, Nanette. C'est une toilette inusable. Je l'aurai pour celle qui vous remplacera.

Nanette a pâli.

Madame le voit. Elle prend les mains de Nanette dans les siennes.

— Nanette, vous me comprenez mal. Vous élèverez bébé jusqu'au sevrage, vous le savez bien.

Nounou n'en est pas sûre. Cela se lit dans ses yeux. Madame l'attire à elle.

— Ma phrase n'était pas heureuse. Je voulais dire que... plus tard... Lorsque j'aurai un deuxième enfant... il faudra bien que je prenne quelqu'un... Vous ne serez pas nourrice toute votre vie.

Encore une petite consolation :

— Cela n'empêche pas que je ne vous oublierai jamais. Quand bébé sera grand, il viendra vous voir. Vous serez toujours sa nounou.

Cela amène un sourire.

Il faut, sur-le-champ, le parfaire :

— ... Si j'ai parlé ainsi... c'est que... je le sais depuis une heure... Nanette, j'attends un autre enfant.

Ce n'est pas la race qui donne la force : c'est l'exil. C'est lui qui fait l'entraide. Et même le folklore.

— Chante-nous un « regret », Marie.

— Lajoinie, as-tu vu les cousins ?

— Bessonnat, il te faudra, un soir, amener ta chabrette.

Les Auvergnats sont à Paris. Vous les trouvez à la barrière Monceau, au hameau de Montreuil, à la montagne Sainte-Geneviève qu'ils partagent, pour les chambres au mois, les cheminées à ramoner, les parquets à cirer, avec les Savoyards. Vous les trouvez ici : autour de cette rue de La Roquette qui va de la prison au Génie de la Liberté.

Les fils de Vercingétorix ont choisi la liberté : ils logent à deux pas de la place Saint-Antoine où, pour plus de commodité, ils ont, avec eux, installé leur village. Dans la cour Saint-Raphaël, la cour Saint-Louis, la cour Baduel, autour du puits où tout l'immeuble vient chercher son eau, ils retrouvent leurs amis. Leur cousin vend le charbon venu de Brassac. Sur le zinc du compatriote, ils boivent le vin de Limagne ou du Quercy. La charcuterie, qui dans le faubourg vient de s'ouvrir, porte sur son fronton : *Produits d'Auvergne.*

Ulysse décharge la rampe de fer qu'il est allé chercher dans une démolition naturelle : rue Percée, un immeuble s'est écroulé.

Monsieur Valat considère quelques barreaux à redresser :

— Ça tombe bien. J'ai preneur... Combien as-tu payé ?

— Il n'y avait personne.

L'oncle approuve ce laconisme. Le un-jour-je-gagne compense le un-jour-je-perds. Sous prétexte que quelques Réveilhac ont fait fortune en dépeçant, après la Révolution, quelques demeures seigneuriales, quelques carrosses princiers, le plus petit possesseur du plus petit débris vous demande des dix et des cent pour vous céder sa rouille !

— Ce soir, les enfants, nous arrêterons à huit heures.

La satisfaction parcourt les Arvernes.

Nous sommes samedi. La musette sera rue de Lappe.

— Viendrez-vous, mon oncle ? demande Ulysse.

— Ça n'est plus tout à fait de mon âge, répond monsieur Valat.

Cela signifie : la musette, c'est le pays ; le bal d'ici, c'est la veillée de là-bas ; je bois chez Théo ; il me fait, quand il le peut, vendre mon fer ; l'argent circule entre nous avec les nouvelles des uns, l'aide des autres ; l'amitié ; depuis que je suis à Paris, mon neveu, la musette, je ne l'ai jamais manquée.

On a hissé Bessonnat au-dessus des danseurs. Avec le vielleux. « Comme monsieur le chanoine de Saint-Leu audessus des fidèles », pense Nanette. Il s'agit de ne pas perdre un pouce de terrain. Ni en haut où, pour éviter un troisième musicien, les deux ménestrels se sont, au pied, attaché des grelots ; ni en bas où, quand tout le monde est en piste, il y a profit à regarder où tombent les sabots !

— *Yi ! Fou ! Fou !*

Avec Sylvestre, voici plus d'un an, Nanette avait vu des bals. Ici, elle est dedans ; assise, oui ; mais prise déjà par l'ardeur des danseurs à virer la bourrée, à s'épanouir en trognes rouges de fête ; à boire le vin chaud qui, sur la longue table, circule dans un grand saladier.

Une invention, la table ! Théo a été le renard de son frère, jadis : le scieur d'en bas, si vous préférez, lorsque tous les deux partaient, outils sur l'épaule, pour neuf mois de campagne dans les hêtraies du Morvan. Sciant une table de communauté dans le sens de la longueur, il en a fait deux qu'il a fixées de chaque côté de sa salle : en consoles. On s'assoit à cheval sur le banc : un œil sur la salle, l'autre sur son verre.

Sauf Ulysse : il a ses deux yeux sur Nanette.

Elle avait tellement envie de la montrer, cette robe ! Elle était si souriante de la pendre, cette cape, à l'une des chevilles-patères plantées dans l'arc-boutant de la poutre ; d'apparaître dans son col blanc, cœur battant sous les vingt petits boutons que les hommes regardent !

— Vous êtes bien joliette.

— Je ne peux pas rester longtemps. A cause de bébé.

Les femmes sont rares. Quelques domestiques, cuisinières, venues de la place des Vosges, une servante du faubourg qui n'hésite pas, tant il fait chaud, à danser en brassière. Gorge abondante. Bras rebondis. Une payse, nul n'en peut douter.

Ulysse est avec Nanette. Sur le banc.

Monsieur Valat s'approche.

— *Crésé-tu qué n'io pas suffisamin de bravos filha cha nous ? O te fa uno estrangiero ?*

Ulysse veut répliquer.

On voit bien que l'oncle a l'argent. L'atelier. Tout.

— *La filho ò Frayssinet fa muso. Vaï l'invita, t'en preïje.*

Il s'en va.

— Que dit-il ? demande Nanette.

— Il me recommande de ne pas être en retard lundi. Il y a une commande à livrer le matin.

La traduction n'est pas tout à fait exacte : « Crois-tu qu'il n'y a pas assez de filles chez nous ? Tu as besoin d'une étrangère ? »

Le chef de la tribu avait ajouté : « La fille à Frayssinet fait tapisserie. Va l'inviter, je te prie. »

— Les *roses* ! annonce Bessonnat.

Nanette se décide.

Ulysse lui apprend les pas. Elle met fièrement les mains sur les hanches. Comme les autres. Elle lève la tête. Elle rit.

Le *tourniquet*, c'est encore plus facile. Et grisant.

— Je ne me suis jamais tant amusée, monsieur Ulysse !

— Je suis si content que vous soyez venue !

Le saladier repasse sur la table. On se sert à la louche.

— On ne paie plus le vin : on paie les musiciens ! Un sou la bourrée ! Passons la monnaie !

La bourrée pour un sou : voilà le vrai moyen de faire sortir la pièce de la poche auverpine !

Attention : allez voir si, à Clermont, le bal des étudiants danse la bourrée ! Si les notables de Rodez ne l'ont pas délaissée, déjà, avec les coiffes de leurs aïeules ! Aurillac, bal de la Préfecture : madame et monsieur Bourgeois pactisent avec la danse de salon comme, à Tafna, Abd el-Kader a pactisé avec Bugeaud !

La rue de Lappe n'est pas un salon.

— Un sou, deux sous le boudin aux châtaignes !

— Goûtez, c'est bon, les châtaignes ! dit Ulysse à Nanette.

— Un sou, deux sous le vin d'Auvergne !

Il fait la mousse rose et les lèvres violettes.

— Vous ne buvez pas !

Nanette essaie. Elle n'a pas l'habitude. C'est fort. Elle rit.

— La *montagnarde* !

Elle danse. Elle s'applique. Elle invente un pas !

— *Yi ! Fou ! Fou !*

Il y a une bousculade. Un mouvement vers la porte. Rien. Un jeune du faubourg, entré par hasard, a invité la fille de Bessonnat pour la contredanse. L'oncle, les cousins, les frères sont arrivés. Le jeunot n'a pas insisté.

Monsieur Valat en profite pour haranguer son neveu.

— Que dit-il ? demande Nanette lorsqu'il s'est éloigné.

Ulysse ne peut pourtant pas répéter :

— Si le père et les frères de ta Normande arrivaient, ils seraient en droit, eux aussi, de te taper dessus. Tu n'aurais rien à dire.

Une fille entre au bras d'un homme à cheveux blancs. Il y a des rires :

— *Visa la filho é soun paï!*

C'est fort une langue d'exil ! Cela vous met ensemble. Il est beau le pays vu de loin des disettes ! Il est gai vu d'un soir de vin rouge !

— *Vouleï pas minja ? Ni beüre ?*

— Bois, mange ! traduit Ulysse : sans ça, on va te remarquer.

Comme c'est utile une langue que ne parle pas l'autre ! Ils l'ont bien compris nos maîtres du pays qui ne nous ont pas appris le français ! Ils le comprennent bien ces ouvriers à vapeur qui, dans le côtoiement de la fabrique, chaque jour forgent l'argot ignoré de leurs chefs. Ils le comprennent ces détrousseurs de redingotes, ces brigands de venelles qui, pour s'entendre sans être entendus, inventent un sabir faisant verdir leur langue !

La langue ? Chacun veut la sienne. Pour jouer le double jeu. Et voilà que nous, les auverpins, marmiteux du royaume, dans la capitale nous sommes bilingues ! Une langue pour vous servir, mon prince ; une autre pour vous moquer ! Une pour, devant vous, nous taire ; une autre pour, entre nous, s'en consoler ! Une pour faire pitié ; deux pour faire fortune. C'est pour cela que nous venons. Serrons les rangs.

Nanette, seule dans la ville, sent la chaleur qui monte. Ils sont si frères, ces mangeurs de châtaignes ! Ces danseurs de bourrées qui commencent par « You ! You ! » en tapant du sabot et finissent par « Miladious ! » en s'épongeant le front !

— Puissampré, je boirais au cul d'un âne !

— Bois, Nanette. Tu ne bois rien !

Il est frère aussi, Ulysse. Il l'entraîne vers la bourrée et la soutient pour revenir.

La tête tourne un peu. L'aiguille aussi.

— J'attelle et je te raccompagne.

— Je...

— Tu ne vas pas rentrer à pied ! Il est trop tard.

Toutes les écuries ont la même odeur. La même chaleur.

Ulysse ouvre ses bras.

Nanette pose sa joue sur sa poitrine.

Il aimerait plus, peut-être.

La voiture est bâchée. Tant mieux.

Nanette dit :

— En Normandie, celui qui n'est pas du pays, on l'appelle un *horsain.*

— Dans le quartier, les juifs nous appellent des *goys.*

Il tient les guides d'une main.

— Serre-toi contre moi.

Il retient sa poitrine. Cela fait, sous la laine, un silence dans lequel son cœur bat.

Nanette murmure :

— On est bien.

Ulysse dit :

— Dans cette voiture, quand je faisais la chine, j'avais un lit. J'y passais mes nuits.

A la belle saison, bien sûr. Comme ce soir.

Les brandons, la paille en croix ou en manchons de fruitiers n'avaient laissé que cendres au vent de mars.

On ne brûle pas aussi facilement sa vie d'hier et de ce jour.

— Je marcherai, c'est sûr, pendant cent lieues, disait Angèle... mais... pensez-vous que l'on puisse porter Jérôme si longtemps ? L'exposer à la bise de mars, aux gelées des nuits et des petits matins ?

Quand on lui parlait de l'enfant, Sylvestre entendait un cabriolet s'éloignant dans la voix du docteur : « Tu es responsable, Chabrol ! »

Dans cette maison qui, chaque jour, leur offrait un peu de lard et quelques topinambours, des tourtous et du lait caillé, où trouveront-ils un liard pour payer la première auberge ? Comment régleront-ils, à Orléans, la voiture ? Qui mettra encore sa main au gousset pour des gens qui doivent au chien et au loup ? Qu'on ne reverra peut-être plus jamais dans le pays ? S'ils vendent la maie, la table, le lit pour se faire quelques sols, devront-ils laisser, faute de pouvoir les transporter, la cape du mariage, l'édredon gonflé de plumes, les draps et le *peyrol* dont ils pourraient avoir, à Paris, grand usage ?

— Les riches ne partent pas car ils n'en ont pas besoin. Les trop pauvres ne partent pas car ils n'en ont pas les moyens, soupirait Tiapadiou.

Il y avait du vrai ; deux trop pauvres étaient partis : les frères Bériat. On connaissait la suite.

Un colporteur arriva ; dans sa voiture à talons, comme on disait : portant sa bannette sur son dos.

Il proposa de larges mouchoirs jaunes.

— C'est un article pour les priseurs.

La grand-mère et Angèle ne voulaient ni fils en écheveaux ni laines à repriser ; encore moins des draps frappés. Il sortit ses articles de miracle féminin : les châles, les fichus, les colifichets...

Il finit par dire :

— Vous me prendrez un dé au moins pour marquer le passage... N'avez-vous vraiment besoin de rien ?

- Nous aurions, au contraire, besoin de tout ; mais plus encore de l'argent qui nous permettrait de vous acheter.

Il était épuisé. Par sa charge ; par les myriamètres, les refus, la déception.

La grand-mère mit devant lui une écuelle de soupe, un chanteau de pain noir, un fromage de chèvre.

Il offrit, d'une pièce de bronze, de payer ce festin. La grand-mère refusa ; au nom du pourdiaou qui, là-haut, bientôt lui serait compté :

— Mon homme est parti voici un an d'aujourd'hui.

Le porte-balle laissa, en reconnaissance, une image de Saint-Joseph. Il laissait aussi des nouvelles des campagnes où il faisait visite, de la ville où l'on apprend tant de choses.

Au matin, la laine blonde tombait au sol comme, pensait Sylvestre, les mèches de Nanette contre les deux sous du marchand de cheveux. Les brebis passaient une à une, rétives, se débattant jusqu'à la fin de leur martyre. Lorsqu'on les libérait, elles s'enfuyaient au plus vite, honteuses, elles aussi, de se retrouver nues.

— Si vous partez, vous pourrez laisser la tonte à Firmin Louvalleix. Il vous l'estimera bien, dit la grand-mère en enlevant la première balle.

C'était le moment.

Angèle parla du colporteur. A Limoges, dès qu'il arrive, le laboureur est engagé comme homme de four. La femme devient garnisseuse. Elle colle aux pots et aux tasses les anses de porcelaine.

— Cela fait deux salaires à la maison. Si l'épouse ne travaille pas, on a un salaire et un jardin fermier que je tiendrai à l'orée de la ville : nous pourrons vendre nos légumes sur le marché.

Sylvestre avait pâli. Il n'osait pas lever les yeux.

— Tu veux... que nous partions... pour Limoges ?

— A bien compter, ce n'est qu'à quinze lieues d'ici.

C'est une distance que la grand-mère pouvait couvrir. On pouvait même envisager d'emprunter, une fois encore mais ce serait la dernière, l'attelage de Célestin Bonnefoy. D'un coup on emporterait la maie, la table, les bancs, la chaise de nourrice, tous les pots et écuelles, le lit, les édredons, la couette, la grand-mère, Jérôme : on emporterait la famille et la propriété.

— Mais... nous n'avons pas de maison, Angèle. Personne ne nous attend !

— D'autres ont fait ainsi. Ils viennent, comme nous, de la Creuse et du Cantal. Ils rencontrent, avant la ville, le hameau Saint-Martial. Ils y trouvent des amis, des parents...

— Nous donneront-ils du travail ?

A Limoges, tout le monde trouve du travail ! Le porte-balle l'a bien assuré. La porcelaine se vend de plus en plus cher, de plus en plus loin. A tel point qu'un Américain s'installe. Il fonde, cette année même, une fabrique qui enverra ses services par-delà les océans.

Angèle était radieuse.

Sylvestre revoit la laine en flocons jaunes, en neige chaude.

Il entend sa colère, éclatant comme la colère d'un Tiapadiou ; les injures lancées au ciel, à la terre, à la famille qui ne comprenait rien et toujours l'empêcherait de profiter de sa chance ! Avait-il, oui ou non, un ouvrage à Paris ? N'avait-on pas besoin de cet argent pour rembourser les dettes ? Faudrait-il que toujours il soit, face aux Rabanesse, le bon-à-rien, le en-peine-que-faire, le *chimploreï* que Marcel ne cesse de moquer ?

Dans cette fureur qu'on entendait à la Chaumette et qui montait sans doute jusqu'à Bellesauve, lui parvint la voix calme de l'Angèle :

— Mais... vous ne m'avez pas comprise, Sylvestre... Je vais, cette année encore, faire tourner la ferme ; garder Jérôme. La mémé que j'aime et qui a tant de mérite m'aidera de son mieux. Vous, mon mari, vous allez, bien sûr, gagner ces écus qui nous seront utiles pour éteindre nos dettes et nous aider dans une nouvelle installation. Je dis seulement que, pendant votre absence, je ferai aller à Limoges mon jeune frère François. Il saura nous dire si quelque porcelainier a besoin de nous, si on nous réserve un emploi.

Il s'était senti, comme la brebis, mis à nu.

La grand-mère avait dans le regard une sorte de : « On t'a tondu ta laine, mon fils. »

Pendant quatre-vingt-dix lieues de bois et de chemins, de prés et de cavées, il n'avait cessé de penser à cela : son silence plein d'embarras ; l'envie de se cacher, lui aussi ; dans la bergerie ou dans la maison ; pour n'avoir plus, sur soi, les yeux des autres. Et les siens. Qui le découvraient plus que les autres ; son «J'irai la revoir juste pour lui expliquer» était une feintise : il voulait la prendre dans ses bras. L'avoir contre lui. Toujours. Et même sans penser au temps.

Depuis qu'il est à Paris, il ne veut connaître que le travail.

— C'est bien, dit Monteil, tu garnis comme un vieux compagnon. N'aie pas peur de bousculer ton garçon s'il ne sert pas assez vite.

Le chantier est rue Ollivier. Près de Notre-Dame-de-Lorette. Les finitions d'un immeuble. Les terrassements d'un autre.

Il a, devant les yeux, Jérôme qui a besoin de lui. Le courage d'Angèle. De la mère. Du père qui n'est pas au ciel puisqu'il n'y croyait pas mais qui le regarde sans doute depuis un sous-bois de châtaignes, un broussier où passe le lièvre et où, depuis toujours, il faisait la braconne.

Monteil les loge rue Brisemiche. Un immeuble bien affaibli. Avec un escalier hésitant. Des murs sans certitudes. Un peu obèses, perdant leurs derniers plâtras. Il y a, au rez-de-chaussée, deux couples de vieux. Eux, ils sont au premier, quatre par chambre. Une femme vient le soir leur tremper la soupe. Elle la fait dehors, sur un feu de bois.

Monteil peut-être s'y retrouve mieux. Il dit que les Maingontaud lui ont fait du tort.

Une fois, Sylvestre a osé demander :

— L'an dernier... n'avais-tu jamais rencontré... celle que tu sais ?

— Jamais.

Il aurait voulu insister.

Monteil l'avait devancé :

— Je crois qu'elle est rentrée dans son pays.

— Qui t'a dit ça ?

— Je ne sais plus. Il me semble l'avoir entendu.

Sylvestre s'en veut d'avoir parlé.

Cela fait trois mois qu'il est là. Il ne l'a pas cherchée. Il ne la cherchera pas. Il se connaît maintenant.

Pour aller au chantier, pour regagner Saint-Merri, on prend la rue Montmartre. Sylvestre passe vite devant la rue des Jeûneurs. En regardant de l'autre côté.

Son goujat, c'est le petit Montagné, de Saint-Yrieix. Il a quinze ans. Il est un peu *badabé* ; un peu badaud, comme disent les Parisiens. La ville l'effraie et l'émerveille.

— ... Le bruit surtout. Et les voitures. Il y en a trop. Mais c'est bien beau tant de boutiques de crème et de chocolat. Il y a de quoi s'engourmander !

« Pourquoi me chercherait-elle cette année chez les Maingontaud si l'an dernier elle n'y est pas venue ? N'empêche : si elle y venait, elle ne m'y trouverait pas... »

Les « pays » sont de francs compagnons. On vit bougre à bougre. Le soir, on mange la soupe en parlant des trumeaux montés dans l'après-midi, des aires de planchers à ourder le lendemain. On se couche entre quelque étai à dresser, un mur de pignon à moulurer. On s'endort en regardant, de loin, le retour. Entre Sainte-Catherine et Saint-Nicolas. Entre la femme et les parents :

— Alors, mon fils, avez-vous vu la reine ?... Et le roi ? Sont-ils bonnes gens ?

Pour réponse, le maçon sortira les écus qui feront pleurer son monde.

On a, au coin du boulevard Montmartre, monté une étrange colonne. Ronde. Trois mètres de haut, peut-être. Surmontée d'un petit toit.

— C'est pour coller des affiches, dit un monsieur bien renseigné.

Le petit Montagné revient sur ses pas.

— Je peux vous attendre, monsieur Chabrol, si vous le voulez.

— Non. Non. Je vous rattrape. Vous pouvez servir ma soupe.

Monsieur le préfet a pris la mesure pour empêcher la submersion. Quand, dans vingt ans, monsieur Morris aura l'idée de les réserver aux spectacles, les colonnes prendront son nom.

— On ne pouvait pas continuer à laisser afficher sur toutes les maisons !

— Il y a de plus en plus d'affiches mais il y a surtout de plus en plus de chômeurs : il faut leur donner du travail, voilà la vérité.

— Vous voulez dire des étrangers ! Je vous donne trois cerises si vous entendez un de ces messieurs les bâtisseurs parler français : ce ne sont qu'Italiens et Auvergnats !

Sylvestre a vite laissé les jacasseries. Il va dans la rue des Jeûneurs. Furtif. Fautif.

C'est juste pour voir.

Il arrive devant la maison.

— A cette heure-là, elle fait le service. Je ne risque pas de la rencontrer.

Il lève la tête vers son ancienne existence. Le noir est

partout le long de la corniche. Sur le mur et sur le toit. Un incendie !

Il y a eu des blessés, peut-être ? Des morts ?

Il faut qu'il sache. Pas maintenant, il n'a pas le temps.

Nanette était-elle là ? Monteil sait peut-être. Il n'a pas voulu le peiner. Ou alors, elle est rentrée en Normandie à la suite de l'accident.

C'est terrible de faire, pendant deux jours, des fondations montant comme les murs d'un caveau.

Adieu, les Savoyards, bonjour les Piémontais. Des enfants ont remplacé des enfants : les petits artistes descendent en trombe, exhibant l'un un violon, l'autre des grelots, un tambourin, un fifre, une harpe, un singe portant jaquette rouge et chapeau vert.

— *Presto ! Presto !* dit le papa, maître de cornemuse, en bousculant sa marmaille.

Au casino des courants d'air, le dimanche est le meilleur jour.

A l'heure de la messe, Sylvestre évitera les rencontres bourgeoises.

Il arrive au sixième. S'arrête. Hier taudis, l'étage est aujourd'hui décombres. Sur la droite, le plafond n'est qu'un trou. Une bâche a été placée sur les poutres brûlées pour faire, contre les intempéries, une parade sans conviction. On a rassemblé les gravois dans les angles morts, vers les tinettes, sur le palier. Les portes ont flambé. Dans la première ouverture, restent, risibles, trois pentures battant dans le vide.

Sylvestre va vers la gauche.

Cyprienne a entendu venir.

Dans la pénombre, elle ne le reconnaît pas tout de suite.

Elle est toute seule maintenant dans la chambre. Monsieur Wurmser est mort. Ses enfants doivent faire réparer. Ils ne se pressent pas. Après l'incendie, Amélie Lagueyte est partie avec Piédesclop. Il paraît qu'ils vont se marier. On aura tout vu à c't' heure! Les Bretons ne sont pas difficiles à trouver : toutes leurs cloisons sont tombées. Ça ne fait rien : ils restent. Avec des rats qui courent partout et des sabouleux qui n'ont rien à faire ici et y ronflent cependant toutes les nuits.

— Le vent buffe comme au coin d'un bois! Y mouille hardi... comme si on était dehors!

— Et... Nanette?

La Charentaise se retient un instant.

Ce qui la décide, c'est sans doute le besoin, dans son naufrage, de retrouver la terre simple d'une conversation.

— Elle me faisait tourner les sangs quand je la voyais bâiller de la goule devant un homme marié!

— Où est-elle allée?

Cyprienne sait seulement que la petite drôlesse avait mis le corset de la maîtresse, ce qui n'est pas une chose à faire quand on a du respect. Ça s'est passé dans la journée. Elle n'est jamais revenue. Même pour dire au revoir. On n'est pas des chiens pourtant! Ni même des bohémiens.

Est-elle sincère, la sinistrée? Ou veut-elle, une fois encore, le séparer de Nanette?

Il descend.

Cyprienne se penche au-dessus de l'escalier.

— Josèphe l'a vue, je sais.

Il est en haut.

— La grosse Josèphe, vous vous rappelez bien... Le ballon d'Alsace!

Le jour de l'incendie, Nanette était là.

— Le monde disant qu'on l'a bien vue ! Josèphe causait avec elle.

— Où est Josèphe ?

Il ne faut pas trop en demander.

— Elle a quitté d'ici, c' qui est sûr. Vous ne vouliez pas qu'elle reste comme les Bretons ? A l'œil nu !

Cyprienne ne sait rien d'autre.

— Ah, si !... La Nanette ne s'est pas mal débrouillée, à ce qu'il paraît : elle est nourrice à c't' heure !

Un homme, ça ne comprend pas vite ces choses.

Quand ça les comprend, ça n'ose pas aller jusqu'au bout.

Ça n'ose pas, même, les prononcer :

— Nourrice ?... Mais alors ?...

— Je répète ce que le monde disant !

Tout se bat dans la poitrine de Sylvestre. Nanette a eu un enfant ! Il l'a laissée seule. Lui, Sylvestre-Marcelin Chabrol a un enfant dont personne ne lui a jamais parlé. Garçon ? Fille ?

Il est au premier étage lorsque, du sixième, descend la voix de Cyprienne :

— La Josèphe, elle est laveuse au bateau !

Il hurle :

— Où, laveuse au bateau ? Où ?

C'est la dernière impuissance de la Charentaise :

— Va-t'en savoir ! Sur la Seine, il y en a plus de vingt bateaux-lavoirs à c't' heure !

Il les fera tous.

Le dimanche, les lavoirs sont muets.

Absents, les battoirs et les caquets.

On peut seulement suivre les quais, regarder où on les trouvera le lendemain.

Le lundi, les laveuses ne travaillent pas sur la rive. Vides, les bancs et les séchoirs.

Le mardi, Sylvestre court de Notre-Dame-de-Lorette jusqu'au Louvre.

Quelques femmes tapent encore, tordent, trempent, retordent le linge attendu sur le quai par un âne patient.

— Une Alsacienne?... Non, pas ici... Ou alors le matin!

Comment pourrait-il venir le matin?

Ce soir, par où commencer?

Il remonte vers le Châtelet.

A la Grève, les compagnons attendent. Ils sont venus pour ça. Certains cèdent au boniment d'un joueur de gobelets. Fermant les yeux, une pythonisse voit la fortune d'un terrassier établie avant la fin septembre; moment sans doute où elle sera partie. C'est deux sous.

— Il y a une Alsacienne au ponton de l'Arsenal, je crois, dit un repêcheur de bois.

Sylvestre court.

Sur le bateau, il ne reste que trois vieilles à gestes lents, celles qui font leur journée à la longue.

— J'ai connu une Alsacienne il y a bien des mois. On ne la voit plus.

— Comment était-elle?

— Qu'est-ce que tu veux dire par là?

— Grande? Grosse?

— Elle était comme tout le monde : à genoux.

Les deux autres ont arrêté leur battoir. Leurs flancs sautent sous leur robe mouillée.

— Alors, Chabrol ? Ta soupe est froide.

Sylvestre se couche sans parler.

Il travaille sans parler.

Il mange sans parler.

Il attend le soir.

Amarré près du quai de l'Horloge, ses quatre roues énormes tournant sagement au courant d'avril, le bateau-broyeur, sous ses volubilis, aujourd'hui broie du noir.

Dans la tiédeur du printemps, le quai des Grands-Augustins garde l'odeur de basse-cour de son marché aux volailles.

— Des Alsaciennes, j'en ai connu... Tu es sûr qu'elle savonne à la rivière ?

La fille explique que ces dames d'Alsace se croient les mains trop princesses pour faire les draps et les torchons. Il en trouvera trois ou quatre, peut-être plus, chez madame Riedmuller, blanchisseuse de fin rue de l'Ancienne-Comédie, près le restaurant Dagneau, troisième étage.

La buée envahit le couloir. L'eau mousseuse descend méthodiquement l'escalier. Au milieu de ses baquets, de ses fers à repasser, à relever, de ses fils tendus de jaconas et d'organdi, madame Riedmuller n'a point de Josèphe dans sa maison. Elle conseille d'aller vers la rue Mauconseil, à ce qu'on appelle le cloître Saint-Jacques : là est la Grève des blanchisseuses.

Il est trop tard maintenant.

— Dis-moi, Chabrol, aimes-tu vraiment la soupe froide ?

— Je vais la faire réchauffer.

— Le feu est éteint. La femme a dit que si elle devait

brûler son bois pour une soupe, elle ne s'y retrouverait pas.

A Notre-Dame-de-Lorette, le propriétaire n'a pas réglé la somme de fin de semaine. Monsieur Clavière a fait l'avance aux ouvriers. Il la fera une deuxième fois mais, si l'argent ne rentre pas, il fermera le chantier.

Sylvestre est allé rue Mauconseil, rue du Cygne, rue du Pèlerin-Saint-Jacques. On se demande comment des femmes qui passent leur vie à savonner peuvent être si sales. Elles vont de la rue à l'échoppe du marchand de vin. Sylvestre aussi.

— Je la connais, ta Josèphe !

La vieille a des mains écarlates. La trogne violette.

— Si je te le dis, qu'est-ce que ça me donne à moi ?

On traite pour un *gloria*. La femme le boit d'un trait.

Elle essaie d'en obtenir un autre.

Elle finit par dire que l'Alsacienne est au fond de Bercy, un jour à la Seine, après l'abreuvoir aux chevaux, un jour chez son maître, blanchisseur à Saint-Maur.

— Chabrol, je t'ai fait confiance. Je ne voudrais pas avoir à le regretter.

— Mon travail mérite reproche ?

— Tu maçonnes mieux même que je le pensais. C'est pour cela que je prends ton intérêt. Tu sais bien ce qui ne va pas.

Chaque soir, Sylvestre rentre après la nuit. Il n'a jamais parlé beaucoup : il ne dit plus rien. Il s'est présenté une fois au cours de Martin Nadaud : il n'y est plus revenu. Dimanche, les compagnons sont allés manger la gibelotte au hameau d'Austerlitz : dès le matin, il avait disparu. Ça n'est pas ainsi qu'il se fortifiera dans son métier ; ni dans l'estime et l'amitié dont chaque maçon a besoin.

— Ça ira mieux après, murmure Sylvestre.

— Après quoi ?

Il se tait.

— Dans tous les cas, je ne peux pas t'autoriser à partir une heure avant les autres. Un bon ouvrier ne demande pas des choses comme ça.

— Il faut que j'aille à Bercy. Sais-tu où est Bercy ? Pourquoi y aller si c'est pour y arriver quand les laveuses ont fini de travailler ?

— Quelles laveuses ? Ne peux-tu plus laver ton linge comme tout le monde ? Ou le donner plus près ? Qu'as-tu besoin d'aller à Bercy ?

Monteil s'emporte : lorsqu'il était au pays, Sylvestre-Marcelin Chabrol parlait de sa femme, de son fils ; il ne pense maintenant qu'à droguer dans les rues.

— Tu me rappelles Lavalade, un bon compain de Saunière, bon maçonnier aussi. Il a trouvé une femme et après une autre et bientôt, pour satisfaire son vice, il a disparu des échafauds.

Sylvestre ira à Bercy.

Il trouvera à Saint-Maur les chais du blanchisseur. En repos le dimanche, le cuvier lâchait encore des gouttes tristes, une odeur de crasse et de cendres. Des rigoles noires se formaient pour se perdre dans un jardin.

— Monsieur Frimbaud livre le linge à Paris le jeudi et le samedi.

Il le rencontrera, finira par voir Josèphe un matin à six heures. Avant le travail.

— J'ai vu Normandie, oui. Elle est nourrice, oui. Il faut qu'elle le reste ; dis-le-lui bien, toi qui es raisonnable. La nourrice, c'est le meilleur pour nous.

— Sais-tu où elle est ?

— Je le saurai sans doute car elle m'a promis de venir me voir au bateau. C'était il y a deux mois. Peut-être trois... ou cinq. Bercy, c'est loin. Peut-être elle ne viendra pas.

Le propriétaire de la rue Ollivier demande un délai.

Monsieur Clavière arrête les ouvriers du premier immeuble, le plus avancé : cela risque de hâter le paiement. Il les envoie à l'Observatoire avec un autre appareilleur. Il garde les limousinins du deuxième chantier mais, pour pouvoir payer un peu tout le monde, il propose de leur partager le travail.

Sylvestre se voit libre, déjà.

— Je peux m'arrêter, moi.

— Vous êtes cinq que j'ai pris à l'année. Je vous paie de toute façon. Tu ne crois pas que je vais vous lâcher ! s'exclame Monteil.

Sylvestre offre de rendre l'argent.

— Tu es comme Lavalade : tu deviens fou, je le vois bien ! Mais je ne le permettrai pas.

— Huit jours... Après, tout sera réglé.

— Qu'est-ce qui sera réglé ?

— ...

— Ecoute-moi, Chabrol : j'ai pris un engagement envers toi ; je le tiendrai, tu peux me faire confiance. Mais... j'ai passé les brandons chez toi. J'ai parlé à ta femme. Elle aussi me fait confiance. Je ne la trahirai pas.

Les brandons vont dans les yeux de Sylvestre. Brûlants aux larmes.

— Il y a une chose que tu ne comprends pas, Sylvestre-Marcelin Chabrol : c'est que si l'ouvrier veut obtenir le respect qu'on lui refuse, il doit montrer qu'il est plus respectable qu'on le croit. Ça n'est pas en courant les jupons que tu te feras respecter : c'est en travaillant toujours mieux, en pensant toujours plus à ta femme et à ton fils.

Les brandons continuent leur fête de Chandeleur. Leur danse sur la combe et sous les paupières. Deux enfants veulent tenir la torche. Aller vers la croix de paille qui flambe comme un soleil.

Sylvestre descend la rue Vivienne.

Au coin de la rue Neuve-Saint-Marc, il trouve la maison dont lui a parlé Josèphe.

Quel était cet homme qui avait parlé à Nanette ? Comment demander quelqu'un dont on ignore le nom ?

Il entre.

Les femmes ont des coiffes et des bébés.

L'une d'elles l'interpelle :

— Ho, le maçonnier ! Te faut-il une nourrice pour faire ton plâtre ?

Madame Marbaix a de la peine à le comprendre.

— Mon pauvre ami, des hommes il en rentre et il en sort chaque jour une bonne centaine ! Comment voulez-vous que je sache ?

Sylvestre a une idée : puisque c'est le marché des nourrices, c'est peut-être là que Nanette a trouvé sa position.

Il dit tout ce qu'il sait. L'âge. La coiffe. La robe. La couleur des cheveux. Il invente une histoire : le père très malade ; il doit prévenir...

Madame Marbaix consulte son registre : Anne Bécachet. Dix-sept ans.

Elle donne l'adresse.

Sylvestre reprend le boulevard, remonte la rue du Faubourg-Montmartre. Il passe devant son chantier, hésite à courir vers la barrière des Martyrs, choisit la rue Notre-Dame-de-Lorette.

Place Saint-Georges, un petit homme descend d'un fiacre.

— C'est monsieur Thiers ! dit un quidam.

Sylvestre regarde. Un passant ôte son chapeau. Monsieur Thiers lui rend son salut et rentre chez lui.

— Cela sert de soutenir les pachas ! dit une mauvaise langue en considérant la maison de l'ancien président.

Quelques rouliers font boire leurs chevaux à la fontaine. Le cocher les rejoint. De son fouet, il indique la rue Breda.

Sylvestre la prend. Tourne à droite. Le crottin le guide. De plus en plus fourni.

— Pour qui voulez-vous que je garde une nourrice ? Pour moi ? demande monsieur Cacheleux Aloÿs.

— Mais...

— J'embauche quand j'ai du travail. Un point, c'est tout. Elle est partie, votre endormie.

— Vous ne savez pas où elle est allée ?

— Vous ne pensez pas que je m'intéresse à mes domestiques quand ils m'ont quitté ! Ce n'est pas moi la bonne d'enfant !

Il a refermé sa porte.

Sylvestre est plus désespéré qu'il ne l'a jamais été.

Sa chance s'arrête sous cette voûte qui ressemble à un tunnel ; elle s'enfonce dans la cour avec ce fiacre rentrant des lourdes courses de la journée.

Accroupi devant le vasistas de l'entresol, monsieur Cacheleux Aloÿs hurle :

— Stacquet ! On ne sort pas sans lanterne ! Même dans la journée ! Cinq sous d'amende.

Rue Brisemiche, sa main va dans le vide.

Sylvestre se demande s'il est dans son rêve ou dans la

vie. Il monte. Il cherche encore. Ce sont pourtant les marches disloquées, penchant en tous sens.

— Faites attention, monsieur Chabrol !

Le petit Montagné l'attendait sur le palier.

— Quelqu'un a enlevé la rampe.

— Ils étaient deux hommes avec des outils et un cheval, dit la femme de la soupe.

Monteil est furieux :

— Passe de n'avoir plus qu'un volet sur deux si les autres sont tombés ! Passe qu'il manque des carreaux si le vitrier oublie de venir ! Mais va-t-on nous prendre aujourd'hui la rampe, demain les marches ?

Le petit Montagné suggère avec innocence qu'on voulait peut-être en mettre une autre.

— Une neuve sans doute ? ricane Monteil.

Il prend une décision :

— Demain, nous irons voir le propriétaire.

Son autorité n'est contestée par personne.

Il ajoute :

— Chabrol, tu viendras avec moi. Pour une fois, tu rentreras avec nous en sortant du chantier.

— Pourquoi moi ?

— Parce que tu es un homme solide. On peut compter sur toi.

Sylvestre ressent l'affront. Il ne proteste pas.

De toute façon, où irait-il ? Qui désormais pourrait le renseigner ?

Il ne sait qu'une chose : Nanette a un enfant. Elle est peut-être à Paris.

Cet enfant est à lui.

Il doit le retrouver.

Les vieux ne disent rien. Au rez-de-chaussée, on n'a pas besoin d'escalier.

— Monsieur Heumery n'habite plus ici.

Monteil ne peut pas croire.

— Mais... je l'ai vu... le 30 juin.

— Il est parti il y a trois semaines.

— Il va revenir...

La portière commence à se lasser :

— Ecoute, je t'ai dit ce que je sais : monsieur Heumery a déménagé. Il n'a pas laissé d'adresse.

C'est cela Paris : une porte se fermant.

Monteil répète qu'il a donné l'argent pour trois mois de location. Il devait revenir fin septembre pour payer encore trois mois. A qui va-t-il s'adresser maintenant ?

— Ne t'inquiète pas : il n'oubliera pas de se faire payer. Fin septembre, tu le verras paraître, estime Sylvestre.

— Les deux hommes sont revenus, dit la femme à la soupe : allez voir l'étage du haut. Vous verrez ce qu'ils ont fait.

Tout n'est que plâtras, gravois, décombres. Les portes et les fenêtres sont au milieu de la pièce, vitres cassées, planches déchirées.

— Ils ont pris les gonds et les serrures, toutes les charnières.

Les ouvertures sont des trous béants.

— Les hommes ont dit qu'ils avaient droit à tout le fer, au plomb, au cuivre s'il y en a. Les linteaux sont en fer.

Le lendemain, le gâchis est descendu d'un étage.

Chaque mur de refend comporte une porte. Les démolisseurs l'abattent comme les autres. Tout menace ruine. Les parquets plient sous le poids des gravois. Quelques planches ont cédé.

Les vieux disent :

— Heureusement que vous êtes là. Ils n'oseront pas nous faire de mal.

— Monsieur le commissaire est absent, répondait l'agent.

— Il faut venir.

— Crois-tu que nous avons le temps de nous occuper de tes histoires de loyer?

Sans qu'on s'y attende, Monteil se mit à hurler.

Les agents bondirent, voulant s'emparer de lui. Sylvestre pensa que Monteil allait se défendre, frapper. Il se contentait de se maintenir droit, lourd comme un pilier de cathédrale, gueulant de toute la puissance de son poitrail ouvert.

Le commissaire parut :

— Je ne sais pas où est monsieur Heumery et même j'aimerais bien le savoir. Ce qui est sûr c'est que la maison de la rue Brisemiche est vendue.

— Vendue?... A qui?

On ne savait pas. On le saurait bientôt.

— Mais... et nous?

Le commissaire était évasif.

Sylvestre retrouva la force des mots terriens :

— Vous devez nous faire notre droit.

Le commissaire se tourna vers un sergent.

— Oblet, vous irez voir ça.

Oblet ne vint pas.

Les ferrailleurs revinrent.

— Nous devrions partir, dit le père Gaty.

— Crois-tu que je vais perdre mon argent? Nous devons rester, au contraire.

Rue Ollivier, le client avait réglé son retard. monsieur Clavière avait fait reprendre tout son monde. Il demandait de rattraper le temps perdu. Il n'était pas question de s'absenter.

Monteil souffle dans sa corne. Compagnons et goujats sautent des échafauds. Les jeunes partent en courant. Les autres forment un lourd troupeau qui, à coups de souliers épais, de sabots démesurés, descendent du faubourg.

Les chambres semblent dormir sous une neige sale. Les lits, les couvertures, les poêlons, les bassines, toutes les caisses et tous les vêtements ont reçu leur épaisseur de poussière, des détritus de charbon, de bois vermoulu.

Sur la paillasse de Sylvestre, un tas s'est formé, venu de planches disjointes. De temps à autre, tombe encore un souffle de chaux. Comme un dernier éternuement.

Sylvestre a mis sa blouse propre, son chapeau noir, ce pantalon de droguet qu'il ne parvient pas à assouplir.

Il descend à pas de loup.

— Je t'attendais.

Monteil est au bas de l'escalier.

— Nous revenons au commissariat.

— J'y suis déjà allé.

— Justement. Il faut que ça soit les mêmes qui y reviennent.

Depuis toujours, Sylvestre obéit au soleil, à la pluie qui

se font attendre, au blé noir qui vient à son heure, au gel, à la grêle qui frappent les récoltés d'interdit.

— Vous ne pensez pas que monsieur le commissaire va venir un dimanche ?

— Il m'avait promis une enquête.

Le sergent ne lève pas la tête.

— On n'a pas eu le temps, faut croire.

— Que ferons-nous si on démolit notre maison ?

— Vous en trouverez une autre.

Dans des moments comme ça, quand Monteil respire c'est comme s'il prenait son élan.

Sylvestre pense : il va se mettre à hurler comme l'autre fois.

Monteil lève son poing. Le plus haut possible.

Il l'abat. Le plus fort possible.

Le poing rebondit sur le bureau. Sous le nez du sergent.

On n'ose pas dire que le sergent a eu peur ; cela n'entre pas dans les attributions de sa tâche : il est devenu pâle.

Monteil ne lui laisse pas le temps de parler.

— J'ai payé un loyer pour mes compagnons et moi. Je suis un ouvrier français...

— Tu as ton livret ?

Il l'a. Il le montre.

— Et toi ?

Pour lire, le sergent prend son temps. Il a envie, croit-on, de soulever chaque mot pour voir si, dessous, il n'y a pas une faille. On pourrait passer par là.

Sylvestre s'entend dire :

— Nous travaillons chez monsieur Thiers.

Ça sert, les rencontres.

Le sergent Oblet rentre d'une ronde.

— Le lendemain de votre visite, monsieur Piéjus est venu nous voir...

Il attend l'effet produit.

Il obtient un :

— Qui est-ce ?

Cela le met en joie :

— Vous ne le connaissez pas ? Vous êtes pourtant installés chez lui : monsieur Piéjus est le nouveau propriétaire.

— Vous aviez promis de venir...

— Nous viendrons. Rassure-toi. Tu n'es pas dans ta brousse ici ! A Paris, on ne s'installe pas chez les gens sans payer un loyer.

— J'ai payé !

— Ce n'est pas ce que dit monsieur Piéjus. Il dit même qu'il ne t'a jamais vu !

Monteil exhibe son reçu.

— Ça n'est pas signé Piéjus !

Monteil frappe le bureau.

— Vous devez nous défendre !

Le sergent Oblet n'est pas aussi influençable que son collègue. Il s'approche à pas lourds.

— Ecoute, mangeur de châtaignes...

Le collègue susurre :

— Il travaille chez monsieur Thiers.

Le sergent Oblet est vaincu :

— Naturellement !

Le ton, c'est : la canaille avec la canaille. L'étranger avec le souteneur de l'étranger !

Le regard dit le mépris de toutes les polices du monde pour tous les révolutionnaires de tous les temps.

Il ordonne :

— Fous le camp !... D'ici et de là-bas ! Parce que je te

préviens : puisque tu veux notre visite, si ce monsieur Piéjus vient nous chercher, tu l'auras, tu peux y compter !

Monteil n'insiste plus.

Lorsqu'ils ont disparu, le collègue reprend son travail. Il n'y a rien d'autre à faire et Oblet a bien fait de se retenir.

— Avec ces gens-là, c'est encore toi qui aurais eu tort !

— Pourquoi as-tu dit que nous travaillions chez monsieur Thiers ?

— Pour pas qu'il te frappe.

— Il se serait mis dans son tort. Tu aurais témoigné.

Sylvestre admire Monteil et, en même temps, s'agace de le voir si crédule. Des lois, de l'avenir, de la justice et autres mots invérifiables.

— Je n'aime pas les menteries, Chabrol ! Quand on les découvre, ça nous fait du tort.

Les maçons passent l'après-midi à rôder autour de leur tanière. A surveiller le vide. A guetter un mouvement du dimanche immobile. Si les destructeurs arrivaient, ils les trouveraient liés par le même mortier.

Sauf le petit Montagné. Bien sûr, il est avec tout le monde mais peut-être ne voit-il pas sa courte taille dans un affrontement. Les propriétaires, les sergents sont des gens qui font peur.

Vers 5 heures, il a repéré une baraque en planches dans une cour, rue Taillepain. On pourrait s'y...

Le « Non ! » de Monteil a résonné sur Saint-Merri.

Sylvestre suggère d'aller voir chez Maingontaud. Il a peut-être de la pl...

Le « Non ! » ébranle les taudis voisins.

Sylvestre se lève.

— Reste ici ! ordonne Monteil.

La femme de soupe arrive pour allumer son feu.

Le petit Montagné lui porte du bois. Il le portait à sa mère quand elle faisait la buée ou quand on tuait le cochon.

Sylvestre regarde ailleurs. Vers la rue.

On ne fait plus attention à lui.

On a des caisses, un vieux tonneau, des planches. On fait des bancs, la table pour le repas du soir.

Il est parti.

A cette heure-là, le dimanche, les filles n'ont pas le temps de descendre. Elles attendent dans leur chambre.

Les hommes attendent sur la chaussée. En ligne pour les premiers. Les autres par petits groupes.

Ils ont des conversations familiales. Des tranquillités de champ de foire :

— *Té ! Keissi moun amic Bounat ! Té sei tourna ol païs ?*

— *Gastoun ! Qué te qui sei aqui ?*

Une maîtresse femme canalise les patients.

Elle a passé fleur, comme on dit chez nous.

— A qui le tour ?

Sylvestre suit son chemin bordé de *miladious*, de *opé*, de *Quo veï quo la santat ?*

Il arrive rue de la Mortellerie.

— Pour avoir des places chez Maingontaud, ce n'est pas fin juillet qu'il faut venir.

Il explique que, maintenant, il est logé par Monteil.

— Un fameux rapiat, ton patron. Il voulait un prix parce qu'il m'amène vingt maçons. Qu'est-ce que ça me fait à moi ? J'ai toujours trop de monde !... Vous êtes bien où vous êtes ?

Sylvestre préfère demander :

— Personne n'est venu pour moi ?

La tenancière lève une trappe.

— Maingontaud ? Personne n'est venu pour le Chabrol ?

La cave n'a vu personne.

Sauf il y a longtemps, bien sûr.

— Il y a longtemps ?

L'an dernier. Une fille l'avait demandé. La mère Maingontaud l'avait renvoyée mais elle était revenue.

Sylvestre tremble :

— Qu'est-ce... qu'elle avait dit ?

— A moi rien, je te répète : je l'avais expédiée. Mais demande à ton Monteil. Lui, il lui avait parlé. Plusieurs fois même. La dernière, elle avait son marmot sur les bras.

Sylvestre est une tornade en sabots. Il frappe la terre et les pavés, le bitume, le sol désassorti, sa vie défaite. Il monte des trottoirs, descend des marches, saute sur un terre-plein, sur ses ennemis, sur Paris qui l'a étranglé et veut encore le battre.

— Hé ! Attention, moricaud !

— Il vous renverserait plutôt !

— Malappris !

Il est sourd. Il court. Il est l'insulte. Qui va jaillir. Il est la colère. Toujours enfouie. La colère de l'avoir toujours enfouie. Il est arrivé :

— Monteil ! Salaud !

La soupe s'arrête au-dessus des écuelles.

Rien ne peut arrêter l'indignation de Sylvestre-Marcelin Chabrol :

— Tu n'aimes pas les menteries ! Et tu me mens depuis un an ! Salaud, Monteil !

Il prend les compagnons à témoin :

— Depuis un an, il sait que j'ai un enfant et il ne me l'a jamais dit !

L'annonce fait sensation.

Sylvestre en profite : pendant deux mois, Monteil l'a laissé fouiller Paris ! Sur les quais, à Bercy, à Saint-Maur ! Pendant deux mois, il a fait semblant de le croire coureur de jupons alors qu'il savait ce qu'il cherchait ! Ce soir, hier, chaque fois que Sylvestre voulait sortir, il essayait de l'en empêcher... pour qu'il ne retrouve jamais son fils !

— C'est une fille, Chabrol !

Le mot de Monteil a cinglé comme une lanière. Sylvestre reçoit le sang à son visage. Il a envie de frapper à son tour. Et aussi de pleurer.

— Il sait que j'ai une fille et je ne sais rien ! Rien !... Tu aurais pu me dire au moins...

Monteil affronte. Lui aussi veut prendre à témoin : le compagnon Chabrol ne dit pas qu'il a une femme, un enfant, une mère à soutenir. Voici deux années, il est venu à Paris. Connaît-on le résultat de cette campagne ? Il est rentré sans un sol. Pourquoi ? Parce que, au lieu de réserver ses efforts à la pierre et à la chaux, il a passé son temps avec une béguineuse comme on en voit dans toutes les rues de Paris !

Sylvestre se contient.

Les autres ne parlent pas. On sent seulement, selon les mots, des consciences prêtes à chavirer. Vers le plus simple.

Monteil veut s'affermir :

— Oui, je l'ai vue, ta gisquette, Chabrol ! Elle est venue te chercher, tu peux le dire, et moi je te le dis comme je le pense : une dégrafée qui, à son âge, vient relancer un homme marié n'est pas une fille comme il faut. Elles ne sont pas comme ça, les filles de chez nous !

Sylvestre hurle :

— Tu devais me dire que j'avais un enfant !

— Je dois même te le rappeler, Sylvestre-Marcelin Chabrol : tu as un garçon, je le connais. Il s'appelle Jérôme et porte ton nom.

— Tu devais...

— L'autre, je ne la connais pas. Je ne sais pas si elle est de toi. Toi non plus. C'est une bâtarde !

C'est le poing de la haine. De la violence que rien n'arrêtera. Les deux hommes roulent dans la poussière des démolitions. Les autres, partagés, s'unissent pour les séparer.

— *Laisso ! Laisso-lou !*

— *Arresta ! Arresta !*

— *Oseï pas malaüdo ? Dau paÿs !*

On se bouscule.

On prend des coups. Les agités parlent raison. Des bras solides finissent par écarter les assaillants.

Ils les tiennent. Les calment.

On se regarde.

On reprend son souffle. Ses pensées.

Le compagnon Monteil a l'estime de tous ; il procure du travail ; organise le gîte et le couvert ; il a été frappé : Sylvestre ne peut plus trouver beaucoup de soutien.

Il pense : au village, je ne me suis jamais battu. A Paris, cela fait deux fois. Trois si l'on compte le maraudeur de jardin, le dimanche avec Nanette...

Dessagne s'approche de lui.

Avec son large mouchoir, il tamponne, sous la pommette, une petite blessure.

— C'est fini maintenant, Sylvestre. Tu as bien fait de parler.

Pour Monteil, il ne pouvait pas y avoir plus cruelle défection.

— Tu te mets contre moi maintenant, l'ancien ?

Continuant ses petits soins, Dessagne se contente de répondre :

— Ce n'est pas moi qui me mets avec les bâtards, compagnon. C'est la vie. Je ne me suis jamais connu de père.

On écoute Dessagne quand il parle le soir. On l'écoute sur le chantier. On admire sa maîtrise.

Monteil le sait.

— J'ai menti à Chabrol, c'est vrai. Je l'ai fait pour son bien...

— Mène ton existence, compagnon. Laisse Chabrol mener la sienne.

— Une existence dépend de l'existence de tous. Une réputation dépend de la conduite de tous. Tu peux bien, Dessagne, être bon ouvrier : où trouveras-tu du travail si le bourgeois ferme sa porte à ta corporation ?

Dessagne va s'accrocher.

Monteil n'en est plus là : il a toujours voulu l'union des ouvriers. Il ne veut pas que cette affaire détruise la coterie.

On fait effort.

On est du même pays. Du même bâtiment. On est venus à Paris pour les mêmes raisons.

La paix revient. Elle a l'accent de la Creuse. Le parfum retrouvé d'une veillée au cantou.

Monteil conclut :

— Demain, nous resterons quatre pour attendre les démolisseurs. Nous irons au chantier après. Chabrol, tu resteras. Nous parlerons tous les deux.

Ils se sont habillés dans le silence de l'inquiétude. Les uns pensaient : « Il faut se défendre. » D'autres disaient : « A quoi bon ? »

On avait vu les deux frères Gaty cacher des barres sous l'escalier.

Leur père dit :

— Je resterai avec Dessagne.

Les jeunes en étaient mortifiés.

— Les meilleurs ouvriers abandonnent le chantier ! Vous l'avez dit à monsieur Clavière ?

— Les meilleurs ouvriers rattraperont leur retard. Monsieur Clavière le sait. Allez ! Nous n'avons pas besoin de vous.

Ils partirent en maugréant.

En bas, les vieux demandaient ce qui allait se passer. Ils sortaient. Ils rentraient. L'un des couples avait préparé son baluchon. En cas.

L'autre disait :

— Nous avons toujours habité ici.

La femme avait une voix fragile :

— C'est notre maison, vous comprenez ?

Le temps était beau.

L'aube bientôt blanchirait la Courtille, la butte Chaumont.

Monteil entraîna Sylvestre. Il était toujours dans ses certitudes :

— Vois-tu, Chabrol, je suis comme toi et comme notre pays où la religion est presque aussi pauvre que le sol chargé de nous nourrir : je ne crois guère aux histoires de Bon Dieu. Même, plus j'avance dans le travail de la pierre où l'ouvrier transpire en plein hiver sur l'hôtel qui, l'été, maintiendra nos seigneurs au frais, plus je me demande si le « Tu gagneras ton pain à la sueur de ton front » n'a pas été inventé par un évêque qui n'a pas dû souvent tremper sa soutane. Pourtant, je te le dis : lorsque j'ai entendu un soir l'avocat Cabet nous dire que nous étions, nous ses amis ouvriers, les disciples et les continuateurs de Jésus-Christ, j'ai senti en moi une force que je ne me connaissais pas. Il n'y a pas de paradis : ce soir-là, j'ai gagné la volonté de le construire. Je voudrais que tu la gagnes aussi.

Sylvestre pensait : « J'ai besoin de savoir où est Nanette. »

Les grelots, les roues épaisses sautant dans les trous amenèrent tout le monde dehors.

— Où allez-vous ? demanda Monteil.

— Nous prenons le fer et le cuivre.

— Nous habitons ici.

— Ça n'est pas notre affaire.

Les hommes descendaient de leur char.

Ils prenaient leur temps. Hésitant sans doute sur l'attitude à tenir.

L'un d'eux s'avança.

— Nous, on ne veut de mal à personne...

Sylvestre cria :

— Valat !

On n'y voyait guère dans le petit matin.

— Tu me connais ?

— Pas si mal ! répondit Sylvestre. Je ne te connaissais pas si mal. C'est toi, Ulysse Valat, qui cherches des ennuis au pauvre monde !

Le ferrailleur avait reconnu son ami.

— Comment aurais-je su que tu logeais ici ? Je te croyais resté dans ta Creuse !

— Moi ou un autre qu'importe ? Tu vois un logement de marmiteux : tu entres avec ta masse !

Ulysse conservait son habituel sourire : on lui donne un travail, il l'exécute.

— On t'a dit de me tuer? De tuer ces pauvres vieux qui, si tu les chasses, ne sauront plus où aller?

Une fois encore, Monteil voyait arriver une dispute entre ouvriers. Il intervint.

Un compagnon d'Ulysse ricana. Un gros. Un peu dogue. Un peu rogue.

— Les Creusois sont ouvriers! Les Auvergnats ont plus de fierté!

— Ils préfèrent tendre la main au pourboire de la baignoire ou du sac de charbon!

— Les Auvergnats sont libres. On ne détruit pas leur maison!

— Les Auvergnats détruisent. Les Creusois bâtissent!

Les ferrailleurs s'approchaient, leurs outils à la main. Ils donnaient l'impression de vouloir s'en servir.

Les maçons ne bougeaient pas. Ils pensaient aux barres sous l'escalier.

Derrière eux, les deux vieilles murmuraient :

— Seigneur Dieu! Comment cela va-t-il finir? Arrêtez-vous plutôt. Cédez-le parler.

L'une d'elles rentra chez elle. Pressée de mettre à l'abri son existence. Son seul bien.

Un mot revint à la mémoire de Sylvestre.

— Ulysse Valat, tu me croyais resté dans la Creuse, dis-tu? On te l'avait dit, alors?

Ulysse hésita.

— Qui?

A son habitude, il se mit à rire :

— Tu dois le savoir, non?

Sylvestre bondit.

— Tu l'as revue! Toi aussi, tu savais! Toi aussi, tu m'as menti! Pourquoi ne m'as-tu pas prévenu?

Il avait accroché Ulysse. Il le secouait. L'autre avait beau répéter :

— Mais quoi te dire? Où? Puisque je ne te savais pas là!

Sylvestre serrait sa blouse sous le menton. Si fort que la victime avait pâli.

— Où est-elle? Où? gueulait Sylvestre.

— Mais... je ne sais pas. Elle n'est plus chez son cabinet de lecture?

Les Auvergnats décidèrent que l'affaire avait assez duré...

— Quel cabinet de lecture?

... Ils empoignèrent Sylvestre qu'ils allaient peut-être assommer lorsque l'un d'eux, le plus hargneux, leva la tête et poussa un grand cri.

— Attention!

Monteil et les deux compagnons n'eurent que le temps de se sortir : au quatrième, quelques moellons s'étaient détachés, bientôt suivis par une énorme pierre de chambranle. Elle tomba sur son arête et, avec un floc énorme, se ficha dans la terre.

Les vieux s'échappaient de leur mieux.

— Attention!

Là-haut, c'était le désastre : un pan de mur partait dans le vide. Il y avait un craquement. Le toit s'affaissait. Les pierres écrasaient les parquets. Aussitôt, dans un vacarme énorme, tout l'immeuble croulait, ne laissant, dans un nuage de poussière, que quelques murs déchirés, ressemblant à des arbres morts.

— Ma femme!... Ma femme! disait le vieux.

On dut le soutenir.

Monteil, Dessagne, Ulysse, Creusois, Auvergnats, tout le monde était au travail.

— Ma femme! Sauvez-la!

Ils s'y employaient.

— Vous êtes Sylvestre. Je vous connais ! Elle m'a si souvent parlé de vous !

Madame Fortin le fait entrer.

C'est si beau, un roman d'amour ! Vécu à la barbe des convenances.

Assis sur le bord d'un fauteuil, Sylvestre écoute cette dame qui lui parle de la femme condamnée par les mœurs ; de notre corps qui, comme nos pensées et nos sentiments, appartient à chacun de nous ; de George Sand dont il a entendu le nom lorsque, avec les compagnons, il venait à Paris ; passant devant un château sous les verdures, quelqu'un avait dit :

— C'est la maison de George Sand.

Monteil avait fait un discours : la plume de l'écrivain défend la blouse de l'ouvrier.

Berthe Fortin approuve avec chaleur.

Elle a, elle-même, souvent parlé de George Sand à Nanette. C'est par ses romans, si proches de la vie, que Nanette a appris à lire.

Berthe Fortin est radieuse : tout le monde, un jour, saura la grammaire et le calcul, l'Histoire, les Belles-Lettres.

Nanette n'en est pas là mais, capable désormais de faire la lecture, elle n'aura pas de mal à trouver une position avantageuse. Elle a su, ici, gagner l'affection de tous.

Madame Fortin le dit en rosissant : elle est sûre que Nanette rendait cette affection. Encore que, depuis son départ, elle n'ait jamais donné de ses nouvelles.

— Je suppose que vous êtes venu m'en donner ?

Sylvestre ne comprend pas.

Berthe Fortin non plus.

— Elle est bien venue vous rejoindre ?

— ... Me rejoindre ?... Où ? Quand est-elle partie ? Pourquoi ?

Les choses sont simples : Nanette n'a jamais eu beaucoup de lait. En lui donnant des lentilles, quelques verres de bière, le docteur garantissait pourtant qu'elle conduirait bébé jusqu'au sevrage. Or, en mai, tout s'était arrêté. Le docteur en avait vite trouvé la raison : Nanette était enceinte.

L'immeuble s'abattant avec fracas sur la rue Brisemiche n'a pas fait, chez Sylvestre, un choc plus grand que celui-là.

— Elle a beaucoup pleuré. Elle répétait sans cesse : « Je voulais rester avec vous, madame. Avec Monsieur. Vous avez tant de bonté. » Nous aussi, nous avions de la peine. Mais... que voulez-vous : nous ne pouvions pas garder une nourrice qui n'avait pas de lait.

Sylvestre tourne son chapeau dans ses mains. Il regarde la fenêtre. On voit la rue.

— Sachant lire, bientôt elle saura écrire. Ce sera, pour elle, un atout inappréciable. Cela m'a dicté mon devoir : j'apprends son alphabet à la nouvelle nounou... Entre nous, elle n'est pas si douée que votre Nanette...

Quelques ouvriers sont assis sur un banc, le dos appuyé à la boutique du perruquier-coiffeur. Deux femmes tricotent. Des enfants de tous âges sautent sur un tas de pavés. Tombent. Repartent. Là-bas, quand on est gosse, on met une paille dans le derrière du hanneton. Il vole avec ça. Jérôme s'amusera. Angèle a dû rentrer la moisson.

Nanette a couché avec un autre.

— L'autre ne comptait pas. Il est venu trois fois. Nanette ne voulait pas le voir. J'ai dû le chasser.

Nanette avait une douceur décidée. Berthe Fortin l'avait découvert peu à peu.

— Nous avons bien pleuré en nous séparant. Pour nous consoler, elle disait : « Je vais retrouver Sylvestre. Je serai heureuse. » Nous répondions : « Vous serez dame de compagnie, marchande de librairie peut-être. » Je pensais : Ils vont, tous les deux, vivre leur amour.

L'amour ! Voilà un mot que je n'ai jamais employé. « Je t'aime », voilà deux mots que je n'ai jamais prononcés.

Pourquoi apprendre des mots qui ne sont pas pour nous ?

Au pays, quand on s'accorde, on dit :

— Pensez-vous que nous trouverons un bordiérage ?

— Les parents nous donneront la table et la maie. Six chemises, la cape, le *peyrol*. Douze mouchoirs

La maman jugeait bien les choses :

— L'avoir de l'Angèle ne compte pas, tellement ils sont nombreux à la maison, mais c'est une femme qui ne te fera pas d'écarts.

— Elle est bonne couturière, vaillante pour la lessive, ajoutait la marraine venue de Périorière.

Le père aussi voyait juste :

— Elle tourne la terre et sait mener les bœufs.

L'amour ?

Dans Paris qui chaque jour brisait ses espérances, Nanette était une douceur. Qu'elle donnait. Dont elle avait besoin. Il s'était habitué à ce soutien. Qu'il lui apportait. Cela les changeait tellement d'être deux! Au lieu d'être seul dans une chambre à huit. A trois. Une cuisine à l'étroit. Porteur d'eau sans parler. Douze heures à bâtir. Le reste à marcher, à manger, à dormir. Un Paris sans Paris.

L'amour?

Elle l'a donné ailleurs. Est-ce possible?

Monteil lui avait dit sans doute qu'il ne reviendrait pas. Ne le disait-il pas, lui aussi? Dans sa combe et sous le chaume? Alors qu'il ne pensait qu'à son retour. Pendant la messe de minuit. Portant le bois à Bourganeuf...

Pourquoi a-t-elle dit qu'elle allait me rejoindre? La honte l'a prise.

Elle est peut-être en Normandie? Avec lui. Ou alors, ils sont dans Paris. Tous les deux.

Sylvestre use ses dimanches à Grenelle, à Vincennes. Ses semaines font un mur. Aveugle. Monteil a eu du mal à trouver une location. Les propriétaires les examinaient en silence et finissaient par dire : « Nous n'avons rien pour vous. »

Le soir, il n'entend pas ce que disent les compagnons.

L'amour?

Personne n'en parle

Voilà un mot que je n'ai jamais employé... « Je t'aime », voilà deux mots que je n'ai jamais prononcés...

Pourquoi apprendre des mots qui ne sont pas pour nous?

Les romans de madame George Sand, c'est comme les contes de Jean Leroy, le soir, dans la chaumière

L'amour, c'est le fantôme : grand la nuit; le jour, il n'est plus là.

Nanette est comme Indiana dans son île. Baignée par la lassitude. Voulant croire encore. C'était si beau ce que lisait Madame !

Au pays, quand on s'accorde, on dit .

— Pensez-vous que nous trouverons une faisance valoir ?

— Mon père baillera le chartil et son cheval. Quelques meubles meublant.

Son père à elle avait dit :

— Un qui-a-de-quoi ne prendra point la vache et le veau !

Jamais elle ne reviendra. Quand Marceline aura grandi, elle la fera venir.

Ignorant les saltimbanques et le marchand d'encens, entre ses larmes elle répète : « Je voulais rester avec vous, madame. Avec Monsieur. »

Elle est passée ici avec Sylvestre. C'était un dimanche. Les guinguettes chantaient. Il y avait, ce jour-là, une barque à musique.

A l'abreuvoir, un haleur fait boire ses chevaux. L'un d'eux se couche, désirant, semble-t-il, laver son échine. Il se frotte avec frénésie, sabots battant l'air, entouré de jeux d'eau, de gerbes d'argent.

Josèphe se retourne. En joie. Elle quitte la boîte dans laquelle elle était agenouillée. A Montmirel, on appelle ça le *carrosse*. Y fait-on de si beaux voyages ?

— Normandie, *mein Gott* ! Tu es venue ! Je suis contente ! Il te cherche, *mein Gott* ! Il te cherche !

Elle raconte. Fait asseoir Nanette qui en a bien besoin.

Il est à Paris. Elle l'a vu un matin, revenu de son pays et bien malheureux de ne plus la retrouver.

— Ah, Normandie ! Tu es la nourrice et tu as le mari ! C'est le meilleur pour toi !

Nanette pleure.

L'Alsacienne veut la consoler à l'Abreuvoir des cochers. Nanette résiste. Fortement. Elle n'est plus nourrice. La grossesse coupe le lait. Elle ne le savait pas.

— N'aie pas de larmes, Normandie. Ton lait t'a quittée mais, avec le nouveau bébé, tu vas en avoir d'autre !

Nanette n'est pas sûre. Elle a travaillé trois mois à l'émoulage. C'est très mauvais pour l'enfant.

— Tu n'auras peut-être pas le bébé mais tu auras le lait. Et le Sylvestre. C'est le meilleur, Normandie.

Nanette espérait que Josèphe la ferait engager avec les lessivières.

L'autre ne veut pas en entendre parler. Le battoir, l'eau froide, le ventre plié tout ça non plus n'est pas bon pour l'enfant :

— C'est bien assez de moi. Et des autres ! Il t'attend, Normandie ! Sois la nourrice et bien tranquille. C'est le meilleur pour nous.

Des juifs vont sous barbe noire. Leur chapeau furtif leur donne toujours l'air de partir pour la synagogue.

Après avoir bien demandé son chemin, Nanette arrive rue Brisemiche. Epuisée.

Des enfants mettent en tas des pierres plus grosses qu'eux.

— Nous aurons un sou.

— J'ai trouvé un tuyau de pipe.

— Il y avait la Roquentine qui était dessous aussi.

— Ils l'ont portée à la morgue.

Nanette, encore, s'est assise. Elle a mal.

— La Roquentine, c'était une vieille avec des sabots.

— Elle avait la tête fendue.

— Ses sabots n'étaient pas cassés.

Une blouse a été prise par les éboulis. Entre deux moellons, la manche dépasse. Comme un appel sans force.

— Vous ne savez pas où ils sont partis ?

— Les soupes-aux-choux ? Non. On ne sait pas.

Elle aimerait tellement revoir Sylvestre !

Elle le craint aussi.

Que dira-t-il en la voyant ainsi ?

Et elle, que dira-t-elle ?

Elle a eu tort d'écouter Josèphe. Elle avait fini par croire qu'il l'attendait. Avec l'enfant.

Elle ne peut pas repartir pourtant ! C'est tellement loin, Bercy ! Quand on est tellement fatiguée.

Elle ne sait plus où aller.

Sylvestre a fouillé les rues vides, sa mémoire, Grenelle, Vincennes, les quais désespérés : sur le chantier, il n'a pas manqué un jour ; pas une minute.

Par bonne camaraderie, il n'a pas déchafaudé les autres compagnons — il n'a pas fait monter son échafaud plus vite qu'eux — mais c'est toujours lui qui, le premier, a arasé son faîte.

— Tu peux être fier de toi, Chabrol.

Monteil souffle dans sa corne.

Les maçons s'en vont. Pas tous. Ce soir, Dessagne ne partira pas avant d'avoir fini. On le sait.

On regarde.

C'est une voûte aux vingt corniches, aux cent losanges. Délaissant le calibre, le maître compagnon moulure à la main. Il pose dans une symétrie absolue les petits motifs qu'il a lui-même préparés sur une planchette.

— Alors, rapointi, tu n'en es pas encore là !

Le petit Montagné le sait bien.

Il est dans la corporation du bel ouvrage.

Sylvestre ressent comme une piqûre : une idée venue d'un coup.

— Hé ! Chabrol, où vas-tu ?

— Tu n'attends plus ton monde ?

— ...

— Il est bizarre quand même, soupire Monteil.

— Il est comme il est. Nous sommes comme nous sommes, répond Dessagne l'ancien en montrant au rapointi comment, du pouce, on « traîne » une enjolivure.

La rue de Lappe aussi a ses juifs. Ils font, avec les Auvergnats, bon ménage. Chacun chez soi. Et surtout : chacun son métier. La querelle de races, c'est le nom de baptême de la querelle d'intérêts. Les uns sont ferrailleurs, trotteurs, charbonniers ; les autres sont tailleurs, fourreurs, cordonniers : on est sauvé par la ligne de démarcation. Sauf Hertez Jacob qui s'est fait détartreur. On s'est aperçu après quelques années de pratique que, loin de verser le tartre dans les vieilles carrières comme il l'affirmait, il le livre aux teinturiers. Vendre ce qu'on vous paie pour enlever : l'idée aurait pu être auvergnate.

Ulysse rit :

— Que veux-tu ? Elle est venue me chercher !

— Tu mens. C'est toi qui allais la chercher. Madame Fortin me l'a dit. Elle te fermait sa porte.

C'est vrai. Ulysse n'avait pas compris pourquoi. Nanette, pour lui, était sortie la nuit, risquant les réprimandes. Elle avait dansé à la musette, affronté l'oncle Valat qui ne voyait pas d'un bon œil de Cantalou une Normande virant la bourrée. Un jour, sans une explication, elle avait tout arrêté.

Ulysse voit bien que Sylvestre est jaloux. C'est un peu bête de la part d'un homme marié mais il est inutile de lui faire de la peine. Il ne raconte pas.

— Sais-tu où elle est ?

— Je la croyais toujours rue Saint-Joseph. Je te l'ai dit.

— Elle est enceinte.

L'Auvergne devient méfiante.

Un arceau de cuivre à la main, l'oncle tournique dans l'atelier.

— Ulysse, nous avons été amis. Tu n'aurais pas dû faire ce que tu as fait...

Il y a un petit rire. Entre gêne et bon sens.

— Tu étais parti depuis plus d'un an. Elle disait que tu ne reviendrais pas...

— Tu vas réparer.

— Quoi ?

Sylvestre a tout compris. Tout organisé. Nanette a mis fin à leurs rencontres quand elle a vu qu'elle était enceinte. Elle était trop fière pour aller dire. Demander. Maintenant, elle est seule. Elle va avoir un enfant. Il faut la sauver.

— Tu vas te marier.

Le rire n'est plus le même :

— Tu deviens fou, Chabrol ! Je l'ai vue quatre ou cinq fois. Elle m'a fait jeter dehors. Toi, huit mois après, tu viens me dire : « Elle est enceinte : c'est toi le père ! » Penses-tu que je vais te croire ?

— C'est qui alors ?

— Le premier soir, elle a couché avec moi ! Oui, le premier soir puisque tu veux le savoir ! Sans que je lui demande trop fort ! Quand ça va si vite, c'est que ça va souvent !

Sylvestre pense : je ne vais pas me battre encore !

Il murmure :

- Elle va avoir un enfant !

— Un enfant de qui ? Pas de toi, ce qui est sûr ! Pas de moi non plus ! Alors ? Puisqu'on est à égalité, prends-la, toi ! Grand bien te fasse !

Ulysse part dans la ferraille.

Il se ravise.

— J'y pense : elle a une fille, ta dégourdie ! Elle est de toi, la fille ! Pourquoi ne vas-tu pas la chercher au lieu de me faire des prônes ?

Il revient, tenant dans ses mains un virolet de plomb.

— Tu n'es pas bête, Chabrol : si, avec la femme, je prenais le deuxième, je prendrais le premier par la même occasion ! Pour toi : bon débarras !

Monsieur Valat n'a pas lâché sa pièce de cuivre.

Sylvestre pense la lui arracher des mains.

L'autre le sent. Il ne le quitte pas des yeux.

Sylvestre se calme. Il voudrait convaincre. Comme madame Fortin. Il parle du malheur des filles...

— Celles qui le cherchent ! lance monsieur Valat. Celles qui cherchent trouvent le malheur !

Il s'approche.

L'arceau virevolte dans ses mains.

Il est inutile de fureter ici pour trouver un mari. Tout le monde est pris. Il y a, dans la rue et dans le faubourg, des filles d'Auvergnats. Elles savent se tenir. Il y a, au pays, des promises. Elles savent attendre un retour.

— Dans le Cantal, quand on s'engage, ce n'est pas à la nuit.

Une chandelle pleure et, derrière, le masque de Pierrot

Une lumière tremble et, dessus, la nuit tremble aussi. En petite fumée.

Nanette tremble. Et pleure.

Les vagues de rire ne l'atteignent plus.

Elle a froid.

De ses deux mains battant de l'aile, le mime lance la colombe vers le paradis.

L'oiseau a vieilli.

Et Deburau.

Les ans ne sont pas seuls à faire les rides. Les yeux qui regardent, aussi.

Nanette a des paupières qui brûlent.

Cela fait moins nette la chandelle, moins beaux les doigts de plumes, le visage à larme blanche, les manches s'envolant.

A l'émoulage, on est à plat ventre sur une planche. Dessous, tourne la roue de pierre. Vous, avec vos deux bras tendus de toutes vos forces, vous devez maintenir la lame sur cette meule qui n'arrête pas de tourner. Couteaux. Ciseaux. Rasoirs. Jusqu'à l'outil affilé. Haches. Serpes. Paroirs. Dans l'énervement des muscles et les éclaboussures de l'eau. Qui arrose sans cesse. La meule et vous. Au bout de dix heures, vous êtes trempés et bouillants. Pierres sous les ongles. Emeri dans les yeux. Sans bras. Sans ventre. Malades. Et même n'existant plus. Epées. Sabres. Poignards.

Autrefois, seuls les hommes faisaient ce travail. Maintenant, on prend les femmes. Elles résistent. On les paie moins cher. Celles qui résistent.

Les mains chancellent dans la nuit d'été.

Jamais l'oiseau n'atteindra les étoiles.

L'homme blanc s'étend sur les tréteaux.

Pierrot est mort.

Le rêve va s'éteindre.

— Sylvestre ! Je vous ai si longtemps espéré !

Elle le voit par instants dans sa blouse de Pierrot, cette

tenue d'hirondelle blanche comme, à ce qu'il disait, on les appelait quand ils traversaient la plaine. Entre George Sand et Orléans.

Devant le théâtre des Funambules, il est arrivé pour la soutenir. Se reprochant de n'avoir pas pensé que là, depuis des soirs, elle l'attendait.

— Nanette !

Elle n'entendait plus.

Il l'avait prise dans ses bras. L'avait portée. Elle et son gros ventre.

Des gens riaient de voir cet équipage.

D'autres disaient :

— Voilà encore du monde pour l'hôpital !

— Ça serait pour nous, il n'y aurait pas de place !

— Allez donc voir chez eux s'ils ont des hôpitaux ! Ils viennent à Paris pour se faire soigner !

— Elle repartira guérie et elle nous laissera ses microbes !

Sylvestre se rappelait la nuit de l'Hôtel-Dieu : « Pour les femmes en couches, c'est Port-Royal. »

Il se rappelait ces importants s'emparant d'un corps transpirant pour, trois jours plus tard, le rendre glacé.

Au garni, pour la malade, les maçons se serreraient un peu. Il ne voulait pas Nanette parmi ces bavards. Ces pas-comme-lui.

Il avait pris un fiacre appartenant à monsieur Cache-ıeux Aloÿs. Il ne le savait pas. Il savait seulement où il allait. La Seine avait une danse de lune. De fanal. Quai Saint-Michel.

Il avait fallu frapper. Longtemps.

La propriétaire avait demandé :

— La petite dame est malade ?

Elle montrait de l'inquiétude. Pour sa maison. Une réputation, c'est fragile.

Reconnaissant la chambre, Nanette avait eu un sourire. Le bonheur reprenait où on l'avait laissé. Deux ans déjà !

On était samedi. Le lendemain, il avait été difficile de trouver un médecin.

— Elle n'en a plus pour longtemps.

Il parlait de l'accouchement.

Il avait interdit qu'elle se lève.

Sylvestre n'avait pas pu l'empêcher d'aller à la lucarne. Enorme dans l'édredon roulé. Rouge avec une toute petite tête blonde. Mauve sous les yeux. Elle aurait voulu, sur la Seine, voir une barge s'enfonçant sous le poids du blé normand, trente chevaux fouettés par les rouliers, la tempête, les injures des hommes et du ciel : les barques glissaient sans bravade dans le soleil d'automne. Elle s'était mise à trembler. Nul n'aurait pu l'arrêter. Il n'y avait pas, comme à l'émoulage, un surveillant pour, au bout de trois heures de bras trépidant sur la meule, crier : « La pause ! Deux minutes ! »

— Sylvestre... Je vous ai fait du mal.

— Ne parle pas.

— Je vous demande grand pardon. Pour l'offense.

Et lui ? Comparera-t-il ses jours de Creuse et d'Angèle, de soleil, de Jérôme, aux mois de Paris, de honte, de lames au supplice ?

Elle a deux choses à lui dire.

La première, c'est Marceline.

Elle va parler... Elle s'aperçoit qu'elle ne sait rien. Un visage fripé laissé dans une couverture.

A nouveau, elle pleure.

Il la tient dans ses bras. Pour tout contenir. La femme L'enfant. Les larmes. Le mal.

C'est doux. Déjà, elle oublie les choses.

Le sommeil vient.

Elle se réveille sans ouvrir les yeux.

La deuxième, il faut la dire absolument.

- Sylvestre...

C'est trop difficile. Elle est trop fatiguée.

— Je...

Il met deux doigts sur sa bouche.

Elle s'endort, les embrassant.

Un compagnon ne manque pas le chantier.

La tenancière lui a dit : « C'est un garni. Ce n'est pas un hôpital. »

Il a payé la chambre au double.

Elle s'est radoucie.

Elle a promis de monter deux fois. Avec de la tisane.

En arrivant, il a vu les façons des compagnons. Entre « Tu devrais avoir honte » et « Mon cochon, tu ne t'ennuies pas ! ».

— Voilà deux nuits que tu ne rentres pas, Chabrol...

— Au matin, je suis à l'ouvrage.

— Peut-être. Mais tu perds la confiance. Même Dessagne me l'a dit.

La colère bouillait dans le ciment. La truelle. Tout le corps. A-t-il huit ans pour être surveillé comme un enfant ? A-t-il trouvé à Paris des maîtres Tardieu, juges au tribunal de sa vie ?

Avant le dîner de 11 heures, il n'y tint plus :

— C'est vrai, compagnon, ce que me dit Monteil ?

— Peut-être.

— Tu étais avec moi pourtant ?

Dessagne continuait ses moulures.

Sylvestre s'excitait :

— Je ne suis pas rentré au garni. Qu'est-ce que ça peut te faire ?

— Rien.

— Alors ?

L'ancien prit un temps.

Un œil fermé, il regardait l'alignement des motifs.

Il murmura :

— C'est comme ça qu'on fait des bâtards.

Le soir, à 7 heures, la corne resta muette.

Cela ne gênait pas Dessagne qui, souvent, faisait pour le plaisir un petit supplément d'artiste.

A 7 h 10, Sylvestre comprit que Monteil le faisait exprès. Il partit.

— Chabrol ! Tu quittes avant l'heure ?

— Non. Avant la corne.

— De quel droit ?

— Du droit de l'ouvrier qui n'est pas l'esclave du maître. Tu me l'as dit.

— Tu es un Lavalade, tu m'entends ? Un Lavalade !

Sylvestre était déjà dans le faubourg.

Ça n'était rien de l'avoir vu courir quand il la cherchait. De Notre-Dame-de-Lorette aux quais, il ne vit pas un passant, pas une marchande d'oublies, pas même, au bout de la place du Louvre, le bateau-lavoir s'agitant encore dans la nuit.

La tenancière avait tenu ses promesses.

— Le docteur a dit d'aller le chercher si ça s'annonce.

Elle le retint :

— Vous savez... votre femme... elle est bien gringalette pour une jeunesse. Ça me fait un peu peur.

Il monta d'un trait.

Nanette se tordait, tenant son ventre.

— Je vais chercher le docteur.

— Non !

C'était cette chose que, toujours, elle voulait lui dire :

— Sylvestre... il faut que...

Elle souffrait trop.

Il partit, ramena le docteur, un homme consciencieux, vêtu d'une redingote mal taillée, portant une cravate haute et un étrange chapeau plat.

— Elle est faible. Elle ne va pas nous aider beaucoup.

C'était mal connaître Nanette. Elle rassembla toute son énergie pour, en une heure, mettre au monde un garçon qui n'avait pas eu de mal à sortir : il ne devait pas dépasser les quatre livres.

Nanette ne le regarda pas.

C'était, semble-t-il, son dernier effort. Sa toilette n'était pas faite. Déjà, elle dormait. Mal. Avec des plaintes qu'on n'entendait pas. On les voyait sur son visage. Regardant le malheur.

— Elle n'aura pas la force d'allaiter. Il faut trouver une nourrice, dit le docteur.

Dès qu'il fut parti, Nanette tendit son sein. Le petit s'y accrocha comme quelqu'un qui, depuis des mois, n'a pas eu son content.

A six heures, Sylvestre fit lever madame Marbaix. Lui expliqua les choses. Donna l'adresse.

— On paie comptant.

— Je peux revenir.

— Quand?

— Ce soir.

Madame Marbaix ferma la caisse qu'elle avait déjà ouverte.

— J'envoie une femme tout de suite. Si ce matin à dix heures, je ne suis pas payée, il y aura eu deux tétées, il n'y en aura pas trois.

— Je t'attendais là, tu penses bien!

Monteil est sûr de lui.

— Les histoires d'amour, c'est toujours des histoires d'argent !

Imbécile ? Brute ? A quoi bon chercher des mots ? Sylvestre n'oublie pas la réparation du Moulin chaumé. La confiance montrée. Il préfère expliquer...

— Nous avons traité à quatre cents francs, tranche Monteil, quarante francs payables à raison d'un franc par semaine pendant toute la campagne ; trois cent soixante francs au retour. Est-ce que, à ce jour, je t'ai fait tort ?

— J'ai payé une chambre.

Le mot sent le vice. Monteil a besoin de se donner de l'air. Il enjambe un tas de plâtre, va vers la fenêtre qui prend forme au-dessus de la cour. Il parle fort :

— Tu ne peux plus coucher comme les compagnons ? Nous ne sommes plus assez bien pour toi ?

La voix résonne dans les pièces nues. Le chantier se retient. Truelles molles. Oreilles tendues.

Sylvestre baisse la voix :

— C'est... pour le docteur.

— Parbleu ! Elles sont toutes malades, ces femmes-là !

— Ecoute, Monteil...

— Tous les maçons qui cherchent des filles ont, un jour, besoin d'argent ! Toutes les filles qu'ils rencontrent ont, un jour, besoin d'un docteur ! Et toi aussi, Chabrol, toi aussi bientôt, tu auras besoin d'un docteur !

Il est lancé. Sylvestre veut arrêter le débordement. Il épaissit ses phrases. La discussion devient querelle :

— *Fi dé garso !*

— *Minjo merdo !*

— *Veï té bougna !*

Les compagnons ont arrêté le travail. Sylvestre ne s'y intéresse pas. Il va aux fenêtres de la rue. Il les fait toutes. Si vite qu'on le croit hurlant à toutes à la fois.

— Le défenseur de l'ouvrier ne paie pas ses ouvriers !

— Un enfant va mourir !

— Hé ! Les passants ! Vous couchez avec des femmes : n'avez-vous pas honte ?

— Hé ! Les passantes ! Vous couchez avec des hommes : vous devez demander pardon !

Il est à une lucarne pour demander :

— A qui ?

Il jaillit sur un balcon pour répondre :

— Au curé, à Monteil, à votre femme, à votre fils, aux sergents, à la maison qui s'écroule pour que vous viviez toujours chez Chie-poule et Merde-d'oie !

Il y a un attroupement. Modeste. La plupart des gens ne veulent pas voir. N'osent pas entendre.

— Ce sont toujours les mêmes qui font du bruit !

Là-haut, les compagnons tirent le forcené en arrière. Il se débat. Regarde au-dessus de la rue, des jardins, vers le ciel qu'il appelle à son secours :

— Et toi, le Bon Dieu, quand viendras-tu nous voir depuis le temps qu'on t'appelle ?

On l'entraîne, Monteil est furieux de l'incident public. Cela stimule Sylvestre. Il se libère, monte l'escalier, arrive sous les toits, passe sa tête dans la mansarde.

— Bon Dieu, Monteil est ton curé ! C'est ça, hein : tu l'as envoyé pour nous juger ? Réponds !

Et, soudain, d'une voix de stentor :

— Hé ! Papa-â-â-â-â-â-â-â !

La rue ne sait pas s'il faut rire ou s'enfuir Un mauvais coup est vite pris. Surtout avec ces sauvages. La nuit, on n'ose plus sortir.

— Regardez dans mon sac.

— ... du vitriol ?

— Mon épicier droguiste me l'a cédé.

— S'il le vend pour la défense, il le vend aussi pour l'attaque !

— N'ayez crainte, je lancerai la première.

Sylvestre passe à côté du danger.

Jamais plus il ne reviendra au chantier.

Il sera à 10 heures chez madame Marbaix. Avec l'argent.

Il est resté deux jours dans la chambre. Sans manger. Ou presque. Sans parler. Deux mots de temps en temps pour dire à Nanette de se reposer.

Elle s'accrochait. Voulait parler. Il lui semblait que, contre lui, elle parviendrait enfin à se libérer.

Entre deux tétées, la nourrice descendait parfois sur le quai. A d'autres moments, elle regardait la malade ; cet homme dévoué. Elle se demandait ce qu'elle pourrait faire pour aider. Voyant bien, malgré son jeune âge, qu'il n'y avait rien à faire. Surprise que Sylvestre ne le voie pas. Toujours il répétait :

— Tu vas guérir. Ne te fatigue pas.

La logeuse monta de la tisane.

Elle tira Sylvestre par la manche. La nounou ne comprenait pas tout. Elle entendit seulement :

— Garni... d'autres clients... une naissance, ça va. Le reste...

Du menton, elle désignait le lit.

Sylvestre était devenu plus blanc que les draps. Il secouait la logeuse avec la violence de l'angoisse.

— Vous ne voulez pas dire qu'elle va mourir ! Charogne ! Je vous interdis ! Je vous l'interdis !

La pauvre femme était désemparée.

Brusquement, il l'avait attirée à lui. L'embrassant. Répétant à voix basse :

— Ne dites pas ça, madame. Je vous en supplie.

Le soir, un maçon était venu porter de l'argent. Il avait juste dit :

— Voilà ton dû.

Sylvestre était resté avec les pièces sur la table. Il ne les voyait pas, il ne voyait rien.

Pour lui parler, le docteur avait dû le prendre par les épaules.

— Il va vous falloir du courage, mon ami.

Peut-être parce que c'était un docteur? Pour la première fois, il avait semblé comprendre. Il avait montré les pièces sur la table.

— Prenez tout, docteur. Et sauvez-la.

Le docteur n'avait rien pris. Il secouait la tête.

Sylvestre pleurait. Comme un homme. Des larmes que rien ne peut retenir.

Le docteur attendit longtemps... Il murmura :

— Si vous devez appeler un prêtre, il ne faut plus tarder

La nourrice s'en fut.

Sylvestre caressait Nanette. Posait ses lèvres sur son front. Faisait courir sa main sur son cou. Comme on fait aux enfants. Il lui semblait qu'il redonnait la vie. Elle ne bougeait pas. Il la saisissait par les poignets. Restait ainsi. Elle ne pourrait pas le quitter.

Elle s'en allait. Dans un mystère fait de phrases douces et d'oiseau muet, de Pierrot, un bain d'un dimanche, Grenelle au jardin, un bal en forêt.

Elle voulait revenir. Essayait encore de parler. C'était important de dire... Ses images l'entraînaient rue Saint-Joseph. Madame Berthe lui faisait la lecture. Lui apprenait le A comme «alphabet». Le S comme «sylvestre».

Puisqu'il ne reviendrait plus de son pays, elle resterait là. Nourrissant le premier bébé. Le second. A comme

« amie dans la maison ». B comme « bien dans la maison ». C comme « continuer ainsi »... CH comme « chance ». « Chaleur »...

— Mon père... c'est pour ça que je suis allée trouver Ulysse... pour... pour avoir du lait encore... rester chez... CH... Chez...

— Malheureuse enfant ! Vous avez fait le calcul de vous servir de votre corps...

Nanette n'entend plus, ne voit plus précisément les choses. Elle répète sa prière de Paris : « Entourée de compagnes légères et dissipées, je pourrais être tentée... Faites-moi la grâce... que je ne rougisse pas... le travail pénible auquel je suis soumise... le pardon de mes péchés. »

La main passe devant ses yeux. La croix danse dans un brouillard. Jésus vient sur ses lèvres. Froid.

Nanette a un sursaut.

Elle n'a jamais dit « Je t'aime ».

Elle le crie d'un coup. Dans un monde où nul ne l'entend.

Ne sachant pas que, au-dessus de son lit, Sylvestre crie :

— Nanette ! Je t'aimais tant !

L'automne n'a pas attendu la Saint-Maurice pour mettre sa brume sur les matins du Puy-Mouchet.

Sylvestre n'a pas attendu le jour pour venir, au-dessus de la Leyrenne, une fois encore, regarder sa vie.

Elle était là. Entre la bruyère mauve et les fougères se cuivrant. Entre le champ qu'il a toujours su terre d'un autre et le travail qu'il a toujours su le sien.

Une vie au naturel. Avec une enfance que l'on ne sait pas pauvre puisqu'elle est, à coup sûr, comme celle des autres. Puisque le père vous dit la braconne et la mère des chansons en sabots. L'adolescence s'était faite en berger. Un peu loin. Chez les Marouzeaud. Il couchait à l'étable, mangeait avec les domestiques. Le premier jour, la patronne lui avait cousu ses poches. Pour qu'il ne puisse pas voler le pain.

Ne lui avait-on pas cousu la bourse aussi pour que les pièces n'y entrent pas de son existence ? Et la bouche pour qu'il ne s'en plaigne point ? Ne lui avait-on pas cousu les yeux, le cœur, le pantalon pour qu'ils ne s'ouvrent jamais hors de la volonté des autres ?

Sylvestre se voit attaché à son pieu comme, à la foire, est attaché le bœuf à vendre. Il peut bien, ce jour, changer de maître, il aura demain et toujours l'araire à tirer, l'aiguillon qui le pique en lui laissant, comme on dit, juste le temps de pisser. Dans le sillon. Sans voir si, ailleurs, la terre est plus tendre.

Dans cette jeunesse de labour aveugle, Angèle, c'était, à l'avance, le joug partagé ; la force de tendresse, la promesse solide. Que rien depuis n'avait démentie. Il est vrai qu'ils peuvent travailler à Limoges. Ils entreront chez monsieur Haviland. Tous les deux. La grand-mère les suivra. Et les petits.

Lorsque, à la Saint-Nicolas, elle l'a vu arriver, elle a couru vers lui.

Quand, dans ses bras, elle a vu un enfant, elle n'a rien demandé. Elle est allée trouver la Florence Louvalleix : elle va le nourrir avec le sien.

La mère ne parle pas. Elle prend le petitoun sur les genoux. Un peu en cachette. Au début. Elle lui fait des mamours. Qui sait si elle ne voit pas des ressemblances ? Elle est gênée de ne pas les dire. Elle se contente de «*Maneto doucetto*», de «*Nonaï! Sounsoun*», de «Ainsi font, font, font... »

Depuis quelques jours, Angèle s'y met aussi.

Jérôme répète «*Maneto doucetto*» en montrant sa main. Il fait les marionnettes. Il rit beaucoup quand on joue à «Je ferre mon cheval» en lui tapant sous les pieds. A cet âge-là, un enfant c'est intéressant.

Chaque matin. Sylvestre vient ici. Au-dessus du coudert.

Pourra-t-il oublier jamais la mort en garni, les locataires comme apeurés, le cimetière bien trop grand pour deux personnes suivant une sépulture ? Pourra-t-il oublier madame Marbaix lui faisant une place dans le convoi pour le Morvan ?

Pourra-t-il oublier, surtout, cette nourrice si frêle acceptant de le suivre ainsi jusqu'à la Loire puis faisant avec lui trente-cinq lieues à pied, portant même l'enfant quand elle le voyait trop épuisé ? A Guéret, il lui avait donné cinquante francs.

Elle avait dit : « C'est trop. »

Sa fille à elle était à Baugy. Dans la Nièvre. Elle s'y arrêterait au retour. Avant de revenir chez madame Marbaix. Chercher un petit Paris.

Il a ramené deux cent cinquante francs.

Angèle, là encore, n'a pas posé de questions. Ils ont donné cent soixante-dix francs pour les dettes de famille. Marcel l'a su, évidemment. Il appelle Sylvestre « le riche », « l'écu d'or ». Les autres Rabanesse ne commentent pas. Le pépé seul a donné son avis :

— Puisque tu as rapporté des pistoles, tu pourrais faire quelques campagnes pour vous tirer d'affaire. On est mieux sur sa terre à faire la moisson que chez les autres à faire la porcelaine.

Pourront-ils partir vraiment ? Il aurait fallu prévenir maître Tardieu en septembre.

Ce qui parle en faveur du pépé, c'est le soleil chassant la brume en partant toujours du même endroit ; la terre si dure qu'elle ne change pas.

Ce qui va contre son dire, ce sont les autres Rabanesse : ils regardent l'enfant comme un acte d'accusation.

Après le coudert, les acacias sont nus. Avec ces cinq branches partant du moignon, le condamné a encore prospéré. Quand il mettra ses feuilles, il fera un massif inespéré. Tiapadiou avait dit : « Regarde les arbres ; ils te parlent. »

Faut-il aller à Limoges ? A Paris ? Faut-il rester sur cette terre où, entre les pierres, les châtaigniers s'enracinent ?

Nanette répétait les contes de Jean Leroy. Elle aimait la légende de Robert le Diable. Elle se réjouissait de ses fiançailles avec Arlette, la fille du pelletier de Falaise. Elle s'émerveillait quand, après sa nuit d'amour, Arlette voyait sortir de son ventre un pommier gigantesque protégeant désormais toute la Normandie.

Sylvestre a la certitude protectrice d'un vieux chêne.

Jamais je ne dirai à Angèle que le petit n'est pas de moi. Elle l'aimerait moins.

Retrouvez Georges Coulonges sur son site :
www.coulonges.net

Impression réalisée sur CAMERON par

BUSSIÈRE CAMEDAN IMPRIMERIES

GROUPE CPI

à Saint-Amand-Montrond (Cher)
en juin 2004

Édition exclusivement réservée
aux adhérents du Club
Le Grand Livre du Mois
15, rue des Sablons
75116 Paris
réalisée avec l'autorisation des éditions Presses de la Cité

ISBN : 2-7028-8229-3

N° d'impression : 042743/1.
Dépôt légal : mars 2003.

Imprimé en France